MAYA PINSEL
NORA
IM
KOSMETIK-SUMPF

WIDMUNG & WARNUNG

Für alle, die genauso gern lachen wie ich und die Liebe feiern.

Dieser Roman ist eine Fortsetzung, die unabhängig zum Vorgängerbuch gelesen werden kann. Seht es mir nach, dass ich die Zeitlinie nicht in der Zukunft spielen lasse, sondern im aktuellen Kontext mit unseren gesellschaftlichen Regeln und zeitgenössischer Musik. Ich mache es einfach wie in den Mafia-Romanen. Da gibt es die drölfzigste Generation und alle technischen Standards und Regeln belaufen sich auf aktuellem Maß.

Eine Triggerwarnung findest du auf der letzten Seite.
Bitte denke daran, dass du dadurch gespoilert wirst.

Zusatzinfo:

Meine Protagonisten aus dem Dating-Sumpf haben sich selbstständig gemacht und den Prolog gekapert, um Nora kennenzulernen. Sie werden mich terrorisieren, wenn ich das lösche, also bleibt der etwas andere Bucheinstieg erhalten.

Viel Freude beim Lesen <3

PLAYLIST

* Spin Doctors – Two Princes
* Los 5 – Acapulco
* Hippie Sabotage – OM
* Fünf Sterne deluxe – Willst du mit mir geh'n?
* Bronson, Odesza – Heart Attack
* Joachim Deutschland – Marie
* Peter Licht – Sonnendeck
* Sono – Keep Control
* Riton, Nightcrawlers, Mufasa & Hypeman – Friday
* Chaka Demus & Pliers – Murder she wrote
* K-Ci & JoJo – Crazy
* Jeremias – Grüne Augen lügen nicht
* Alexander Markus – Sei kein Frosch
* Deichkind – Bon Voyage
* KC Lights – Girl
* Nand – Wohlfühlen
* Cro – alles Dope
* Sidney King – Hoffnung
* Fanta 4 – Michi Beck in Hell
* Beyoncé – Single Ladies
* George Michael – Faith

PROLOG

»Hey, Nora. Bist du da?«

Verschreckt öffne ich die Lider und springe aus dem Bett. Wer klopft zu dieser Uhrzeit? Ich fahre mir mit den Händen über die Augen und rubbele den Schlaf beiseite.

»Hallo?«, flüstere ich und erhalte keine Antwort. Mit meinen Schlafsachen springe ich aus dem Bett, flitze zur Tür und öffne sie vorsichtig, um von einer Horde Menschen überrannt zu werden. Gegen die kommenden Kopfschmerzen blinzele ich an; sie verziehen sich nicht.

»Wir haben uns überlegt, dir einen Besuch abzustatten, um uns deine Story anzusehen und dich zu bewundern. Bist du um diese Uhrzeit erst aus dem Bett gehüpft? Bist du überhaupt wach, Nora?«, sagt eine der Frauen.

»Äh, was?«, piepse ich, bin verwirrt und checke nichts. Ein Typ steht vor mir, der seine Freundin im Arm hält und mit den Fingern an ihren Haaren herumspielt. Er trägt ein Basecap und grinst wie ein Honigkuchenpferd.

»Häschen, Nora sieht verwirrt aus, oder? Ich habe euch gesagt, dass diese Uhrzeit total Panne ist und wir nichts sehen werden. Den Beutel mit Popcorn und Chips hättet ihr euch sparen können, ihr Birnen.«

Sie lächelt verschmitzt, weil er so breit grinst.

»Ja, sie ist verwirrt, Raphael! Was denn auch sonst, wenn vier Menschen ungefragt in der Wohnung stehen. Wer hatte noch mal den Vorschlag, dass wir das morgens durchziehen?«

Stopp! Sind das meine Eltern? Heiliger … Da steht doch tatsächlich Papa mit Mama im Arm herum und lächelt debil. In jünger, in … O mein abgedrehter Gott … meine Eltern sind hier, und das aus einer anderen Zeit.

Was mache ich denn jetzt? Was erzählen die da alles?

Wenn die hier in jung rumstehen und ich über dreißig bin, dann wissen die nicht, wer ich bin, oder? Verdammt, ich hasse solch verwirrenden Scheiß. Am besten erst mal irgendwas Normales anstellen, Nora. Kaffee!

»Kann ich euch einen Kaffee anbieten … Mama und Papa? Was sucht ihr hier? Ihr seid doch meine Eltern, oder?«, frage ich die Horde und merke, was ich da für Zeug stottere.

Der riesige und sportliche Typ lächelt mich an, schaut an mir herunter und wieder herauf und zwinkert dann der Frau zu, die neben ihm steht.

»Koch bitte gleich eine Kanne – oder vier, Schätzchen. Wir inhalieren Kaffee. Und ja, die beiden sind deine Eltern und wir versumpfen gern zusammen.«

Alle lachen über seinen Spruch. Seine Augen scannen meinen Körper, und Mama schießt mit ihren Blicken Blitze auf ihn, weil er mich mustert.

»Valerie, ich habe ja wohl das Recht, sie in Unterwäsche anzusehen. Sieh es mir nach. Du warst immerhin die Hauptstory mit Happy End, und jetzt gönn's mir«, erwidert der große Typ.

Ich verstehe. Das ist Onkel Sirko. Gott, der sah ja mal jung und gut aus. Ruckartig schnappe ich mir meine Strickjacke von der Garderobe und werfe sie mir hastig über, damit ich nicht begafft werde. Die andere Frau mustert mich akribisch. Warum schaut die so? Natürlich! Wieso ist mir das nicht aufgefallen? Das ist Tante Miri.

»Ich habe euch doch gesagt, dass wir ein besseres Gefühl für sie bekommen, wenn wir sie uns live ansehen. Sie ist so perfekt. Valerie, was meinst du? Ist sie nicht eine spannende Nachfolgerin für dich? Und eine wunderschöne Tochter? Sie sieht aus wie Raphael. Rapha, guck hin. Findest du nicht auch? Und diese schönen grünen Augen und winzigen Sommersprossen. Himmel!«

Papa seufzt und nimmt Mama in den Arm, der bereits die Tränen in den Augen stehen, als sie zum Sprechen ansetzt. »Ja, sie ist perfekt und ich habe sie mir immer so vorgestellt. Sie ist eine tolle Mischung aus Rapha und mir. Ich muss gleich heulen. Der Scheiß hier überwältigt mich. Fuck!«, flüstert Mama.

»Ist gut, Häschen. Unsere Tochter ist wunderschön, bestimmt auch in Ansätzen klug und scheint nur hier und heute leicht verwirrt zu sein. Oder ist sie immer so durch den Wind? Schatz, bist du immer derartig durch den Wind?«

»Äh, eher ein kreatives Chaos«, antworte ich schnippisch.

»Und ich mag ihren Look. Ist das ein Look?«, fragt Tante Miri.

»Es ist enttäuschend, dass sie nicht blond ist und keine Brille bekommen hat«, kommt es wieder von Onkel Sirko. Papa in jung lacht sich schlapp.

Das ist ein schräger Morgen, und ich sollte dringend aufhören, die Freunde meiner Eltern mit Onkel und Tante anzusprechen. Das ist albern und kindisch.

»Sei ruhig, Sirko! Hier geht es nicht um dich und deinen Frauengeschmack. Außerdem gibt es so was wie genetische Veranlagung. Und noch was: Das ist die Tochter *deiner* besten Freundin. Du wirst sie aufwachsen sehen. Halt dich gefälligst zurück und such dir jemanden in deinem Alter. Ich mag übrigens ihre Augen, ihre Stimme ist auch echt schön und ihre Art sowieso«, fügt Miri an.

»Ey, ich bin mit ihr in einem Alter. Sie ist vierunddreißig und ich fünfunddreißig. Lass mich träumen.«

Bin ich in einer Casting-Show gelandet? In einer Parallelwelt? In der Besuchshölle, in der Eltern mit abgedrehten Freunden vor der Tür stehen?

»Wir lieben dich jetzt schon«, höre ich von meinen Eltern unisono, während Mama sich über den Bauch streichelt und er seine Hand darüberlegt. Ist nicht wahr! Ich stehe hier und bin gleichzeitig in ihrem Uterus drin? Gibt das einen vernichtenden Raum-Zeit-Sprung und ich existiere nicht mehr, wenn die vier, plus Fötus-ich, verschwinden? Besser sollte ich die Hand nicht auf den Bauch legen, obwohl mich ein innerer Drang dazu treibt. »Äh, ja! Ich liebe euch auch, Mama und Papa.«

Das ist so was von abgedreht. Hilfe! Rettet mich aus dieser Hölle! Oder lieber nicht? Sonst kommen hier die nächsten Vögel zu Besuch. Aliens, die mich entführen? Zombies? Ich heule gleich, weil das alles so schräg ist.

»Nora, wir müssen wieder los. Kleiner Lebenstipp von mir, mein Igelchen: Nutz bitte Kondome und sieh dich beim Duschgel vor, ja?«, höre ich die junge Miri sagen.

Hä? Was sind das für kryptische Quatschereien? Ich schließe kurz die Augen, weil mir schwindelig von diesen ganzen Eindrücken ist.

Als ich meine Augen wieder öffne, ist mein Körper klitschnass, die Haare kleben mir am Gesicht fest und ich starre erschrocken an die Decke.

»Hallo?«, flüstere ich in den Raum.

Es scheint niemand da zu sein. Was für ein abgedrehter Traum. Das war doch einer? Hoffentlich werde ich nicht krank und habe irre Fieberträume.

Hastig greife ich zum Telefon auf dem Nachtschrank

und rufe meine Eltern an. Nach dem fünften Klingeln nimmt Mama ab.

»Hey, Nori!«

»Mama, warst du gerade bei mir? In jung und heiß und schwanger?«

»Äh, nein. Wie soll ich das denn hinbekommen haben? Ich bin auf der Arbeit. Warte mal kurz. Kevin Damian Jason, nimm den Finger aus der Steckdose«, ruft sie und redet direkt weiter. »Häschen, ich muss auflegen. Hier brennt gerade die Ranch. Fuck! Der hat sich die Gabel geholt und hinterher gesteckt, dieser kleine Teufel. Schatz, ich liebe dich.«

Aufgelegt. Mamas Job als Sozialarbeiterin im Kinderheim ist echt hart und vor allem in ihrem Alter.

Ein Schmunzeln entweicht mir. Sie ist eine tolle Frau, entspannt und witzig. Nur ihr Fluchen und Lieblingswort *Fuck* wird sie höchstwahrscheinlich niemals ablegen. Ich bin keine Sozialarbeiterin, sondern Medien-Frau. Gott sei Dank! Bin ich doch, oder? Verwirrt schaue ich an mir hinunter, sehe, wie sich die Brüste beim Atmen unter der Bettdecke bewegen. Dieser Körper scheint normal zu sein und ich in meiner realen Welt und der richtigen Wohnung. Puh!

Erleichtert schwinge ich mich aus dem Bett und trete unter die perfekt temperierte Dusche. Ich freue mich schon auf meine Morgenroutine, denn Struktur und Alltag sind die Rettung, um aus der Traumwelt zu verschwinden.

1

ME, MYSELF AND I

Nora

Dieser Kopfhörer ist schon wieder aus meinem rechten Ohr geflogen! Die Qualität der kleinen Biester ist unterirdisch. Wenn die Scheißer im Ohr sitzen wie zappelige Kinder auf ihren Schulbänken, erspare ich mir lieber das wilde Tanzen durch die Wohnung. Mangelhaftes Material fickt den Flow. Von meinem nächsten Gehalt werde ich mir ein ordentliches Paar leisten und bis dahin nutze ich diese alten Teile.

Ja, die *Spin Doctors* mit *Two Princes* höre ich gern, und das Lied verschafft gute Laune, bis ich gröle.

Glücklicherweise sind die Leutchen aus den Nachbarwohnungen arbeiten und das Schamlevel steigt nicht ins Unendliche. Vor dem Spiegel hotte ich ab und ziehe die verrücktesten Fratzen, weil das so herrlich entspannt. Irgendwo habe ich gelesen, dass ein ausgiebiges Training der Gesichtsmuskeln, salopp Gesichtsfasching genannt, den Alterungsprozess aufhält. Meine grünen Augen strahlen, weil ich dabei so schön bekloppt aussehe. Den Kopf, mit den kastanienbraunen langen Haaren, werfe ich überschwänglich in den Nacken und komme mir wie eine gestörte und leidenschaftlich anmutende Diva vor.

Der Spruch – Was tut man nicht alles für die Schönheit? – rast durch meinen Kopf und langweilt mich. Er könnte von einer alternden Beauty-Tussi stammen. Die Übung zur Schönheitserhaltung ist schräg, und ich hoffe, niemand beobachtet mich mit einem Fernglas aus den Wohnungen auf der anderen Straßenseite. Ich habe definitiv zu viel *You* auf Netflix geschaut. Die Gänsehaut, die sich über die Arme und den Nacken zieht, bestätigt meine Gedanken. Den kurzen Blick zum Fenster verkneife ich mir nicht, um abgesichert zu sein. Schnell scanne ich die gegenüberliegende Hauswand, checke die Fronten und erblicke ihn, wie er zu mir starrt. Das kann doch wohl nicht wahr sein. Dieses Dreckschwein gafft mich hier an, während ich mich höchst privaten Dingen widme. Wie eine Furie reiße ich das Fenster auf, wedele mit den Armen und weise ihn mit Handbewegungen an, sein scheiß Glotzloch zu öffnen. Gut, er folgt meiner irren Aufforderung, und bevor er sprechen kann, brülle ich aus dem Fenster: »Ey, du Arschloch! Warum gaffst du mich wie ein bizarrer Stalker an? Was stimmt mit dir nicht?«

Seine Augen verengen sich zu Schlitzen und sein Kinn klappt herunter. Ob das zu hart ausgedrückt war?

»Bitte!?«, schreit er irgendwie quietschend und lacht dann laut auf.

»Nicht?«, gebe ich kleinlauter zurück und blicke fragend auf die andere Straßenseite.

»Ganz bestimmt nicht, du arschiges Biest! Ich bin stockschwul, seit ich meine Sexualität entdeckt habe, und deine kleinen Tittchen machen mich so geil wie das nächtliche Erbrochene deines Lovers, das du am nächsten Morgen im Badezimmer vorfindest. Und apropos Stecher, Bitch … Ich putze hier Fenster als Überraschung für meinen Freund.«

Scheiße, der war gut. Ich lache mich halb tot und halte mir den Bauch. »O mein brechmäßiger Gott. Du bist echt richtig lustig«, erwidere ich und zeige ihm den Daumen hoch.

»Ja, sagt man mir nach. Kommst du jetzt wieder klar, Girl?«, fragt er rufend.

»Ja, sorry! Kommt nicht wieder vor, Herr Nachbar.« Lächelnd winken wir uns zu und schließen die Fenster. Warum sind eigentlich die hübschen und superwitzigen Männer immer schwul? Das ist doch echt schade für uns Hetenweiber.

Nach dem kleinen aufregenden Austausch widme ich mich weiter der Routine, da keine akute Begaffungsgefahr besteht.

Zu einem Teil des morgendlichen Trainings gehört die Anwendung des Edelstein-Gesichtsrollers, liebevoll von mir Rolli oder Mr. Cold genannt. Er lagert im Kühlschrank und verschafft der Haut ein frisches Gefühl, wenn er benutzt wird und über die ersten zarten Falten gleitet. Das gesamte Gesicht wird malträtiert und ich sehe nach den Wartungsarbeiten wieder wie ein junger Hüpfer aus. Das bilde ich mir jedenfalls ein.

Das Prozedere hat eine aufplusternde Wirkung, und ich tanze weiter zum Beat in den Ohren, der meine Laune zusätzlich stimuliert. Am kompliziertesten ist, nicht ins Vollgelächter zu verfallen, weil das alles zusammen total absonderlich aussieht. Die Macher der Öko-Beauty-Konzepte sind clever und stimmen ihre Ideen auf die moderne Frau meines Alters ab. Gesundheit paart sich mit Attraktivität und der Körper wird mit so wenig Chemie wie nötig zugeschmiert. Ich bin knapp dreißig und dieses Naturkonzept trifft unumgänglich den persönlichen Zahn der Zeit. Zwischen »Ich fühle mich wie die heißeste Zwanzigjährige auf der Welt« und »O mein fucking Gott, ich komme nicht aus dem Bett und bin gefühlt neunzig Jahre alt« liegt die aktuelle Lebenszahl. Aus diesen New-Adult-Romanen und Serien bin ich definitiv rausgewachsen. Wenn ich die Boys und Girls mit ihren jungfräulichen Problemen innerlich nachfühle, kommt ein anderer Planet oder Komet auf mich zugeflogen.

Soll ich mir gleich wieder *Buffy* und *Dawson's Creek* reinziehen?

Diese teeniemäßigen Gedanken sind witzig und lassen mich abdriften. Zügig schnappe ich das Handy und schaue die Serienbilder online an. Da stehen sie mit ihren unberührten Gestalten und lächeln mir zuckersüß entgegen. Makellose Haut, seidige Haare, perfekte Körper. Sie riechen sicher alle nach Impulse-Deo. Bitte nicht Vanille, denn das stinkt abartig. Gott, wenn ich daran denke, wie ich mich früher damit eingedieselt habe, könnte ich vor Scham im Boden versinken. Mich hat man drei Meter gegen den Wind gerochen. Dann doch lieber ein sexy witziges Buch für Erwachsene oder eine gute Serie anstelle von *Buffy*, *Dawson's Creek* und Vanilleduft.

Optisch zwanzig zu sein ist toll, gefühlsmäßig bin ich definitiv herausgewachsen und bewundere noch einmal die blutjungen Menschen in ihrer Perfektion und vergleiche sie mit mir im Spiegel. Da kann ich nicht mehr mithalten, aber gelegentlich die Idee des Feelings wahrnehmen je nach vorab betriebenem Beauty-Aufwand. Ich bin nicht Fisch, nicht Fleisch, keine Kaulquappe mehr und nicht die Spur altes Stück Gammeltier.

Frauen zwischen dreißig und vierzig sind in einer eigenen Sparte des Lebens angekommen. Alle sprechen von den besten Jahren der Damenwelt. Sexuell stimmt das sicherlich, denn ich hole mir, was mein Körper benötigt. Da wird heißer Sex nicht ausgeschlossen. Dass ich altere, sieht mittlerweile jeder nicht blinde Mensch. Das Bindegewebe lässt nach, die Fältchen werden zu Bügelfalten und ein Stirnrunzeln überlege ich mir mehrfach. Dein Gegenüber hat sonst die Gelegenheit, kleine Saatkörnchen in die Furchen alias Falten zu setzen. Es ist amüsant, wenn ich mir vorstelle, dass aus meiner Stirn Pflanzen herauswachsen. Am besten gleich Sprossen, denn die sind gesund und voll mit Vitaminen und hochwertigen Eiweißen und ich kann sie dann direkt aus der Stirn-Zucht-Station ziehen und mir in den Mund schieben.

Das reicht, ich spinne schon wieder!

Der innere Kompass schickt mich Richtung Altern in Würde, ohne Scham für die äußere Erscheinung. Der Wahrheit ins Auge zu sehen, ist nicht immer leicht. Ich bin heiß und ein bisschen alt, das sind die Fakten. Zum Heulen ist aber die Tatsache, dass ich meine körperstraffen Jahre mit lockeren Freundschaften, ausgiebigem Sex und wilden Partys verlebt habe. Und eine klitzekleine Lügenbaronin bin ich obendrein. Anfang dreißig, ich? Mit vierunddreißig Komma fünf ist eher die Mitte des Jahrzehnts erreicht und ich sollte es mir langsam eingestehen. Wenigstens verzeichnet meine Biografie halbwegs solide Ausbildungs- und Berufspläne. Nicht!

»Nora hat keinen Job und beleidigt wild drauflos, stinkt nach Übermut und das tut selten gut!«, singe ich zynisch vor mich hin und übertöne den Song im Ohr. Zum Chef war ich exorbitant frech und der Bogen wurde durch mich überspannt – sehr weit und grenzenlos.

Lebenstipp: Bezeichne den Chef nicht als hässlichen Assihipster! Die Zunge in meinem Mund ist leider oft schneller als die Synapsen im Gehirn.

Zu getroffenen Fehlern im Leben stehe ich immer. Der Job ist jedenfalls weg.

Die kommende führende Fachkraft, zu der ich hinaufschaue, wünsche ich mir mit einer Prise Attitüde und Klasse. Bitte keinen Prolo-Möchtegernchef mehr! Das ist besser fürs Seelenheil.

Neuer Job, neues Glück und ich werde definitiv an den

Umgangsformen feilen, denn solche sprachlichen Entgleisungen passieren mir hoffentlich nicht mehr außerhalb meines Verstandes.

Fünf Bewerbungen sind geschrieben und verschickt. Dass ich ausgezeichnet arbeite, gut in dem bin, was beruflich verlangt wird, weiß ich. Selbstbewusst bin ich ebenso und sie werden sich wieder für mich entscheiden.

Im Arbeitsprozess bricht gelegentlich der innere Vulkan aus und spuckt Lava, doch das kontrolliere ich zukünftig. Es wäre gelacht, wenn ich das Feuer in mir nicht zu bändigen vermag.

Zu einem Viertel bin ich Ungarin. Mama ist eine temperamentvolle Frau und ich habe Ansätze des Feuers von ihr geerbt. Leider auch das Fluchen. Sie wettert laut, ich im Kopf. Das habe ich mir von Papa abgeschaut, denn der schimpft lieber mental vor sich hin, doch erkennt man es an seinen Regungen in den Augen.

Mein kleines inneres Bewerbungsgespräch neigt sich dem Ende zu und ich werde definitiv viele Passagen im realen Gespräch rauslassen. Gott!

Die Haare binde ich zu einem lockeren Knoten, schlüpfe in Leggins und Shirt und schlendere nach der Gesichts- Tanzroutine zum Postkasten.

»Na, sieh einer an«, quatsche ich auf die Briefe ein. Vier Umschläge zieren meine schlanken Hände. Ich habe nicht Mamas Kurven geerbt, sondern die grazile Gestalt von Papa. Bisschen mehr Brust wäre schön. Ach Fuck, das B- bis C-Körbchen ist total okay und meine Körbchengröße ist scheißegal für den Job und interessiert niemanden.

Noch was, was ich mir für die neue Stelle vornehme: nicht mehr so viel abzuschweifen!

Zurück in der Wohnung öffne ich die Post und halte die Einladungen zu Vorstellungsgesprächen hoch.

Fein! Frau Aron hat einen Lauf. Ich hüpfe durch die Bude und singe: »Nora ist krass kluk – K L U K«.

Mein Lachen erfüllt den Raum, weil ich an Homer Simpson denke, wie er arschwackelnd und singend seinen Highschool-Abschluss verbrennt.

Eines dieser Gespräche wird klappen und mir zu einem Traumjob mit Traumführungsebene verhelfen, da bin ich sicher.

2

BEWERBUNGSGESPRÄCHE HIMMEL UND HÖLLE

Nora

Mit großen Augen starre ich auf die Fassade des Hochhauses, in der sich die potenzielle Firma befindet, die meinen Lebensstandard finanzieren wird. Schicke Gegend! Perfekt angezogene Menschen strömen wie Fische im Schwarm ins Gebäude, ohne ein Lächeln, starr und ausdruckslos. Gut, ich schwimme mit, steige in den Fahrstuhl und lasse mich in die sechste Etage chauffieren. Es wirkt alles wie geleckt und das gefällt mir. Die Metalltür gleitet automatisch auf und ich schlendere erwartungsvoll in den Flur auf den Empfangsbereich zu.

»Guten Morgen, wie kann ich Ihnen helfen?«

»Guten Morgen, Nora Aron. Ich habe heute ein Vorstellungsgespräch bei Frau Gundermann.«

Mein Profimodus ist angestellt und ich lächele ihr freundlich entgegen.

Im Büro der Chefin angekommen, sitzt mir eine verkniffene Frau gegenüber, die keine Miene verzieht und einen Stock ganz tief im Arsch stecken hat, der zusätzlich ihr faltiges Gehirn von innen pikst. Diese Alte macht mich komplett wahnsinnig, aus ihrem Mund kommt arroganter Dreck und aus ihren Augen feuern abwertende Blicke.

»Frau Aron, haben Sie denn ein Arbeitszeugnis Ihres vorherigen Arbeitgebers dabei? Ich kenne die Firma, in der Sie gearbeitet haben, und bin mit dem Chef gut bekannt. Ich könnte ihn anrufen.«

Scheißblöde Pisskuh! War ja klar.

»Nein, ich kann Ihnen kein Zeugnis dieser Art vorzeigen«, antworte ich hohl und möchte hier nur noch weg. Bei dieser Schrulle werden meine tüchtigen Finger keinen Vertrag unterschreiben, das weiß ich bereits, denn in den ersten fünf Minuten ist mir absolut klar, dass diese Frau und ich niemals beruflich kompatibel sein werden, und darüber hinaus würde mir der Hipster den Ruf versauen. Tausend Schimpfwörter rauschen durch meine Gedanken, die ich ihr zu gerne an den Kopf geknallt hätte.

»Noch Fragen?«, faucht sie wie eine biestige Katze. Kann diese Person nicht ein wenig freundlich sein? Urgs, ich muss hier schleunigst weg.

»Nein, ich habe keine weiteren Fragen«, gebe ich kühl und distanziert von mir, erhebe mich und sehe zu, dass ich Land gewinne. In diesem Fischschwarm werde ich nicht mitschwimmen.

Wie der Blitz schieße ich durch den Flur und laufe fast in einen Kerl hinein. »Gott!«, entkommt es mir, und ich bin froh, dass mein kluges Gehirn den Körper zu einem Ausfallschritt zur Seite nötigt und ich mein lechzendes Gegenüber nicht direkt mit dem Kopf knuffe, da wir etwa gleich groß sind. Irritiert ziehen sich meine Augenbrauen nach oben, weil dieser Mann mich ansieht, als wären wir nach einem Date bereits im Schlafzimmer. Gott sei Dank bin ich nicht in diese Katastrophe hineingelaufen, denn er ist nicht ansatzweise mein Traummann und würde sich durch weiteren Körperkontakt nur bestätigter fühlen. Wären wir jetzt in einem Bossroman, würde sich dieses

Männchen zum düsteren megaheißen Badboss verwandeln und direkt mein verlorenes Herz erobern. Was ist mit mir? Warum denke ich so was? So gruselig ist er auch nicht, dass mir das Gehirn alternative Szenarien vorspielt. Trotzdem stelle ich mir vor, wie er mich mit seinen starken Armen auffängt, mir prickelnde Süßigkeiten mit tiefer Stimme ins Ohr flüstert und mich direkt danach besinnungslos küsst. Leider schaue ich dann doch noch mal genau hin und erschaudere. Ich bin eindeutig untervögelt.

»Sorry«, flöte ich.

»Ist ja gar nichts passiert, Lady«, schmalzt er herum und ich würge gleich bei seiner Stimmfarbe den Kaffee hoch. Dummerweise bin ich nur Nora Aron und nicht die Laaaady aus dem Badboss-Roman, die mit erhobenem Kopf und einem falschen schiefen Lächeln die Räumlichkeiten der Firma verlässt und sich auf den Weg nach Hause begibt. Schade, ein heißer Traummann wäre eine schöne Gelegenheit, sich abzureagieren. Würde ich in diesem Unternehmen anfangen, wäre ich nicht besser dran als vorher beim Assi-Hipster und hätte nicht mal was zum Schmachten fürs Auge. Dafür schmachtet der falsche Badboss mir hinterher, wie der Blick über die Schulter verrät, und ich beschleunige instinktiv die Schritte. Mit dem möchte ich nicht allein im Fahrstuhl landen.

Eine Erkenntnis bleibt: Ich werde an mir arbeiten und die Artikulation im Außen liebevoll pflegen und damit rede ich nicht von den inneren Schimpfworttiraden.

Morgen versuche ich mein Glück in einem anderen Unternehmen, das Naturkosmetik vertreibt. Ich bin gespannt und positiv eingestellt. Der Chef der Firma ist ein Mann zwischen fünfzig und sechzig, das klingt vielversprechend. Hoffentlich ist er attraktiv und ich kann heimlich ein bisschen schmachten.

Zurück an der Luft strahlt mir die Sonne ins Gesicht, ich lächele breit und freue mich auf den Tag.

Genervt komme ich zu Hause an, weil das Verkehrschaos am Gemüt gezogen hat, da hilft ausschließlich ein Besuch bei meiner Freundin und liebreizenden Nachbarin Sonya. Wenn ich mir einen bunten Menschenvogel vorstellen würde, würde es eine Sonya sein. Sie ist Streetworkerin und begleitet Frauen, die auf der Straße arbeiten, von Prostitution leben oder von dieser bedroht sind. Ich habe riesigen Respekt vor ihr und ihrem Job.

Heute hat sie frei und ich werde mich auf eine Tasse Kaffee einladen, und der ist bei Sonya immer fair trade, versteht sich.

Sie öffnet mir nach einmaligem Klingeln die Tür und strahlt mich freundlich und fragend an. Der Geruch von frisch gekochtem Lebenselixier zieht durch den Flur und meine Mundwinkel begeben sich Richtung Glückseligkeit.

»Nora, wie lief dein Vorstellungsgespräch?«, fragt sie und drückt mir eine Tasse Kaffee in die Hand.

Ich schmunzele in mich hinein und nicke ihr zu. »Danke, zuckrige Lieblingsblüte.« Bei Sonya ist mein sprachliches Geschick oft verblümt, weil sie eine gute Seele ist und nach Blumen duftet. Wenn ich weitere Beschreibungen für sie finden müsste, wäre es verrückte Katzenfrau, obwohl sie keine Katze hat, oder eine schicke Hippie-Boho-Ethno-Lady.

»Es war okay, bis auf eine total verkniffene Chefin, die dort täglich auf mich warten würde, und gierige Männer, die einen mit schmierigen Blicken ausziehen. Darüber hinaus kennt sie den Assi-Hipster. Ich habe gleich gespürt, dass mir in dieser Firma der Flow abhandenkommen würde, und bin gegangen.«

Sie schaut mich mitleidig an.

»Ach je. Dann wird es beim nächsten Gespräch sicher

klappen. Das sagen mir mein Gefühl und die Schwingung des Universums.«

Ein bisschen crazy ist Sonya, aber das stört mich nicht. Es zählt ihr menschlicher Wert, denn egal, was bei mir brennt, sie ist da und löscht oder schürt das Feuer, je nach Bedarf. Mit ihren neununddreißig Jahren ist sie eine attraktive Frau. Sinnlich und schön, auf ihre individuelle Weise. Ihr Mann starb leider zu früh und war die Liebe ihres Lebens. Hoffentlich findet sie noch mal ihr zweites Glück, ich wünsche es ihr.

Aus dem Nachmittag wird Abend, und ich verziehe mich in meine Wohnung, um alles für den morgigen Tag vorzubereiten. Das Vorstellungsgespräch findet um 9:00 Uhr statt, und es wäre besser, wenn ich fit und ausgeschlafen bin. Eine Folge meiner Serie ziehe ich mir noch rein, husche ins Bett und schicke Mama, Papa und meiner Schulfreundin Sarah ein paar blöde GIFs vor dem Schlafengehen.

Der Wecker klingelt und ich hüpfe voller Vorfreude aus dem Bett. Heute ist ein guter Tag, und ich freue mich auf das Gespräch, welches hoffentlich den berauschenden Neuanfang mit sich bringt.

Rasch dusche ich und schwinge meinen Arsch in die Businesskleidung; trinke einen schnellen Kaffee und ziehe wieder meine Drei-Minuten-Fratzen vor dem Spiegel, ohne Rolli aus seiner Kühlzelle zu befreien. Auf das ausgiebige Morgenritual verzichte ich, da mir die Zeit fehlt und der Magen zu nervös für Beautyfeinheiten ist.

Mit Elan und Vorfreude verlasse ich die Wohnung und schwebe wenig später durch die Tür der öffentlichen Verkehrsmittel.

Fünf Minuten vor neun stehe ich oben am Empfangstresen und warte auf mein Gespräch.

»Herr Doktor von Weber ist gleich für Sie da, Frau …«, höre ich die Vorzimmerdame sagen. Sie schaut mich an und zieht ihre Augenbrauen in die Höhe.

»Frau Aron!«, ergänze ich.

»Genau, Frau Aron«, plappert sie mir in einer tiefen Stimmlage nach, die sich extrem angepisst und gestellt anhört.

Ihr hübscher Mund verzieht sich zu einem schiefen Lächeln. Professionelle Freundlichkeit fühlt sich echt anders an.

Die Tür zum Chefbüro öffnet sich und ich erblicke einen großen und stattlichen Mann von etwas älterem Semester. Er sieht gepflegt aus, ist adrett angezogen und eine Wohltat fürs Auge. Kurz spüre ich leichte Tendenzen, eingeschüchtert zu sein. Versteckt atme ich tief ein und komme dadurch runter. Seine Miene ist unbewegt, wirkt jedoch freundlich und professionell.

»Guten Morgen, Frau Aron, bitte treten Sie ein.«

Seine Stimme ist rau und männlich. Ich nicke höflich, folge ihm und lasse mich zu einem Platz geleiten.

»Frau Aron, setzen Sie sich bitte. Möchten Sie einen Kaffee oder ein Glas Wasser trinken?«

Und ob! Dann scheuchen wir schnell das schiefe Lächeln aus dem Vorzimmer eine Runde in die Küche, um uns danach zu bedienen. Das hat sie verdient. Böse Nora, böse Gedanken!

»Vielen Dank, einen Kaffee würde ich gern trinken«, erwidere ich rasch.

»Marie, bringen Sie bitte zwei Tassen Kaffee in mein Büro«, tönt es durch die Sprechanlage zur Assistentin.

Wenig später betritt sie mit einem Tablett den Raum und zwei Tassen Kaffee zieren den Tisch. Milch und Zucker werden extra serviert. Arschwackelnd und mit erhobenem Haupt verlässt sie uns. Meine Güte, diese Trulla hat echt Arroganz gekokst. Pur und nicht gestreckt. Ein winzig kleines Zucken erspüre ich auf der rechten Mundecke, unterdrücke aber die Mikroexplosion.

Herr Doktor von Weber schaut auf seine Unterlagen und blickt mich direkt an. »Ihre Vita ist vielversprechend, Frau Aron. Als ich Ihre Bewerbung durchging, stellte ich fest, dass Sie aufgrund Ihrer Referenzen für den freien Posten in der Firma geeignet wären.«

Das möchte ich wohl meinen bei diesen vortrefflichen Qualifikationen. Freundlich nickend beantworte ich seine Fragen. Herr Doktor macht auf mich einen kompetenten Eindruck, und ich habe nicht das Bedürfnis, ihn verbal zu attackieren oder meine Contenance wegzuschmeißen. Die Gehaltsvorstellung stelle ich in den Raum und verhandele mögliche Arbeitszeiten. Mit dem getroffenen Ergebnis bin ich zufrieden, dieser Mann hat seinen Standpunkt und besitzt die Größe, sich auf einen fairen Deal einzulassen.

»Ich musste schmunzeln, als ich beim Lesen Ihres Namens feststellte, dass Sie ein lebendiges Palindrom sind.«

Mein Lächeln ist wissend und breit, was nicht häufig vorkommt.

»Korrekt, Herr Doktor von Weber. Spezieller Name und ausgeprägte fachliche Qualitäten«, stapele ich etwas zu hoch. Sein Lachen wird jungenhaft und er scheint den kleinen Spaß als solchen zu verstehen.

»Wenn wir uns einig sind, könnten Sie zum Ersten des folgenden Monats den Beschäftigungsbeginn anvisieren. Wenn Sie weitere Fragen haben, wenden Sie sich bitte an Frau Krause, die Sie zu mir weiterleiten wird, falls nötig.«

Sie heißt also Frau Krause, okay. Dann kenne ich jetzt zwei Menschen der Firma. Doktor Chefchen und das Mariechen. Fein!

Letztens las ich das Buch *David Stone* von *Anna Rush,*

und da wurde David, Chef eines Konzerns, immer Chefchen in den Gedanken seiner Assistentin genannt. Das war eine erfrischende Liebesgeschichte. Ich liebe es, wenn Liebe und Erotik auf Humor treffen. Heute fühle ich mich davon inspiriert und lasse das Wort Chefchen in meinen Schädel, denn diese Bezeichnung ist lustiger als Dr. von Weber. Erotische Tendenzen verspüre ich nicht, jedoch genug innere witzige Passagen, die mich hier begleiten und durch das Gespräch fliegen lassen. Wichtig ist, sich nicht zu verplappern. Bewahre die Contenance in allen Lebenslagen, in denen gesprochene Worte fließen. Die Gedanken jedoch haben das Recht, im Kopf wilde Partys zu feiern und hinterhältig abzulästern, wie es ihnen beliebt. Da kann passieren, was immer passieren muss. Sie dürfen nur, um Himmels willen, niemals diese Zone verlassen und aus dem Mund fließen, denn sonst bin ich am Arsch.

»Herr Doktor von Weber, ich werde Ihnen meine Entscheidung Ende dieser Woche mitteilen.«

Er nickt mir wohlwollend zu. »Wenn Sie sich entschieden haben, klären wir alle weiteren Formalitäten. Gehaben Sie sich bis dahin wohl.«

»Danke, Herr Doktor von Weber, bis dahin.«

Beim Verlassen des Büros blicke ich in die spöttischen Augen von Mariechen, die mich aufmerksam mustern. Diese Chens sind amüsant und ich werde hier viel Freude haben. Mich überkommt es.

Mariechen sagte zu Mariechen, lass mich ma' riechen Mariechen, da ließ Mariechen Mariechen ma' riechen.

Da schießt mir doch urplötzlich dieser beknackte Reim in den Kopf. Mein klitzekleines Lachen verkneife ich mir nicht, weil ich mir wieder die durch die Nase gezogene Arroganz vorstelle. *Mach's gut, Mariechen,* entkommt es mir fast. »Auf Wiedersehen, Frau Krause«, bekomme ich fein und brav zustande, obwohl ich innerlich herrlich über meinen kindischen Zungenbrecher jubele.

Ein guter Start in den Tag war das heute!

Kurz vor dem Ausgang drehe ich mich noch einmal um, um mir ein letztes Feeling von der Firma einzufangen. Ich mag es hier. Das Ambiente ist irgendwie zeitlos und strukturiert, wie es zu der Marke passt. Die Produkte überzeugen durch Klarheit im Verpackungsdesign und durch reichhaltige und natürliche Inhaltsstoffe.

Da waren hervorragende Designer und Produktentwickler am Werk. Gut, ein bisschen moderner könnte es sein, doch das bekomme ich bei Gelegenheit angesprochen. Zum Glück nutze ich die Produkte von Naturometika privat und kam darüber auf die Ausschreibung der Stelle. Sonst hätte ich mich sicherlich nicht beworben. Zusätzlich entspricht das online beschriebene Leitbild meiner Vorstellung. *Natürlich, nachhaltig und menschlich,* oder so ähnlich stand es dort. Gedankenverloren bewege ich den Kopf zurück und rassele volles Ballett mit einem Menschen zusammen, den ich vorher nicht auf dem Laufweg zum Ausgang erspäht hatte. Na toll! Wird das jetzt immer das Ende eines Vorstellungsgespräches für mich sein? Ich knalle in jemanden hinein? Bitte nicht!

Ich war wohl länger in Gedanken versunken als geplant und dieser Mann ist aus dem Nichts aufgetaucht. Crash, boom, bang lande ich an seinem Oberkörper, an seiner festen und harten Brust, wie ich erspüre, weil meine Finger darauf zum Ruhen kommen, was alles andere als unangenehm ist. Meine Nase wird von einem angenehmen männlichen Duft umhüllt. Wonach riecht er? Nach Zitrone? Holzig? Wie eine frische Meeresbrise? Nach ihm? Scheiße, in den Büchern, die ich abends zur Entspannung lese, wissen die Frauen immer, wonach ihre Männer bei der ersten Begegnung riechen, und ich habe keine Ahnung, was mich hier benebelt, aber er riecht göttlich.

Zackig trete ich zurück, straffe die Schultern und

werde losgelassen. Schade! Warum bin ich nicht stehen geblieben, war ja irgendwie ganz kuschelig.

Mein Blick schießt in die Höhe, und ich treffe auf Augen, die mich ebenso mustern. Was ist das für eine Farbe? Nicht mal das ist hier bei diesem Exemplar eines Mannes klar, denn die Iriden sind ein bunter Haufen an Nuancen. Oder bin ich so high von seinem Duft, dass mein Gehirn ausgesetzt hat und ich unter einer Farberkennungsstörung leide? Die Mischmasch-Augenfarbe steht ihm. Nach einem zweiten Blick erkenne ich, dass es grün, braun und ein bisschen wie … Gold aussieht? Karamell?

Guten Tag, ich bin Nora Aron und du bist heiß. Leider habe ich weder ein Verständnis über Düfte noch zu Farben, aber ich brauche den Job. Du musst ja niemandem verraten, dass ich total dumm bin.

Gut, dass ich denke und nicht spreche. Es ist erstaunlich, wie viele Details unsere Gehirne in kurzer Zeit aufnehmen. Der Mensch ist ein wahres Wunder der Natur. Diese alberne Floskel kostet mich gedankliche Gaffsekunden, denn ich drifte ab.

Kein Wunder, dass ich Marketing-Mensch geworden bin, mein Kopf ist immer voller Ideen und Hirngespinste. Hoffentlich werde ich nie so abgefuckt und ausgebrannt sein, dass ausschließlich rudimentäre Gülle den Geist benetzt.

Gehirn aus, Augen auf! Ich stehe vor einem attraktiven Mann.

Mein Scan geht weiter. Sein Körper ist hochgewachsen, Muskeln sind vorhanden, der Mund ist voll und herrlich rot, die Nase ist kein Zinken und kein Stupsnäschen. Sie ist echt hübsch! Seine Haare sind modern frisiert und mittelbraun. Ob sein Penis auch irgendetwas mit mittel ist? Mittellang oder mitteldick? Pfui, Nora, was ich wieder denke. Dem Scan gebe ich wunderbare neun Punkte auf einer Skala bis zehn. Nein, der Typ ist eine neun Komma fünf. Oberflächlich sein kann ich fantastisch.

»Entschuldigung. Ich habe Sie nicht gesehen«, ertönt seine mitteltiefe Stimme, die mir unter die Haut fährt. Sie hört sich so herrlich warm an wie ein perfekt temperiertes Badewasser. Ich möchte direkt darin eintauchen.

Mittel kann dieser Kerl, obwohl er rein optisch und insgesamt eher Richtung obere zehntausend tendiert. Ein heißes Exemplar der menschlichen Gattung, das mich gehörig durcheinanderbringt. Hoffentlich ist er nicht so schwul wie mein heißer Nachbar.

Mir wird warm, und meine Hände schwitzen, ohne in einer Badewanne zu sitzen. Das ist hier wirklich wie in einer Schnulze und alles andere als mein letzter Zusammenstoß, bei dem ich gerannt bin. Weggerannt!

»Kein Problem. Es ist ja nichts passiert. Ich war nicht bei der Sache. Sie bekommen von mir ebenfalls eine Entschuldigung.«

Eloquent die Etikette wahren ist der Plan, auch wenn ich gerade lieber noch mal in ihn reinlaufen würde. Gut, ich habe eine weitere Person der Firma gesehen. Das Firmenlogo blitzt mir auf seinem Shirt entgegen, und ich freue mich, ihn vielleicht öfter bei Naturometika anschmachten zu können.

Drei von neun Personen sind abgehakt, fein. Doktor Chefchen, Mariechen und das sexy Mittelchen, wie ich ihn zukünftig in meinen Gedanken und feuchten Träumen nennen werde.

Mittelchen ist ein herrlicher Wortwitz, da ich mich in einer Kosmetikfirma befinde. Hier werden Mittelchen für die Schönheit produziert, und das vom sexy Mittelchen. Ha, Werbeslogan gefunden.

»Na dann, auf Wiedersehen!«, sage ich freundlich und hoffe, niemand hat uns beim ewigen Rumstehen und

Ansehen im Flur beobachtet. Haben wir flüssig miteinander gesprochen oder uns nur penetrant angeglotzt?

»Alles klar, bis dann«, antwortet er und zieht einen Mundwinkel nach oben. Das sieht so scheiße heiß aus und ich spiegele automatisch seine Mimik.

Beflügelt drehe ich mich um und verlasse Naturometika. Meine Füße tragen mich munter nach Hause. Witzig, diese Firma der Chen-Chens, die nicht unterschiedlicher wirken könnten.

3

DATES IM HINTERHOF

Nora

Ich bin eindeutig zu beschwingt, um zu lesen oder eine Serie zu schauen. Mir wäre nach Wein und Sex. Die Reihenfolge ist egal.

Mein Handy bietet Raphael an, den ich über eine Dating-App kenne. Jedenfalls glaube ich, mich zu erinnern, dass er so heißt. Es ist etwas eklig, dass er wie mein Papa heißt, doch der Typ ist scharf. Kennen ist zu viel des Guten, denn ich habe ihn im realen Leben nie gesehen. Ab und zu nutze ich die Vorzüge des Online-Datings und der Apps, und mit ihm habe ich ein paarmal geschrieben, aber zu einem Treffen kam es nicht. In seinem Profil steht *Gott R.*, und das reicht mir heute aus, um auf meine Kosten zu kommen. Hoffentlich fickt er mich auf den Olymp.

»Bitte sei verfügbar, sexy Raphael«, flüstere ich ins Telefon, während ich ein Auge zukneife, weil der Name echt scheiße für meinen Sexboy ist. Er wohnt direkt im Umfeld, wie die App preisgibt, und ich öffne das Chatfenster.

Nora: *Hey! Ich habe keine Lust zu schlafen. Hast du Lust auf mehr?*
Raphael: *Hey Baby, lange nicht geschrieben. Möchtest du vorbeikommen?*
Nora: *Schick mir deine Adresse. Ich mache mich auf den Weg.*

Das war ja leichter, als eine Pizza zu bestellen. Raphael wohnt ein paar Straßen weiter, irgendwo neben dem leckeren Dönerladen, bei dem ich mir gelegentlich einen Veggi-Dürüm gönne. Welches Glück, nicht durch die halbe Stadt streifen zu müssen, um mir eine männliche Beute fürs Bett zu fangen. Ich vermute, Raphael ist Türke. Südländisch anmutende Kerle finde ich ganz ansehnlich. In meinem Kopf ist er ein Mann, um die einen Meter und achtzig, mit dunklen Haaren und schokoladigen Augen. Immer wieder scrolle ich durch sein Profil und sehe sein Bild an in der Hoffnung, mehr darüber herauszufinden, wer mir gleich live gegenübersteht. Auf seinem Profilbild ist er künstlerisch dargestellt und nicht ordentlich zu erkennen. Das Foto ist unendlich heiß und ich möchte mich mit ihm durch die Laken wälzen. Ein bisschen gefährlich ist das Spiel mit dem Unbekannten, aber ich habe immer Pfefferspray dabei und einen Selbstverteidigungskurs in der Tasche. Mir ist nie etwas passiert und das bleibt hoffentlich so. Mit einem Grinsen im Gesicht schnappe ich mir den Wohnungsschlüssel und begebe mich auf den Weg ins Ficki-Fuck-Land.

Vor dem Dönerladen umhüllen die Gewürze in der Luft meine Nase und mir läuft gehörig das Wasser im Mund zusammen. Der Eingang zum Fickparadies scheint sich auf dem Hinterhof zu verstecken. Den Laden, der Stil und gehobene Preise vorweist, lasse ich zurück, schlängele mich an den Tonnen vorbei und stehe in einem bewachsenen Innenhof.

Wow! Hier ist es sehr schön, und ich habe nicht erwartet, dass sich hinter dem Laden ein kleiner Sommernachtstraum versteckt. Verschiedenste Pflanzen ranken an den Hauswänden empor. Meine Augen schließen sich wie von selbst, ich rieche und fühle, was mich umgibt, und stelle mir kurz einen Urlaub an der türkischen Riviera vor. Das wär's! Mit diesem Feeling fliege ich förmlich über den Hof, zücke das Handy und schreibe, dass ich da bin.

Die Tür wird wenig später durch ein Summen geöffnet, ich schlendere die Treppe empor und stehe vor einem Schrank. Einem Mann, der neben meinem Kleiderschrank nicht auffallen würde, weil sie beste Schrank-Buddys sein könnten. O bärenstarker Gott! Ich sehe sie vor dem geistigen Auge Klamotten-Werfen spielen oder sich gegenseitig knuffen, bis sie umfallen, und ich bezweifele, dass Raphael fällt. Er ist riesig, breit und unwahrscheinlich lecker! Vermutlich starre ich ihn blöd an, weil er anders ist, als ich erwartet habe.

»Äh, hi, Raphael«, säusele ich und stelle mir vor, wie mich dieser Berg durch die Wohnung trägt.

»Hi, Baby. Wer ist Raphael? Meinst du mich?«

»Nicht? Raphael ist wirklich ein schöner Name. Welcher Name wäre dir denn lieber?«, kommt es von mir mit schiefem Lächeln. Ich verschweige, dass Papa so heißt, und schiebe den Gedanken schnell ins Nirgendwo, damit meine Libido an Ort und Stelle bleibt und gleich mit ihm eine wilde Party feiert.

Sein Lachen erfüllt den Flur. Nicht, weil es hell ist oder schallend, sondern weil er eine unwahrscheinliche Resonanz in der Stimme trägt. Dieser Kerl könnte glatt ein Bass-Solo im Männerchor singen, und er würde jeder Frau in der Zuschauerreihe so was von durch den Körper schießen, dass die Soße deiner Vulvina die Beine entlang fließt.

Tropf, nass, Pfütze! Das ist eine Stimme, die mich fertigmacht. Wie wenn ich Vertreter am Telefon habe, nichts benötige, aber alles kaufe und mich einlullen lasse, weil die Stimme meinen Arsch auf dem Stuhl hin und her rutschen lässt. Ja, solch ein Wunderinstrument besitzt Raphael und ich würde alles mit mir machen lassen.

»Baby, ich heiße Raúl. Komm doch rein.«

Was? Raúl heißt er? Was ist nur in meinem Hirn los? Und viel wichtiger: Wie groß ist dieser Hüne bitte? Und diese Schultern. Einen lebendigen Hulk habe ich lange nicht gesehen. Meinen Kopf strecke ich empor, lege ihn in den Nacken, um fähig zu sein, dieses männliche Geschöpf anzublicken. Meine Schuhe ziehe ich aus und stelle sie akkurat im Flur seiner Wohnung ab und das Sommerjäckchen hänge ich an den Haken. Hier ist es ordentlich, und er muss ja nicht merken, dass ich alles andere als das bin.

»Entschuldigung, wie groß bist du, Raph… äh Raúl? Machst du Sport?«

»Einen Meter achtundneunzig spanische Meisterklasse, Kleines. Ja, ich bin Sportler, Handballer und Footballer, um genau zu sein. Das ist mein Beruf.«

Mmh, Alarm im Höschen! Spanier und Sportler.

Ja, jetzt, wenn er es sagt, umgibt ihn eine spanische Aura. Raphael ist nicht der stereotype türkische Name, aber Ahnung habe ich da nicht. Dieser Raúl ist unwahrscheinlich sexy! Er sieht aus wie ein griechischer Gott. Scheiße, spanischer Gott. Was ist denn los mit mir? Das Mittelchen auf der Arbeit hat mich heute Morgen beim Zusammenstoß ordentlich verrückt gemacht. Innerlich verrückt. Das werde ich schnellstmöglich wieder geradebiegen und mir den Kopf freivögeln.

Der Adonis grinst mich an, ich lächele zurück und verstehe, warum er sich in seinem Profil als Gott betitelt.

»Möchtest du einen Wein, Kleines?«, fragt er vornehm und kokett. Irgendwie habe ich mir Sportler ungehobelter vorgestellt. Der Typ wirkt eher wie ein überkandidelter Banker, ein Anwalt oder ein Lektor in extra hot. Raúl schaltet die Musik ein und dieser spanische Gesang hört sich wie ein lispelnder Super-Zungen-Überschlag an. Hoffentlich ist seine Zunge so akrobatisch und leckt an mir, wie die Sänger in den Liedern mit Zungenüberschlägen schmettern.

»Hat der Sänger da *Penis* gesungen mit spanischem Akzent? Ich habe es genau gehört. O mein Gott, der hat doch wirklich gerade *Penis* gesungen?«, quieke ich auf.

»Wie bitte?«, brummt er mir entgegen.

Diese Stimme dröhnt mir in den Unterleib. Kann der normal sprechen? Hoffentlich spricht er beim Lecken nicht, sonst falle ich vor Beschallung in Ohnmacht. So, als würde man die Bässe in der Disco nicht mehr aushalten, bis auf dass es dann Druckwellen an der Mitte anstatt aus der Box sind.

»Hat der Sänger dieses Liedes *Peeeeenis* gesungen? Das war das Einzige, was ich verstanden habe, und Macarena.«

»Macarena stimmt. Penis nicht. Er singt *Penas* und das heißt Strafe.«

Er lacht wieder. Ich bin also belustigend für ihn.

»Ich kann dir einen Avior, La Granadilla Verdejo oder einen Condado Real Rosado anbieten.«

What? »Ach, weißt du, Hauptsache, er knallt.« O scheiße, habe ich das laut gesagt? Sein Gesicht verrät mir, dass ich es sehr deutlich geäußert und einen richtigen Weinkenner tief und bis ins Herz getroffen habe. Er sieht wenig begeistert aus.

»Sorry!«, versuche ich es mit gesäuselten Worten, einem Wimpernschlag und Charme. Wein ist okay, lieber trinke ich Gin. Der macht mich schnell besoffen, und ich denke, ein Glas vergorene Traube ist aktuell die bessere Wahl, als sich hier abzuschießen und noch mehr dummes Zeug zu quatschen.

»Baby, ich mache uns einen Rotwein auf. Würdest du bitte aus der antiken Vitrine Weingläser holen?«

Na klar, ich trinke zwar so gut wie nie Wein, aber das bekomme ich hin. Gläser zu besorgen ist eine Leichtigkeit. Er muss als Sportler ordentlich verdienen, vermute ich. Oder hat er reiche Eltern? Geerbt? Ist er vielleicht ein spanischer Adelssohn, der seines Landes verwiesen wurde, weil er die spanischen Frauen des Adels zu hart weggefickt hat?

Seine Wohnung ist geschmackvoll und luxuriös eingerichtet und sogar die Gläser sind edel. Ich entscheide mich für die Swarovskigläser, weil sie hübsch sind, und schlendere siegessicher zu ihm hinüber, da ich den Auftrag erfüllen konnte.

Er starrt auf meine Hände und zieht die Augenbrauen zusammen. »Ich trinke keinen Rotwein aus Weißweingläsern, Baby.«

Jetzt nervt er mich gewaltig, indem er den Oberwinzer mimt. Meine Güte, der will vögeln, und wer das möchte, sollte freundlich bleiben.

»Sag mal ein paar Wörter auf Spanisch«, bitte ich ihn, um die ganze Sexnummer voranzutreiben und endlich nicht mehr über Scheißwein zu sprechen. Ich liebe es, wenn sexy Männer in Fremdsprachen auf mich einreden und meine Ohren nichts verstehen; nur säuselnde Beats wahrnehmen. Dabei geht es um das Gefühl, welches mit der Wortmelodie übermittelt wird. Ich bin absolut angetörnt von seinem spanischen Geraune und blicke ihn dementsprechend an. Sein Scheißwein scheint ihm mittlerweile egal zu sein, denn er pirscht sich an, kniet sich hin, um meine Taille zu packen und mich anzuheben. O spanischer Gott, es geht vorwärts, geil! Er ist kräftig und hebt meinen Körper mit Leichtigkeit empor.

Scheppern! Crash, boom, bang, ein zweites Mal am Tag.

»Aua!«, schreie ich auf und bewege die Finger an den

Kopf. Das tat weh!

»Mierda!«, brummt er.

Flucht er? *Mierda* klingt wie das Französische *merde*. In diesen Sprachen hört sich *Scheiße* so viel schöner an. Das finde ich gemein, da fluchen herrlich befreiend ist und Scheiße so hart klingt. Es dröhnt im Oberstübchen. Da hat er beim Aufstehen seine Körpergröße nicht bedacht, wenn er mich mit in die Höhe hebt und meinen Kopf gegen die Deckenbalken katapultiert. Doch Sportler und kein Matheprofessor. Ich beiße die Zähne zusammen, schließe die Augen und atme den Schmerz weg. Morgen habe ich nachhaltig Kopfweh, da bin ich sicher.

»Geht es, Baby?«, will er von mir wissen.

Nickend versuche ich zu lächeln. Seine kraftvollen Arme tragen mich in sein Schlafzimmer. Mit vollem Körpereinsatz arbeite ich mit und ducke mich unter der Tür durch. Das passiert mir heute Abend nicht noch mal. Vorsicht ist die Mutter der Porzellankiste, und meinen Kopf behandele ich wie Porzellan, denn darin sind die Ideen gespeichert, die mir die Brötchen verdienen. Selbstverständlich ist im Schlafzimmer der Großteil antik wie in der restlichen Wohnung. Über dem Bett strahlt mich ein riesiges Porträt mit einem nackten Mann an. Ein wahnsinnig breiter Rücken und knackiger Arsch sind zu sehen, und das ästhetisch in Szene gesetzt.

»Wow, geiler Hintern!«, stöhne ich halb hervor, weil die Situation mich anmacht.

»Danke! Ich stehe gelegentlich Aktmodell. Meine Schwester malt, fotografiert, und das vorrangig Akt.«

Es wird ja immer besser. Mit einem Aktmodell war ich noch nicht in der Kiste. Raúl setzt mich auf dem Bett ab, zieht geschmeidig seine Kleidung aus und steht entblößt vor mir. Definitiv ist der Knackarsch, der sich hier präsentiert, der sexy Hintern auf dem Porträt. Köstlich! Raúl ist ein delikates Schnittchen.

Ich ziehe das Shirt über den Kopf, streife die Hose ab, setze mich aufs Bett und öffne die Beine für ihn. Mein Höschen entfernt er knurrend.

»Du hast eine hübsche Pussy, Baby!«

»Äh, danke schön. Dein Schwanz gefällt mir auch sehr.«

Dein Schwanz gefällt mir auch sehr?

Ich habe mir heute ernsthaft den Kopf angestoßen bei diesem Quatsch, den ich erzähle. Er küsst sich an meinem Bauch hinab und eine Gänsehaut zieht sich darüber.

Wie würde ich es in den verblümten Büchern lesen?

Die kleinen Spitzen werden zu festen Diamanten. Nein!

Zarte Knospen recken sich entgegen, die Liebkosung wünschen. Nein!

Meine Nippel werden hart, schmerzen vor Gier und ich bin geil! Ja! Das ist eher meine Realität, nicht dieses softe Umschreiben!

Ich schmunzele. An mir ist nichts mehr zart, und liebkost zu werden, steht nicht auf dem Plan. Aber ich bin erregt, heiß und willig, wie es sich für eine Frau gehört, die vorhat, sich heute den Kopf frei zu vögeln. Würde er nur nicht so brummen, Hilfe! Ich werde wahnsinnig von diesen Geräuschen.

Die Gedanken stoppen, als seine Zunge meine Vulvina findet und er mich derb leckt. Es ist fest und wild. Ich falle nicht um, denn er spricht nicht, nur seine Zunge vibriert und fegt gefühlte heiße Basswellen über meine *hübsche Pussy* hinweg. Sein Brummen verpasst mir eine Gänsehaut. Das ist angenehm, aber ich explodiere nicht. Er gibt es mir nicht, wie ich es brauche. Irgendetwas fehlt und ich komme nicht ins Gefühl.

»Hast du Kondome, Raúl?«

»Natürlich, Baby.«

Er greift nach den Gummis und zieht sich eines davon über. O heiliger Scheiß! Das ist ein kolossaler Penis und ein Kondom, das du zum Kindergeburtstag als Piñata-Ballon aufblasen könntest, um darin Süßigkeiten zu verstecken. Das Zucker-Dings vor mir ist ein riesiger Lolli und das kann anstrengend werden. Lutschen will ich daran nicht, da ich keinen Bock habe zu ersticken.

Der Sex wird heute nicht das, was ich brauche, denn ich spüre die Vorahnung bereits tief in meinem Uterus gegen die Wände treten. Kraftvoll bugsiere ich ihn aufs Bett und nehme die Zügel in die Hand. Hüh!

Langsam lasse ich mich auf ihm nieder und dehne mich sportlich geschickt, da ich meine feuchte Freundin später im Leben für andere sexy Abenteuer unversehrt benötige. Sein Penis fühlt sich ebenso gigantisch an, wie er aussieht, und stößt ordentlich gegen meinen Gebärmutterhals. Dieses Gefühl kann echt unangenehm werden, wenn ich ihn zu tief hineinlasse. Zum Glück bin ich oben und entscheide, wie weit er mich, wie ein gefülltes Hühnchen, aufspießen darf. Langsam, ja, das funktioniert. So ist es angenehm und aushaltbar. Ihm ist es anscheinend zu träge, er schleudert mich herum und ich bin nach einem Stellungswechsel unter ihm. Raúl ist vorsichtig und zielsicher, jedoch bekomme ich nur Hunger auf mehr. Hunger auf diesen Scheiß-Dürüm, den es da unten im Laden gibt. La, la, la, ich bin Nora und begebe mich gleich nach dem Fickchen ins Fresskoma. La, la, la.

Irgendwann komme ich, weil Hände Unterstützung geben und ich meine Gedanken zur Ruhe zwinge. Der Orgasmus ist zart, fein und hebt mich nicht aus den Angeln. Er kommt wenig später mit einem Brumm-Bass-Stöhner, der tief in meiner Vulvina nachhallt. Der Sex ist okay, aber kein Highlight. Mit einem Ruck zieht er seinen Riesendödel aus mir heraus und verknotet den mit Sperma gefüllten Luftballon. Wenigstens scheint die Abspritzmenge normal zu sein. Wenn das auch noch eine Wagenladung voll weißer Soße gewesen wäre, würde ich an der Normalität dieses Mannes zweifeln.

Hastig springe ich aus dem Bett, ziehe meine Sachen an und drücke ihm einen flüchtigen Kuss auf die Wange. Die Verabschiedung verläuft rasant und emotionslos.

»Danke, Raúl, für diesen Abend. Ich melde mich bei Gelegenheit.«

»Bis dann, Baby«, erwidert er, während ich aus der Wohnung stürme.

Kaum ist die Tür hinter mir geschlossen, flüchte ich mich ins Treppenhaus und auf den Hinterhof. Die leckeren Gerüche wabern durch die Luft und mir fließt das Wasser im Mund zusammen. Erneut quetsche ich mich an den Tonnen vorbei und betrete den Laden der kulinarischen Lust. Zwei lustvolle Momente kurz hintereinander, herrlich. Was bin ich doch für eine gesegnete Frau. Ein Megaorgasmus wäre schön gewesen, aber das sind Luxusprobleme. Der Veggi-Dürüm schmückt wenig später meine Hand und landet im Mund. Grinsend starre ich in den Abend hinein. Meine Beute sieht wie eine schöne und wohlgeformte Vulvina aus, die sich vor meinen Augen aufblättert und in all ihrer Pracht präsentiert. Letztens las ich über eine Vulvina-Künstlerin, die weibliche Genitalien in den schönsten und leuchtendsten Farben auf Leinwände bringt. Die Gemälde werden weltweit ausgestellt. Ein zweites Mal blicke ich intensiv auf den Dürüm und lächele. Ja, das ist kunstvoll.

Ob Raúls Schwester auch Vulvina-Kunst aufs Papier bringt?

Ob er in seinem Leben einer Aktmalerei mit aufgeblätterter Vulvina beigewohnt hat?

Ob er auch gern Dürüm isst?

Diese Fragen beantwortet mir heute niemand mehr. Ich bin entspannt, aber nicht glücklich. Wann tritt dieses Gefühl endlich bei mir ein?

4

HALLO, ICH BIN IN DA HOOD

Nora

Nach dem Klingeln des Weckers liege ich ein bisschen länger als geplant im Bett herum. Meine Gedanken kreisen und ich schaue mir lustige Pferdetransformationen in den Insta-Reels an, wie sich Menschenköpfe zu Pferdefratzen wandeln. Die kommen immer auf Ideen, irgendwie irre. Hm, aber vom Pferdesport bin ich meilenweit entfernt. Wie lange bin ich bitte nicht mehr ordentlich rumgeritten? Der letzte Mann war Raúl, und das ist drei Wochen her. Ich gehe sexuell frustriert zum ersten Arbeitstag und dieser Raúl ist dezent bescheuert. Ein paar Tage nach unserem Date fragte ich wirklich übermäßig freundlich, wie es ihm geht, und erklärte, dass ich traurig war, dass er sich nicht erkundigte, ob ich gut nach Hause gekommen bin. Seine Nachricht war die letzte an mich und ich bin fertig mit diesem Kapitel meines Lebens. Den Chat öffne ich rasch und lese noch mal nach.

> ***Raúl:*** *Nora, Geduld ist eine Tugend und du hast sie NICHT!*

Deutlich lesbar und für mich fern jeglicher Nora-Realität. Arschkrampe. Ehrlich!

Davon lasse ich mir jetzt nicht die Stimmung verderben und freue mich lieber auf den Tag bei Naturometika und meine neue Herausforderung. Wenigstens kann ich auf der Arbeit schmachtend dem sexy Mittelchen auf den Arsch glotzen. Dort bin ich zukünftig in da Hood und der Gedanke an später lässt mich grinsen. Die anderen Vorstellungsgespräche hatte ich direkt nach dem Gespräch bei NM abgesagt, denn mit einem Zeitscheißer wurde ich bis dato nicht gesegnet. Das wäre ja Mal eine nutzbringende Erfindung. Ein Gerät, oder von mir aus ein maschineller Scheißer, der verfügbare Extrazeit scheißt, um dann zusätzliche Kapazitäten für Freizeit zu schaffen. Wie die Schüssel vom süßen Brei, nur als Zeit-Scheiß-Gerät. Geil! Das will ich haben. Gegebenenfalls baue ich das gedankliche Gedöns gleich in eine Werbekampagne oder einen Slogan um.

Sie haben keinen Zeitscheißer, der Ihnen zusätzliche Lebenszeit scheißt, um sich zu entspannen? Dann nutzen Sie die Produkte von Naturometika und sehen länger jung, schön und relaxt aus.

Schade, dass ich damit nicht in der Führungsebene punkten kann, da ich eindeutig allerlei *Scheiße* und *scheißen* benutzen würde. Sonst hätte es Potenzial.

Gedanklich gehe ich noch mal die Eckdaten durch. Das Konzept der Firma ist super und ich mag Chefchen. Mein Gehalt und die Arbeitszeiten funktionieren für mich und die Menschen sind auf den ersten Blick verträglich und freundlich. Eine solide Basis, um es zwischenmenschlich durchzuhalten. Um das fachliche Fundament sorge ich mich nicht, denn das Gehirn in meinem Kopf lernt effektiv und effizient. Wird schon werden.

Schwungvoll und voller Tatendrang verlasse ich das Bett und stehe wie ein dummes Schaf vor dem Kleiderschrank. »Mäh, was ziehe ich nur an?«, blöke ich auf die Kleidung ein. Ein erster Tag in der neuen Firma ist speziell. Man will Eindruck hinterlassen, aber nicht zu sehr auffallen und erst recht nie wie ein dummes Schaf aussehen. Mit festem Griff ziehe ich eine Hose samt Bluse heraus und bin glücklich mit dieser Wahl. Hochgeschlossen, gut sitzend und nicht zu aufreizend. Vielleicht sollte ich mir einen Papagei zulegen, der mich morgens mit netten Komplimenten vollquatscht, wie superhübsch ich doch aussehe. Im Badezimmer springe ich unter die Dusche, rolle anschließend den Gesichtsroller über die Haut und schminke mich dezent. Letzter Kontrollblick und dann los.

Heute riecht es im Fahrstuhl, als hätte eine Putzkolonne einen Eimer Reinigungsmittel verschüttet. Mein Puls hämmert stetig und aufgeregt durch den Körper und ich bin voller freudiger Erwartungen. Auf dem Plan steht, mich mit den Chens und den Gegebenheiten der Firma zu vertrauen. Drei von acht konnte ich live und in Farbe beim Vorstellungsgespräch erblicken. Nummer acht bin dann ich, und es fehlen vier Menschen auf der Liste, um meine Abteilung auf dem Schirm zu haben. Die Fahrstuhltür öffnet sich und ich betrete Naturometika. Der stinkige Geruch, der einem die Naseninnenwände verätzt, zieht sich nicht bis in diesen Bereich und ich bin froh darüber.

Nach und nach stelle ich mich dem Team vor und kenne jetzt neben Doktor Chefchen, Mariechen und dem sexy Mittelchen auch Frau Gramig und Herrn Deuter. Der Trakt Finanzen wird von Frau Gramig geführt, die ihren Namen nicht verdient hat. Griesgrämig ist sie nicht sonderlich, eher von sonnigem Gemüt. Dadurch fällt es mir leicht, den Namen einzuprägen. Eselsbrücken halfen bereits in der Schulzeit, um sich schwierige Begriffe abzuspeichern.

Herr Deuter, der ebenfalls im Finanzbereich tätig ist, macht einen kompetenten ersten Eindruck. Nette Leutchen.

Jonas Bergmann und Michelle Schwabe sind die letzten beiden Personen auf meiner Liste. Praktikant Jonas ist nicht auffindbar und mit Michelle habe ich meine direkte Büropartnerin gefunden, denn hier werden diese gemeinschaftlich, meist zu zweit, genutzt. Na großartig! Hoffentlich ist Miss Michelle sozial verträglich unterwegs, oder sollte ich sie Chellchen beziehungsweise Schwäbchen nennen? Genug mit den Chens. Das wird mir auf Dauer zu anstrengend.

Mein Blick fällt auf den Schreibtisch. Er ist aufgeräumt, das Büro wirkt clean und die Möbel sind geschmackvoll. Ich mag es, wenn die Wände nicht mit Tausenden Bildern verziert sind, denn das lenkt ab und lässt den Fokus verlieren. Eine dezente Farbe schmeichelt meinen Augen, aber ein paar Pflanzen würden dieses Büro optisch aufbessern. Es gibt stilvolle Möbel auf dem Markt, die das Grün in ihr Möbel-Mojo integrieren. Die Blümchen oben darauf zu stellen, ist aber auch okay. Ich finde leicht zu pflegende Lufterfrischer toll, die wenig Wasser benötigen. Dann ist es nicht dramatisch, wenn sie ein paar Tage vergessen werden. Wir sind ja keine Gärtner.

Pflanzen wirken beruhigend auf mich, und ich übe, nicht mehr so aufbrausend in meinem Inneren zu sein und die Fluch-Ruhe zu finden. Das Mojo-Ding werde ich beizeiten mit Frau Schwabe besprechen, die mich gerade anstiert. »Hey, morgen. Ich bin Michelle. Willkommen im Team von Naturometika. Wenn du Fragen hast, frag mich. Ich bin seit zwei Jahren für NM tätig und kenne mich aus.«

Okay! Sie ist gleich beim Du, verstehe. Ob ich das gutheiße, weiß ich nicht. Michelle kennt sich aus, hm.

Innerlich verdrehe ich die Augen. Sie wirkt ein wenig angeknipst. Die Stimme ist zu hoch und ihr Lächeln zu künstlich. Hoffentlich ist es die Aufregung über meine Ankunft. Chellchen teilt sich ja das Büro ebenso mit mir und das ist auch für sie eine Umstellung.

»Hallo! Nora Aron, freut mich.«

Nach der recht knappen Begrüßung inspiziere ich meinen Schreibtisch, gucke die Programme durch und werfe einen Blick auf die Social-Media-Kanäle. Es liegt gehörig Arbeit vor mir und einiges an Luft nach oben ist zu sehen. Meine Aufgabe bei NM sind das Online-Marketing, die Markenkommunikation und optional die Begleitung der Produktentwicklung. Meine Marketingstrategie werde ich explizit und feingliedrig ausarbeiten. Die vorherige Strategie wird nicht übernommen, denn ich bin eine kleine Füchsin und erfinde mich innerhalb der Firma neu. Schlau und gerissen. Bei diesem Gedanken, wie ich Naturometika vorantreiben werde, streichele ich mir mental die Schultern. In den nächsten Tagen ist es Pflicht, umgehend die Konkurrenz zu analysieren und zu gucken, was auf diesem Gebiet läuft und wie es die anderen Firmen der Sparte angehen. Darüber hinaus muss ich Zielgruppen inspizieren und dazugehörige Möglichkeiten entwickeln, wie diese erweitert werden beziehungsweise eingeschränkt. Puh, das wird arbeitsintensiv! Einen spezialisierten Platz am Markt zu erreichen, wäre ein durchdachtes Ziel für uns alle. Menschen, die sich pflegen, Produkte kaufen und als ersten Gedanken NM im Kopf haben. Kommt Zeit, kommt Marketingstrategie. Ich sehe schon die Arbeitstage wie Düsenflieger am Medienhimmel an mir vorbeifliegen. Hach, hier steht Wachstum auf dem Hausdach, in roten leuchtenden Buchstaben. Wachstum, nicht Puff! Okay, die rote Leuchtschrift signalisiert anderes. Steigerung und Entwicklung sind jedenfalls meine liebsten Freundinnen, und ich habe heute so irre Gedanken, dass es nur an der ganzen Aufregung im Bauch liegen kann. Zum Glück kann diese Gedanken niemand wahrnehmen.

»Klopf, klopf« höre ich es und eine freundliche Männerstimme erfüllt den Raum. Vom Schreibtisch aus blicke ich empor, und mir gefällt, was ich sehe. Hat er *klopf, klopf* gesagt? Das ist ja niedlich. Ein hübscher Mann steckt seinen Kopf in unser Büro. Er hat blonde Haare, einen modernen Surferhaarschnitt und blaue Augen, die von langen hellen Wimpern umspielt werden. Auf der Nase finden sich feine Sommersprossen, und das sieht wirklich sehr attraktiv aus. Würde ich auf diesen Männertyp stehen, wäre er eine heiße Zehn. Er ist groß und sein Körper ruft: Sport! Ich treibe Sport! Ich bin ein sexy Surfer-Sonnyboy in Goldblond!

»Hallo, Jonas, schönster Praktikant der Welt! Was gibt es, Schnuckilein?«, flötet Michelle ihm entgegen.

Na, was wird das denn? Das ist eine merkwürdige Begrüßung am Arbeitsplatz. Vielleicht haben sie etwas miteinander am Laufen oder stehen darauf, sich zu necken. Er scheint älter zu sein, als ich es bei einem Praktikanten erwarten würde. Studiert er oder macht ein Praktikum in der Firma? Bildung über den zweiten Weg? Das bekomme ich bei Gelegenheit heraus.

»Guten Morgen, ich wurde von Dr. von Weber zu euch geschickt. Er meinte, um zu unterstützen, falls Bedarf besteht?«

»Komm rein, Lieblingsjonas«, bittet Michelle und hebt dabei ihre Augenbrauen ein paarmal in die Luft. Meine Güte, sie sieht total bescheuert aus, wenn sie versucht, sexy zu sein. Ich schäme mich fremd, und das Gefühl ist mir mehr als unangenehm. Diese Situation ist das, was ich am Arbeitsplatz hasse, aber ich sage kein Wort. Jonas wird deutlich rot, sein Hauttyp verzeiht ihm nichts. Die leuchtenden Flecken sind unverkennbar im Gesicht und am

Hals zu beobachten, dazu werden es sekündlich mehr. Mich überkommt das dringende Bedürfnis, diese Situation zu entschärfen, und meine Zunge verselbstständigt sich.

»Hallo, Nora Aron. Ich danke Ihnen für das Angebot. Welche Aufgaben haben Sie bei NM?«

»Hey! Ich bin Jonas Bergmann. In der Firma ist es üblich, dass wir uns duzen. Mit Herrn Dr. von Weber sind wir beim Sie, sonst wird das Du favorisiert.«

»Okay, dann Nora. Hi, Jonas!«

»Um auf deine Frage zurückzukommen. Ich studiere BWL und absolviere bei NM mein Praktikum. Ich bin die meiste Zeit im Finanzbereich tätig. Da heute dein erster Tag ist, sollte ich kurz vorbeischauen, falls du Fragen oder Lust auf eine Führung durch die komplette Firma hast.«

»Das ist nett, danke. Zu einem Rundgang sag ich doch nicht Nein.«

Ich nutze die Chance, um aus dieser verqueren Situation herauszutreten und mir eine Pause von Michelles Schmachten zu gönnen, denn diese ist eine weitere grausige Offenbarung für mein Gemüt und die Sehnerven. Schmachten will gelernt sein, und ich habe mir eine derartig geheime Taktik antrainiert, dass es niemals jemand bemerken würde. Innerlich verspüre ich keine große Lust, mir das bei Michelle anzusehen, nicht bei der Arbeit und nicht, wenn es plump ausgeführt wird. Irgendetwas ist merkwürdig, aber ich weiß noch nicht was. Mein Bauch schlägt jedenfalls gehörig Alarm.

Jonas zeigt mir die Firma und den Produktionsbereich, mit dem wir eher weniger in Kontakt kommen. Es ist schön, die gesamten Räumlichkeiten von NM anzusehen.

»Ich zeige dir die Küche, mit dem wichtigsten Gegenstand einer jeden Firma.« Sein Grinsen ist schelmisch und mehr als breit. Jonas zeigt stolz auf die Theke. Meine Augen erblicken eine Kaffeemaschine, die mit allerlei Extras ausgestattet ist. Hier gibt es keinen Filterkaffee.

Bei Naturometika kann man sich ein persönliches Kaffeekunstwerk kreieren. O Herrgott, das ist der Himmel.

»Bingo!«, brülle ich durch die Küche. »Ups!«, folgt sofort, und ich merke, dass meine Lautstärke eindeutig gehörig drüber ist.

Jonas lacht sweet auf. »Du wusstest, was ich dir zeigen wollte, perfekt!«

Dieser Mann ist einfach sympathisch. »Ich freue mich immer über einen Kaffee, besonders wenn er aus diesem Teil da kommt. Erstklassiges Hightech. Er ist wahrhaftig das Lebenselixier jedes unterkoffeinierten Menschen.« Prustend entweicht mein Atem. »Nein! Ich bin nicht süchtig. Keine Sorge, Jonas.« Mein Zwinkern ist mit einem freudigen Grinsen unterlegt und wir lächeln um die Wette. Er scheint kleine Witze zu mögen und Kaffee verbindet bekanntlich. Wer weiß, es ist denkbar, dass wir uns irgendwann anfreunden.

»Ich trinke gern Latte macchiato, eine klassische Tasse Kaffee ist aber auch genießbar«, füge ich an.

»Habe ich hier *Latte* gehört?«, vernehme ich gesäuselt aus Richtung der Küchentür von Michelle. Wo kommt die schon wieder her? Die ist schlimmer als ein Schatten.

»O ja, gegen eine ordentliche *Latte* habe ich nichts einzuwenden, nicht wahr, Joni?«, quakt sie hinterher und guckt ihm tief in die Augen.

Urgs, ich dachte, dieser Situation wären wir entkommen und nun geht das Spektakel von vorn los. Jonas wird wieder rot und senkt den Kopf. Er tut mir leid.

»Na dann. Du hast ja alles gesehen. Wenn es okay ist, würde ich mich wieder verabschieden und zurück an die Arbeit gehen«, flüstert er halb.

Michelles Gelaber scheint ihm deutlich unangenehm zu sein, denn seine Körperhaltung verspannt sich zunehmend.

»Danke für die Führung und ich komme zurecht. Dir wünsche ich einen erfolgreichen Tag.«

Er nickt mir zu, flüchtet aus der Büroküche und lässt mich mit IHR zurück. Sie schaut mich mit funkelnden Augen an. »Er ist ein heißes Sahneschnittchen, findest du nicht, Nora? So schüchtern und unterwürfig. Das gefällt mir.«

Unterwürfig? Schüchtern, okay, aber was will sie mir denn damit sagen?

»Darf ich dir eine Frage stellen, die persönlicher ist?«, entkommt es mir, ohne lange genug darüber nachgedacht zu haben.

»Klar, gern!«

»Läuft da etwas zwischen dir und Jonas? Das ist eine ordentliche Show, die du lieferst, wenn er anwesend ist.«

»Ach was, nein. Mit dem Schmuckstück läuft nichts. Ich mache meine Späßchen mit ihm, mehr nicht.«

Ach ja, *Späßchen* sind das für sie? Er sah aus, als wäre es ihm recht unangenehm und peinlich zugleich. Ruckartig drehe ich mich um, greife eine Tasse, stelle sie in den Zauberautomaten und drücke auf den Knopf, bis der Latte macchiato fließt. Nun husch, zurück an den Arbeitsplatz, bevor ich weiter über dieses Thema reden muss.

Meine Arbeit erledige ich ohne Komplikationen und der restliche Tag verläuft entspannt. Mit den intern genutzten Programmen bin ich vertraut und die Erfahrung macht sich bezahlt. Es erleichtert den täglichen Ablauf enorm. Schade ist, dass ich das sexy Mittelchen, oder wie die anderen sagen TJ, nicht gesehen habe.

Nach dem Herunterfahren des PCs verlasse ich NM und begebe mich auf den Nachhauseweg.

Etwas erledigt tapse ich die Treppen herauf, schließe die Wohnung auf, schmeiße meine Tasche in die Ecke und besuche Sonya auf einen Kaffee. Es ist echt großartig, in einem Haus zu wohnen und befreundet zu sein. Der Weg ist schnell zurückgelegt, und ich brauche mir keinen Mantel anzuziehen, wenn ich sie besuchen möchte. Dieser Gedanke lässt mich grinsen. Sonya öffnet mir freudestrahlend die Tür. »Nora, mein Schatz, wie war dein erster Arbeitstag?«

»Hallo, Honigblüte«, flöte ich ihr entgegen.

Im Hintergrund läuft irgendeine Hippie-OM-Electro-Musik. OM-Gesänge, die mit feinen Beats unterlegt sind, mag ich, obwohl diese Richtung sich nicht in meine eigene Playlist verirren würde. Hier, in Sonyas Reich, kann ich mir nichts anderes vorstellen.

»Butterblümchen, hörst du wieder Hippie-OM-Electro?«

»Du immer mit deinen Wortkreationen. Ja, ich habe mir ein neues Set auf Spotify zusammengestellt. Das entspannt mich nach der Arbeit und ich komme in meine Mitte.«

Der Hafermilch-Kaffee steht bereit und ich trinke einen großen Schluck, lasse dabei den Geruch der Räucherstäbchen auf mich wirken, der den Raum erfüllt. Das hier ist ein Stück weit zu Hause für mich. Sonya ist Teil meines Wohlfühlgefühls.

»Um auf deine Frage zurückzukommen. Der erste Tag war erfolgreich und das Arbeitspensum ist in Ordnung. Hab alles erledigt, was auf dem Plan stand, und die Kollegen scheinen okay zu sein. Meine Büropartnerin Michelle ist gefühlt untervögelt und penetrant anzüglich unterwegs. Das schaue ich mir in den nächsten Wochen genauer an, weil ich es noch nicht einschätzen kann«, erkläre ich ihr und werde immer entspannter. Was ist bitte in diesen Räucherstäbchen drin? Die Atmosphäre passt, und ich relaxe hier sichtlich, während mein Körper mit dem Sofa verschmilzt.

»Was heißt untervögelt?«

»Wir haben in der Firma einen Studenten. Er scheint

Michelles Männertyp zu sein, und jedes Mal, wenn sie auf ihn trifft, schallert sie ihm sexuelle Anzüglichkeiten an den Kopf.«

»Hm, und wie reagiert er auf ihre Äußerungen?«

»Jonas, sprich der Student, wird sichtbar rot und senkt den Kopf, wenn sie aufeinandertreffen. Das sind die ersten Beobachtungen. Er erwidert ihre Anmache nicht und sucht eher schnellstmöglich das Weite. Ich empfand es als unangenehm, da ich direkt mit im Raum war und alles gehört habe. Irgendwie fremdschäm-mäßig.«

»Das würde ich, an deiner Stelle, wirklich beobachten. So was kann zur Belästigung werden. Es sind nicht immer die Männer, die Frauen auf der Arbeit begrabschen und mit Worten anmachen. Ich hatte vor ein paar Jahren eine Weiterbildung zu diesem Thema. Sexuelle Belästigung am Arbeitsplatz findet in einigen Fällen halt auch an Männern statt. Frauen überschreiten genauso Grenzen und werden zu Täterinnen.«

Ein krasser Gedanke, den Sonya äußert, und ich habe es nicht so dramatisch eingeschätzt. Wenn ich an Jonas' Körpersprache zurückdenke, findet er es alles andere als anregend, von Michelle angebaggert zu werden. Hat sie recht und es ist im Bereich der Belästigung?

Da kann ich mein kleines Näschen zukünftig, wie eine Detektivin, in den Fall Schwabe gegen Bergmann stecken. Ich bin ein offener, kreativer und bisschen irrer Mensch, aber bei solchen Themen hört meine Toleranz auf, wenn sich bestätigt, was Sonya hier vermutet.

5

PRAKTIKANTENLEBEN

TJ

Zukünftig höre ich auf meine Eingebung und lasse mir nicht zu viele Flöhe von Paps ins Ohr setzen. Da hatte mein Vater wirklich eine *glorreiche Idee,* indem er mir vorschlug, die Basis der Firma kennenzulernen. Als Praktikant! Hoffentlich fliegt diese ganze Farce am Ende nicht auf und kostet mich mein Ansehen gegenüber den Angestellten, wenn ich Naturometika Ende des Jahres übernehme. Glücklicherweise habe ich die Firma nie betreten, wenn Beschäftigte anwesend waren. So kennt niemand meine wahre Identität. Früher hat mich NM nie interessiert, und als ich Student war, wohnte ich in einer anderen Stadt, war zu den Feiertagen oder gelegentlich an den Wochenenden zu Hause. Das rettet mir momentan den Arsch.

Grundsätzlich ist die Idee, die Strukturen von der Pike auf kennenzulernen und undercover als Mitarbeiter einzusteigen, nicht übel, aber wohl ist mir bis heute dabei nicht.

Die Schritte auf dem Laufband verlangsamen sich, da die Gedanken schneller werden. Der feine Schweiß perlt mir über den Nacken und ich spüre ihn unter den Fingerspitzen. Meine Lunge drückt und ich grübele, schiebe die sportliche Anstrengung beiseite. In einer Stunde beginnt die Arbeit und ich muss mich dem Dasein als Praktikant bei NM ergeben. Das Gute ist, mein Kompagnon Jonas ist in Ordnung und ein fleißiger Mann. Wenn er sich in diesem Jahr weiterhin solide zeigt, stelle ich ihn fest ein, denn das steht auf meinem Plan. Das Studium habe ich, im Vergleich zu Jonas, längst in der Tasche. Mein alter Herr hat es sich in den Kopf gesetzt, seinen Ausstieg aus dem Unternehmen vorzuziehen und mich auf seinen Platz zu lassen. Gott weiß, warum. Entweder hat er vor, das Leben mit seiner Freundin auszukosten, oder er zieht auf eine Insel, um eine Bar zu eröffnen. Sicherlich passiert das Zweite nicht und er genießt einfach sein Leben ohne Führungsverantwortung. Gefragt habe ich ihn nicht.

In den kommenden Monaten bricht meine Zeit an und darauf werde ich mich vorbereiten.

Die Strukturen und Abläufe bei Naturometika sind stimmig, aber nicht zeitgemäß und topaktuell. Ein paar moderne Aspekte werde ich in das Firmenkonzept einarbeiten. Meine persönliche Handschrift ist eine andere als die meines Vaters. Unsere Zahlen sind im schwarzen Bereich, welche also nicht zum Problem werden. Zukünftig liegt der Fokus also auf Media und Marketing, denn da besteht aktuell Luft nach oben. Ideen habe ich zur Genüge, die Marke NM moderner zu gestalten. Darüber hinaus ist es Pflicht, dass die Social-Media-Präsenz wächst, um an Reichweite zu gewinnen und neue Kunden zu generieren.

Genug nachgedacht und ich bin deutlich erschöpft nach der sportlichen Einheit. Eine Abkühlung von geistig zukünftigen Herausforderungen ist jetzt das Richtige und ich steige vom Laufband und gehe ins Badezimmer. Das warme Wasser der Dusche prasselt über den Rücken und ich seife mich mit meinem Lieblingsduschbad ein. Diesen

Duft nutze ich seit Jahren. Belebt verlasse ich die Dusche, trockne mich ab und genieße das Frischegefühl. Vielleicht sollte ich im nächsten Jahr ein Männerduschbad herausbringen. Meine Haare wuschele ich vor dem Spiegel im Badezimmer durch, die ich, für gewöhnlich, gestylter trage, und ziehe das Polo-Shirt an, auf dem sich das Logo der Firma abzeichnet. Ich hasse diese nervigen Kleidungsstücke, die ich lieber durch einen Businesslook ersetzen würde. Nicht mehr lange und es ist so weit.

Gott, ich sehe wie ein Praktikant aus und fünf Jahre jünger, als ich bin. Mein Vater hatte die Idee, für alle Personen von NM diese Shirts anfertigen zu lassen. Es ist keine Pflicht, aber einmal in der Woche ziehe ich es über, um meinen guten Willen zu zeigen. Motiviert steige ich in meinen schwarzen Touareg R-Line und drehe die Musik laut. Es durchströmt mich eine positive Energie, wenn ich beim Fahren beschallt werde. Mein Baby ist ein richtiges Schnittchen und fährt sich großartig. Zu gutem altem deutschsprachigem Hip-Hop greife ich das Lenkrad und fühle das Leder unter meinen Fingern, während sich meine Stimme selbstständig macht und die Textzeilen mitrappt. Sie fragen sich im Song, ob sie miteinander gehen wollen, und ich brülle de luxe zu den fünf Sternen durch das Auto. Mann, welche Liedauswahl, Hilfe. Ich sollte umgehend wieder vögeln, denn das letzte Mal ist eindeutig zu lange her.

Nach fünf Songs erreiche ich das Büro, parke den Wagen und trete in den Aufzug. Das Teil stinkt abartig.

Auf dem Büroflur angekommen, rieche ich bereits den Kaffeeduft, der mich wie an Schnüren hinter sich herzieht. Ein bisschen süchtig ist das ja schon, wenn der ganze Körper nach diesem dunklen Gesöff schreit. Ich höre meinen Namen und drehe mich zurück. »Morgen, TJ«, ruft Fritz über den Flur. Ja, der alte Deuter ist in Ordnung. In ein paar Monaten geht er in Rente und ich möchte

Jonas auf seinem Platz wissen. Viele Jahre arbeitet er schon mit meinem Vater zusammen. Er ist ein treuer spleeniger Kauz. Cordhose und Karohemd sind sein Markenzeichen und ich mag diesen Mann mit seinem Retro-Stil. Wäre er in meinem Alter, könnte er als flippiger Nerd durchgehen und ich verbeiße mir bei diesem Gedanken ein Grinsen.

»Morgen, Fritz. Viel Freude mit deinen geliebten Zahlen, du alter Zahlenfetischist«, rufe ich ihm zu.

Er grinst breit, zeigt mit dem erhobenen Zeigefinger, den er belehrend schwingt, und schlendert mit seiner gefüllten Tasse zurück in sein Büro. Ich drehe mich um und laufe abrupt in jemanden hinein. »Shit, das ist heiß«, brülle ich, als der Kaffee den Arm entlangläuft und auf den Teppich tropft. Mein Blick folgt der Spur, der Kopf schießt wieder in die Höhe, und ich erblicke sie, wie sie mich mit aufgerissenen Augen anstarrt.

»Da ist ordentlich Milch in diesem Latte macchiato, sodass Sie höchstwahrscheinlich Verbrennungen dritten Grades umgehen werden. Sicherheitshalber packen Sie lieber Ihren Arm unter lauwarmes Wasser. Es darf nicht zu kalt sein, denn das ist nicht förderlich. Glauben Sie mir, ich kenne mich da aus. Und Milch ist wohltuend für die Haut. Mein neues Shampoo ist mit Hafermilchanteilen versetzt und es pflegt wunderbar die Kopfhaut. Auf dem Weg in die Firma habe ich unten an der Ecke eine Apotheke gesehen. Notfalls müssen Sie sich dort eine Wundcreme besorgen, falls es schlimmer wird.«

Jetzt starre ich. Das war ja eine gehörige Informationsbombe und sie plappert ohne Punkt und Komma wie Frau Oberlehrerin. Der Schmerz ist verflogen, weil dieses Wortgewitter meinen Kopf kurz außer Kraft gesetzt hat. Oder sind es diese grünen stechenden Augen, die mich erneut blenden wie bei unserer ersten Begegnung? Sie sind wirklich strahlend und schön. »Knutschen wäre geil und ein wenig Fummeln. Aber hey, sich Kaffee überzukippen ist ja auch heiß!«

Sie schmunzelt und verzieht das Gesicht zu einem schiefen Grinsen. Ich bin drüber und bereue den Spruch sofort, um es danach sachlicher zu versuchen.

»Ja, ist schon wieder okay. Wir sind uns letztens im Flur begegnet und ebenfalls in einander gelaufen, richtig? Wird das zum Ritual? Wenn ja, dann bitte ohne Heißgetränke in den Händen. Ineinanderlaufen kann ich aber gut verkraften.«

Vergessen habe ich unseren Zusammenstoß nicht, doch werde mir nicht anmerken lassen, wie sehr es mir gefallen hat. Ihren Duft hatte ich den halben Tag in der Nase, und ihre Hand auf meiner Brust zu spüren, war leicht hormonanregend. Sie streckt mir ihre kleine Hand entgegen und lächelt mich an.

»Hi, Nora Aron. Ich habe heute meinen zweiten Tag in der Firma. Rituale sind nett, saubere Kleidung, Beulenlosigkeit und Verbrennungsfreiheit sind mir doch ein gehöriges Stückchen lieber«, antwortet sie schlagfertig.

»Beulenlosigkeit? Meinen Sie, dieses Wort gibt es?«

»Entschuldigen Sie, der Bereich Social Media, mit dem dazugehörigen Verfassen von Texten, ist meine Leidenschaft. Dort sind Wortneuschöpfungen auf dem Programm und nichts Ungewöhnliches. Beulenlosigkeit fügt sich hervorragend in den genannten Satz ein.«

»Oh, schau an, dann halt Beulenlosigkeit. Bitte schön! Sie sind ja ein kaffeeschüttendes und wortschöpfendes Palindrom. Herzlich willkommen bei Naturometika«, füge ich mit belustigtem Ton an.

Ihr Blick wird forschend und die Intensität darin zwickt kurz an meiner Netzhaut. Was hat sie bitte für umwerfende Augen? Ihr Mund verzieht sich zu einem Lächeln und dabei kräuselt sich ihre Nase ein winziges bisschen.

»Witzig, Ähnliches hat Dr. von Weber beim Vorstellungsgespräch gesagt, bis auf Ihre netten Begleitwörter zum Palindrom. Das passiert mir nicht oft, dass Menschen diesen Gedankenblitz haben, wenn sie meinen Namen hören. Und dann geschieht es gleich bei zwei Mitarbeitern aus dieser Firma. Erstaunlich.«

Ja, meinen Intellekt habe ich von Paps geerbt. Oder es liegt daran, dass wir früher echt gern mit Wörtern jonglierten. Im Alltag nutze ich es nicht mehr, weil die meisten Menschen es nicht verstehen, wenn mit Fremdwörtern und Synonymen sprachlich gespielt wird.

»Was für ein Zufall«, witzele ich herum und zwinkere ihr zu. »Ich bin TJ. Hier ist das Duzen die bevorzugte Weise, sich anzusprechen.«

»Hi, TJ! Ist dein Name eine Abkürzung?«

Na, was denkst du denn, du grünäugiges und unwahrscheinlich heißes Palindrom. Sie schaut mir beim Sprechen tief in die Augen, und ich spüre, wie sich mein Puls beschleunigt und ihre Blicke über die Haut kribbeln. Ein leichtes Wohlgefühl macht sich in mir breit und zieht sich langsam in meinen Schwanz. Werde ich jetzt geil? Fuck!

Nora ist hübsch und bewegt etwas in mir. Ihre Haare, die wellenförmig über ihren Rücken fallen, sind der Hammer. Und diese winzigen Sommersprossen, die über ihrer Nase verteilt sind, würde ich zu gern berühren. Bevor ich weiter ins Starren gerate, antworte ich besser schnell.

»TJ ist ausreichend.« Es ist zu gefährlich, ihr den vollen Namen zu verraten. Ich habe keine Lust, dass sie herumschnüffelt und meine Identität vorschnell entlarvt.

Der Schmerz ist passé, weil die Schärfe dieser Frau ihn wegbrennt. Das kann ja heiter werden.

Nach unserem Küchen-Zusammenstoß folge ich ihr in das Büro. Michelle ist anwesend und wir bilden ein Arbeitsteam.

»Was haltet ihr von unserem Social-Media-Account?«, frage ich in die Runde und tue so, als würde ich dazu keine Meinung haben.

»Ach, der ist total supertoll, TJ«, schmeißt Michelle in den Raum.

»Äh, *supertoll* ist ein Ausdruck, bei dem wir hier echt überflüssig wären, nicht, Michelle? Die visuellen Anforderungen der Kundschaft verändern sich so schnell wie ein Reel-Trend bei Instagram. Ich denke nicht, dass wir uns auf aktuellen Standards ausruhen sollten. Unser Account kommt tatsächlich einen Tick veraltet rüber.«

Okay, mutig, kleine Nora. Konstruktive Kritik ist erstrebenswert und lässt Prozesse wachsen. Finde ich gut.

»Was denkst du, wie es verändert werden könnte?«, frage ich sie und kann mein Lächeln nicht verkneifen.

»Die eingestellten Fotos auf Instagram und Facebook sind zu überladen. Ein konstanter Filter für die Bilder sollte genutzt werden, damit der Feed als Einheit wirkt. Dieses Konzept, auf alle Social-Media-Accounts umgemünzt, erzielt Unität. Ein wiedererkennbarer Stil, der im Gedächtnis bleibt. Die rote Linie klarer, stilsicherer und puristischer erscheinen zu lassen, macht das Ganze modern.«

Noras Ideen sind gut. Später werde ich meinem Vater berichten, dass er sie mit der Überarbeitung des Accounts und der Website betrauen und ihre Sichtweise mit ihr durchsprechen soll, damit ein Team zusammengestellt wird, das sich diesen Aufgaben widmet. Wir sind im Flow, und es macht Spaß, mit ihr Gedanken hin und her zu werfen und neue Ideen in der visionären Blase entstehen zu lassen.

»Wie findest du Braun und Grün als corporate Grundfarben? Oder wollen wir lieber sexy modernes Rosarot wählen?«, schlägt sie vor und spielt mit den Fingerspitzen mit kreisenden Bewegungen auf dem Pad herum.

O heilige Scheiße, ich will dieses dumme Pad sein, über welches ihre Finger fliegen. »Nora, du wirst doch wohl nicht übermütig und das Corporate Design von NM über den Haufen werfen, oder!?«, frage ich und schaue ihr immer wieder in die Augen, weil ich es nicht schaffe, nicht darin zu versinken. Und diese Wimpern, Himmel! Sie schenkt mir einen kleinen lächelnden Moment und sieht etwas verlegen von meiner Frage aus. Die Zeit scheint gerade stillzustehen.

»Hey, TJ. Hallo, Nora, Tag, Michelle«, höre ich es in der Tür und werde aus meinem Gaffen gerissen. Hoffentlich hat es niemand bemerkt.

»Gehen wir mittagessen? Du bist hier voll versackt und hast mich vergessen, was?«, schiebt Jonas hinterher.

»Oh, ja, sorry. Wir waren im Flow und haben ein paar Ideen hin und her gespielt. Ist gut fürs Gehirn. Solltest du auch mal versuchen, und das mit uns zusammen.«

Ich greife auf das Pad, um die App zu schließen, und streife dabei zufällig Noras Hand. Sie ist warm und weich, und ich spüre wieder etwas in meinem Inneren, was mich blitzartig durchzuckt. Am liebsten würde ich die Fingerspitzen sacht über ihre Haut kreisen lassen, ihr direkt über die Hand streicheln, sie greifen und einen Kuss daraufsetzen oder jeden einzelnen Finger genüsslich ablecken. Genug davon, leider ist das nicht möglich, und das ist eine gehörige Scheiße. Nora ist unwahrscheinlich anziehend und macht mich an. Heute Abend gehe ich feiern und reiße mir eine Frau auf, um diese Gedanken aus meinem Kopf zu treiben. O Mann, ich will es mit Nora treiben. Am besten hier auf dem Schreibtisch. Sofort! Ich nehme einen tiefen Atemzug und beruhige mich, indem ich die Aufmerksamkeit wieder zu Jonas lenke. Männer wirken wie eine kalte Dusche auf mich und das ist momentan angebracht.

»Gut, dann los«, ergänzt er.

Michelle bewegt sich auf Jonas zu, um durch die Tür in den Flur zu marschieren. Ich sehe, wie sie ihm in den Po kneift.

»Ja, Schnucki, du kannst deinen kleinen schüchternen Arsch öfters in unser Büro schwingen«, entkommt es ihr und kurz darauf verschwindet sie im Flur.

Was war das denn? Läuft da etwas zwischen den beiden? Jonas wird rot und schaut peinlich berührt an die Wand. Nora und ich schauen uns an und kommunizieren mit den Augen. Ich sehe Ratlosigkeit und Unsicherheit oder Verlegenheit darin. Diese eigenartige Flirt-Nummer gucke ich mir auf jeden Fall genauer an, aber jetzt brauche ich hier dringend eine Auflockerung der Stimmung.

»Na, dann los, Jonas. Ab zum Essen mit uns. Heute gibt es Muschi... äh Muschelsuppe. Die können wir schön aufschlecken«, labere ich rum, um die Situation zu entspannen. Mit Jonas veranstalte ich solche delikaten Wortwitzchen öfter und wir lachen uns dann schlapp.

»Du leckerst auch gern auf, nicht wahr?«, schiebe ich hinterher.

Jonas lacht und nickt mir zu. »Am liebsten eine Sorte Suppe und die gibt es bei mir zu Hause«, antwortet er.

Ach, er ist vergeben? Das wusste ich bis dato nicht, schön für ihn. Im Gegensatz zu mir hat er wahrscheinlich regelmäßig Sex und geilt sich nicht gedanklich an seiner Kollegin auf.

»Bis später, Nora«, rufe ich durch die Tür, schaue noch mal in die wunderschönen Augen und mein Herz klopft unnatürlich laut. In mir wächst das Bedürfnis, ihre Hand zu greifen, sie mitzuziehen und zum Essen zu schleifen. Es liegt mir nichts ferner, als mich wenigstens von diesem sexy Palindrom zu verabschieden. Ist irgendwie ein bescheuerter Spitzname, aber er passt zu ihr. Und zu mir.

6

YOGA UND KÜSSE

Nora

Meine Hand kribbelt. Diese klitzekleine Berührung macht mich total wuschig. TJ ist charmant und attraktiv. Er ist und bleibt ein sexy Mittelchen und ich fühle mich zu ihm hingezogen. Er wirkt wenig wie ein Praktikant, hat gewaltig Ahnung von NM und den dazugehörigen Aufgaben, wie ich bei unserem Brainstorming festgestellt habe. Er scheint intelligent zu sein. Ich verliere mich in dem Gedanken, dass es noch Menschen gibt, die ihren Kopf benutzen. Das gefällt mir und macht mich auf eine bestimmte Art an. Gebildete Männer sind unwahrscheinlich anziehend und der Muschi-Spruch war obendrein witzig, was für seinen Humor spricht. Dieser ist derb, und das finde ich unterhaltsam, da mein Kopf diese Art von Späßen und Blödeleien liebt.

Aus Jonas werde ich nicht schlau. Meine Schnüffelnase hat eine neue Info, die abgespeichert wird. Er leckt seine Muschisuppe gern zu Hause und ist dementsprechend in einer Beziehung. Wird er deswegen immer rot, wenn Michelle ihre Anmachen sprüht? Wenn ich Single wäre, würde ich ihre Sprüche ebenso plump finden, und wenn ich ehrlich zu mir bin, finde ich Michelles Verhalten unangenehm.

Es bleibt spannend, wie dieses kleine Büro-Abenteuer, neben der Arbeit, weitergeht.

TJ und Jonas habe ich heute nicht mehr gesehen, was echt schade ist, aber ich hatte auch so genug am Schreibtisch zu erledigen.

Der Nachhauseweg zieht an mir vorbei wie wilde ungeliebte Gedanken. Das rhythmische Klopfzeichen schlägt gegen Sonyas Tür und ich höre ihre Schritte dahinter.

»Sonya, meine kleine Lotusblüte! Bist du da?«, rufe ich ihr durchs Holz zu und sie öffnet prompt.

»Natürlich bin ich da, wir sind verabredet und ich habe auf dich gewartet. Hast du deine Yogahose an und bist startklar? Komm rein.«

»Bereit!«

Der Fernseher läuft und ich sehe schon das Standbild.

»Schau, Nora. Findest du die Yogalehrerin auf dem Kanal nicht auch unwahrscheinlich anziehend?«

Hä? Was ist denn jetzt los? Ich schaue auf die Frau. Eine grazile schöne Sportluzi, die auf dem Rücken liegt und ihre Beine spreizt. Sonya starrt wie gebannt auf den Bildschirm und ich lache los, kann mich beim aufkommenden Spruch, der bereits auf der Zunge liegt, nicht mehr zusammenhalten. »Wechselst du das Ufer, meine kleine wollüstige Blütenprinzessin?«

Wir schauen einander an und grinsen verschwörerisch.

»Na ja, wechseln würde ich es nicht nennen. Ich bin schon immer offen für alle Geschlechter gewesen und stehe halt auf Menschen. Heutzutage würde man es pansexuell bezeichnen. Wusstest du das nicht über mich?«

Ich ziehe die Augenbrauen zusammen und denke kurz darüber nach. »Ehrlich gesagt, nein. Ich freue mich dafür umso mehr, dass du dich wieder zu öffnen scheinst.«

Sonya lächelt gediegen. »Weißt du, ich werde ihn mein Leben lang vermissen. Mein Inneres drängt mich langsam, die Seele für die Liebe zu öffnen. Das spüre ich heftig. Es ist an der Zeit. Und ich möchte nicht mehr allein sein, die Einsamkeit frisst mich auf.«

»Du hast mich, meine Blütenstaubfee.«

»Ich meine auf die Einsamkeit bezogen eher die körperliche Liebe und den Sex.«

Verlegen sieht sie mich an und ich greife ihre Hand. »Ach Sonya, das wirst du nicht. Du bist die liebste und schönste Frau, die ich kenne. Da du das gewisse Etwas an Verrücktheit besitzt, wird dein Gegenstück vom Universum zu dir geschickt werden. Der passende abgedrehte Deckel zur Bratpfanne.«

Wir lachen uns scheckig und der wehmütige Moment verfliegt.

»Du hast recht. Ich vertraue auf die Macht des Universums. Es wird sich zeigen, wenn die Zeit reif ist. Hopp, los, wir werden jetzt unsere Kundalini-Schlange erwecken und die Chakren reinigen.«

Kundalini-Schlange, o hilf mir, transzendente Macht des Yoga-Kosmos. Nicht lachen, Nora, oder anzüglich durch die Gegend schauen.

Augenblicklich schlängelt sich das Kriechtier zurück in meine Gedanken. Ich stelle es mir vor, wie diese innere Schlange aktiv wird. Ob sie mich dann von meiner Mitte heraus beglückt? Die Tierart ist in diesem Moment das symbolische Wort für das männliche Geschlecht. Das lese ich sofort nach. Meine Finger tippen: Schlange, Esoterik, Bedeutung in die Suchleiste ein. Aja, sie ist laut Beschreibung *Schutzpatron, Verführerin und uralte Heilerin.* Nichts mit inneren Penisvergleichen oder beglückenden Momenten. Genauere Infos lese ich mir ein anderes Mal in Ruhe durch, dafür benötige ich mehr Zeit.

Sonya hat oft fruchtbare Ideen und Ansätze. Sie

bringen mich dazu, über das Leben nachzudenken. Das heißt nicht, dass ich alles von ihr übernehme, aber Gedanken bekommen einen Berechtigungsschein, um in meinem Kopf wachsen zu dürfen.

Eine perfekte Idee war es, zweimal in der Woche Yoga in ihrem Wohnzimmer zu praktizieren. Sonya hasst Fitness-Studios und glaubt, dass dort ihr Qi gestört wird. Lebensenergie ist ihr heilig und ich lasse ihr diese esoterische Denkweise und rede nicht hinein. Mein Qi fühlt sich in ihrer Gegenwart ausgezeichnet und das reicht mir an Überzeugungsarbeit. Räucherstäbchen brennen, der Raum ist von Schwaden erfüllt und unsere Matten liegen auf dem Fußboden. Dann los! Das Qi hat es verdient, in den Fluss gebracht, vitalisiert und ausgeglichen zu werden.

Da wir diese Übungen schon ein paar Wochen praktizieren, werde ich immer besser und gelenkiger. Sonya hat eine Weiterbildung zum Thema Entspannung und Yoga in der Tasche, die mir nun auch von Nutzen ist. Sie ist damit keine Trainerin, doch für unseren Hausgebrauch reicht es aus.

»Und den Sonnengruß nicht vergessen. Bedenke, dass er eher für den Morgen gedacht ist. Er wirkt vitalisierend. Ich habe Lust, ihn einmal durchzuführen. Nicht, dass du später nicht mehr ins Bett kommst und Party feierst«, witzelt sie.

»Ach was! Wenn es so ist, gehe ich aus, denn immerhin ist Freitag.«

Ich bewege mich zum Gruß der Sonne und merke, wie sich die Verspannungen der Büroarbeit lösen. Ein herrliches Gefühl. Der herabschauende Hund im Wechsel mit der Katze ist derart gut für meinen Rücken, dass ich automatisch lächele, tief atme und mich abschließend zur Endentspannung auf meine Matte fallen lasse. Die leisen Klänge dudeln in mein Ohr, während ich meinen Körper wahrnehme und fühle.

Die Yoga-Einheit war grundsätzlich intensiv und ich habe zwischendurch schnell geatmet. Jetzt bin ich ordentlich aufgeladen und fühle mich spitzenmäßig.

»Tschüss, meine Magnolienblüte, und danke für den Abend.«

»Tschüss, Nora, bis morgen.«

Wir umarmen uns, und ich gehe rüber in meine Wohnung und schalte den Fernseher ein, um eine Folge *You* zu schauen. Die Serienfigur ist sonderbar und mir rauscht ein Schauder über den Rücken. Ich komme nicht runter und dieser Gruseltyp puscht mich eher zusätzlich. Er ist attraktiv, aber kein Vergleich zum sexy Mittelchen. Na toll! TJ hier, TJ da. Überall in meinen Gedanken spielt er Spielchen. Nächster Versuch. Netflix ist schnell geschlossen und ich klappe das Kindle auf. Ich lese zwanzig Seiten eines düsteren erotischen Romans. Ui, heiß! Die Protas sind ordentlich dabei und mir schießt die Hitze in die Wangen, oh, là, là. Solche fesselnd geschriebenen Bücher lese ich total gern, wenn sie milde ausfallen. Dunkler oder zu harter Sex ist nicht meine bevorzugte Art, wilder ist okay und geil, aber ich bin nicht darky veranlagt. Wer will einen Mann, der dich zuerst prügelt oder sogar aufschlitzt und danach leckt? Ich nicht! Einige Bücher sind mir zu toxisch, und ich lege sie weg, weil ich Gewalt und Sex in Kombination nicht romantisiere. Anregungen und Inspirationen hole ich mir aber gern in passenden Geschichten und die sind ja immer brauchbar.

Nach dem anheizenden Lesen gönne ich mir einen gepflegten Orgasmus mit meinem Vibrator. Gute Bücher und Lust bringen mich auch nicht in den Schlaf, und ich greife zum letzten Mittel, um die Augen zu ermüden. Wenn nichts mehr hilft, schaue ich mir Schmink-Tutorials auf YouTube an. Frauen, die sich meditativ und über längere Zeiträume Schichten irgendwelcher Substanzen ins Gesicht schmieren, beruhigen mich. Mir wäre das zu aufwendig und zeitintensiv, und es kann echt niemand erzählen, dass die Haut atmet, wenn *das da* draufgeschmiert wird. Trotz allem entspannt mich dieser Shit immer und lässt die Augen müde werden. Heute nicht. Die Schlangen-Kundalini-Qi-Nummer ist heftig belebend.

»Scheiße!«, quatsche ich vor mich hin und schaue auf die Uhr. Es ist 21 Uhr, und es war eh eine dumme Idee, derart früh ins Bett zu gehen.

Ich werde ausgehen und frage meine Freundinnen aus dem Studium, ob sie heute Lust auf ein spontanes Treffen haben. Wir waren damals eine Mädels-Clique und verstehen uns noch bombig, verabreden uns meistens zum Tanzen, besuchen das Theater und gucken Filme im Kino. Unsere Zusammenkünfte zielen darauf ab, gemeinsam zu feiern oder uns kulturell berieseln zu lassen. Flink schnappe ich mir mein Handy und schreibe in den Gruppenchat.

Nora: *Mädels, habt ihr Lust, tanzen zu gehen?*
Raya: *Ja, geil! Ich sitze rum, mein Kind schläft und Hannes würde zu Hause bleiben.*
Lena: *Ich bin heute raus. Zu spontan für mich.*
Paula: *Bin dabei. In einer Stunde vor The Club? Schafft ihr das?*
Nora: *Sicher! Ich freue mich, bis später.*
Raya: *Aufbrezeln nicht vergessen, Girls!*
Lena: *Viel Spaß, Mäuse!*

Na, das läuft doch perfekt. Ich komme raus und die aufgeladenen Yoga-Energien werden abgetanzt. Trotz Orgasmus bin ich heiß und springe schnell unter die Dusche, föhne die Haare, creme mich ein und rufe mir nebenbei ein Taxi. Das Make-up ist dezent gewählt. Der Schminkprozess dauert fünf Minuten. Die meiste Zeit davon benötige ich, um die Wimpern zu stylen. Der innere

Monk braucht jedes Härchen an seinem Platz. Sie sind erst perfekt, wenn sie wie kleine niedliche Spinnenbeinchen aussehen, akkurat voneinander getrennt und mit dem richtigen Maß an schwarzer Farbe umhüllt, nicht verklebt von tausend Schichten, sondern fein aufgegliedert. Zum Abschluss ziehe ich eins meiner Lieblingskleider an und stecke den Fake-Nasenring an seinen Platz. Ein echtes Loch stechen zu lassen habe ich mir nie getraut. Die falsche Variante wird genutzt, wenn ich Bock auf Piercings habe, und lasse sie weg, wenn Nora-seriös die Vorherrschaft ergreift. Heute bin ich eine Mischung aus sexy und wild, ich finde mich attraktiv und fühle mich pudelwohl in meiner Haut.

Das Taxi wartet, als ich die Nacht betrete und der angenehm intensive Stadtgeruch in die Nase zieht, der heute nach Leben und Freiheit riecht. Es ist immer schön, durch die City chauffiert zu werden. Mein Smartphone bleibt in der Tasche, und ich genieße den Ausblick, der in seiner Schönheit strahlt und leuchtet, denn die Nachtlichter haben etwas Magisches. Aus dem Radio dröhnt orientalische Musik und ich bewege sacht die Schultern.

Zwanzig Minuten später parken wir vor The Club und ich bezahle den Fahrer. Abseits der Schlange sehe ich die Mädels und begebe mich auf den Weg zu ihnen.

Wir knutschen einander zur Begrüßung auf die Wangen, betreten den Club und finden uns an der Bar ein. Schade, dass Lena heute nicht mit dabei ist. Sie fehlt mir.

Bevor getanzt wird, geben wir Updates in die Runde, was bei den anderen in den letzten Wochen passiert ist. So funktioniert unsere Beziehung, und das in dem Maß, das guttut. Für tiefe Gespräche habe ich Sonya.

»Boah, Nora. Du siehst ja heiß aus. Hast du Sport getrieben?«, fragt Raya.

»Sonya und ich sind im Yoga-Wahn. Eine Art Kundalini-Yoga mit innerer erweckter Schlange, um die seelische

Kraft und die weibliche Stärke zu entfesseln. Die Yoga-Praktik wird auch im Tantra genutzt. Sonya und ich praktizieren es eher als Weiblichkeitsstärkung.«

»Es scheint dir gutzutun. Du siehst toll aus«, fügt Paula an.

»Ihr müsstet echt sehen, wie ich hechele. In diesem Yoga wird mit dem Atem gearbeitet. Ich werde beim nächsten Sex so was von durchhalten und es auf dem Niveau einer Leistungssportlerin treiben. Schräg wäre, wenn ich die Hechel-Lautstärke wie in den Yoga-Einheiten halte. Dann glaubt mein nächster Lover, ich habe irgendeinen abgedrehten Hunde-Fetisch. Wuff!«

Wir fallen in gemeinsames Gelächter ein. Das wird heute sicherlich total witzig mit den Girls. Drei Shots haben wir zum Einstieg intus und es folgt Gin-Wild-Berry. Lecker!

»O heilige Herzmuskelstörung! Mädels, *Heart Attack* läuft. Ich gehe tanzen. Kommt ihr?«

Dieses Lied liebe ich abgöttisch, denn die Stimme des männlichen Sängers im Track lässt die Kundalini-Schlange in meiner Vulvina durchdrehen und eine eigene kleine obszöne Tantra-Party feiern. Dieser Song zieht sich bis tief in den Bauch hinein. Wir tanzen, einen Mix aus schnellen und langsamen Bewegungen, und der Alkohol steigt mir in den Kopf. Ich schließe die Augen und wirbele zum Lied über die Tanzfläche mit allem, was ich habe. Mein Nacken kribbelt, und ich fühle mich beobachtet, auf eine anziehende und angenehme Weise. Augen aufmachen oder den Song genießen? Meine Güte, ich habe keine Ahnung und entschließe mich doch, sie zu öffnen. Zaghaft drehe ich den Körper um die eigene Achse und scanne den Raum unauffällig beim Tanzen. Erst sehe ich niemanden, der mich direkt beobachtet, aber ich fühle es. Beim Blick auf die Bar entdecke ich sie – zusammengekniffene Augen, die mich fixieren, mustern und von einem kleinen schiefen

Grinsen begleitet werden. Der Mann, der mich mit seinem Blick fixiert, ist attraktiv, aber nicht TJ, wie ich es vermutet habe, also drehe ich mich zügig zurück und tanze meine Enttäuschung heraus. Das Gefühl verschwindet nicht und ich schaue mich eine weitere Runde im Club um. Na, wen haben wir denn da? Das sexy Mittelchen steht ebenfalls an der Bar im Lieblingsclub und glotzt rüber. Dann hat mich mein Gefühl doch nicht getäuscht. Provokant hebe ich den Finger zum Gruß und drehe mich zügig zurück zu meinen Mädels. Was habe ich auf die Schnelle abgecheckt? Nichts, verdammt! Der blöde Alkohol vernebelt die Sinne. Ich versuche es erneut erfolglos, denn sein Gesicht ist auf die Bar gerichtet. Er trägt passgenaue Jeans und ein schwarzes Hemd, welches eng geschnitten ist. Das Oberteil sitzt perfekt und der Po sieht in der Hose zum Anbeißen aus. Die Schuhe sind keine abgetragenen Turnschuhe, sondern hochwertiges und klassisches Schuhwerk. Seine Haare sind total sexy gestylt und nicht so, wie er sie im Büro trägt. Er sieht verdammt gut aus, und wären wir in New York oder London, würde er als CEO irgendeiner Bonzen-Firma durchgehen. Dieser Mann hat definitiv Stil und eine anziehende Aura. Die Blicke einiger Frauen an der Bar ruhen auf ihm und meiner brennt sich in seinen Nacken. Wie gern würde ich kurz mal daran schnuppern und in seinem Geruch abtauchen. Er scheint es zu merken, da sein Kopf sich leicht über seine Schulter dreht und sein Blick mir ein Funkeln in den Augen entgegenbringt. Schnell drehe ich mich zurück, um nicht als Glotzerin entlarvt zu werden. Unauffällig mustere ich mein Outfit und bin froh, das grüne Kleid gewählt zu haben. Es ist ein perfekt sitzender Fummel in der Farbe meiner Augen. Mit den kastanienbraunen Haaren ist der Mix abgerundet und stylish. Ich fühle mich schick angezogen und würde neben ihm an der Bar nicht unangenehm auffallen. Sollte ich nachher kurz vorbeischauen, um ihn zu begrüßen? Scheiß

Nervosität. Was wird das denn? Nervös, weil TJ in meinem Lieblingsclub ist. Schwitzige Hände und ein klopfendes Herz geben die Antwort.

»Nicht gut, Nora«, flüstere ich mir zu.

»Was ist los, Süße? Hast du etwas gesagt? Ich habe dich nicht verstanden«, fragt Raya.

»Ach, nichts, ich bin leicht betrunken. Es ist schön mit euch. Das haben wir zu lange nicht gemacht«, säusele ich herum.

»Los, wir holen uns Shots«, schlägt Paula vor.

An der Bar ist kein TJ zu sehen. Ist er gegangen, nachdem er mich erblickt hat? Das wäre schade!

»Ich verschwinde schnell. Die Kundalini-Schlange drückt auf die Blase und drängelt zum Pinkeln.«

Die Mädels feiern über den Spruch ab und nicken mir zu. Auf dem Weg zu den Toiletten überprüfe ich den Raum und meine Augen finden ihn nicht. So gern hätte ich kurz *Hallo* gesagt, um zu beobachten, was dann mit meinem Körper passiert. Ein bisschen experimentierfreudig bin ich schon, obwohl mir klar ist, dass wir in einem beruflichen Kontext zusammen unterwegs sind.

Der Raum ist sauber, trotzdem lege ich mir die Toilettenbrille mit Papier aus. Ich habe keinen Bock auf irgendwelche Vulvina-Keime, die ich mir vom Club-Klo mit nach Hause nehme. Meine Güte, ich pinkele Bäche. Wir haben ordentlich Alkohol gekippt und der sucht sich seinen Weg in die Freiheit. Beim Pinkeln grinse ich vor mich hin und denke an ein Bild, welches ich diese Woche im Feed einer Bloggerin gesehen habe. Auf dem Foto waren ein Mann und eine Frau, die sich, nach dem Sex, aneinander kuschelten. Darunter war ein weiteres Bild gepostet, auf dem eine Frau auf der Toilette zu sehen war. Und der Kommentar hätte köstlicher nicht sein können. *Nach dem Sex kuscheln? In welcher Welt lebt ihr!? Nach dem Sex wird gepinkelt.*

Recht hat sie. Meine Frauenärztin empfahl es mir ebenfalls, weil dadurch Bakterien ausgespült werden. Niemand hat Bock auf eine bakterielle Blasenentzündung, weil man nicht pinkeln war, nachdem der Penis dich herrlich penetriert hat. Vaginale Entzündungen sind ekelhafte Schmerzen. Fast so schrecklich wie Angina. Die hasse ich ja auch wie die Pest.

Rasch schnappe ich mein Telefon und googele, weil ich mehr wissen will. Die Mädels denken bestimmt, ich sei ins Klo gefallen, aber das ist mir egal.

»Ach ja, guck an«, sage ich betrunken zum Smartphone.

Der Penis stimuliert gehörig die Harnröhre der Frau durch die ausgeführten Stöße. Dadurch wird der Drang zu pinkeln angeregt. Eine volle Blase ist fähig, den Sex lustvoller zu gestalten. Stimmt, das habe ich getestet. *Die gefüllte Blase drückt gegen die Scheide und dadurch wird der Beckenboden aktiviert.* Wer nutzt bitte heutzutage noch diesen veralteten Begriff? Traurig, dass solche Artikel online sind und diese Luschen nichts dazugelernt haben. Von wegen Scheide! Viva la Vulvina, Vulva und Vagina!

Meine kleine Klo-Kabine habe ich mir ja ein wenig häuslich eingerichtet. Der Sitz ist weich und warm und das Telefon für Recherchen liegt fest in der Hand, fein ist das. Mit einer beschwipsten Stimmung ist das Kabinchen wahrscheinlich heimeliger, als es in Wahrheit scheint.

»Fertig werden, oder seilst du einen ab?«, höre ich es hinter der Klotür und ich reiße die Augen auf.

»Gott, nein!«, antworte ich und finde es gerade etwas peinlich.

Flink erhebe ich mich und verabschiede mein Zuhause auf Zeit.

Beim Öffnen der Ausgangstür werde ich zurückgerufen und meine Hand ruht auf der Klinke.

»Ey, Püppi, dir hängt da was am Arsch«, ruft die Blondine mir vulgär und grölend hinterher.

»Oh, danke, Püppi«, quatsche ich zurück und grinse

frech. Dasselbe Wort verkneife ich mir nicht. Den Klopapierschweif ziehe ich galant von meinem Arsch und schmeiße ihn in den Papierkorb. Die WC-Ecke ist in einem dunklen Bereich des Flures und besitzt so gut wie keine Beleuchtung. Ein wenig spooky ist das immer. Einen aufregenden Beigeschmack und ein Kitzeln im Bauch fühle ich dennoch. Abwesend trete ich aus der Tür und renne in jemanden rein, na klasse. Mein Kopf liegt an einer Brust und meine Nase wird von einem frischen Duft umhüllt, der mir sehr bekannt vorkommt. Blitzartig schießt mein Kopf in die Höhe und ich sehe das schöne schiefe Lächeln.

TJ! Definitiv bin ich die irre Tussi, die immerzu in diesen Mann hineinläuft. Von wegen, er ist weg. Da steht er und hält mich im Arm, weil ich wieder einen Auffahrunfall simuliere.

»Hi, TJ«, hauche ich seinen Namen und schaue ihm tief in die Augen.

Das ist peinlich. TJ lässt mich nicht los und hält mich mit seinen Händen fest. Wir sind die einzigen Menschen in diesem Flur und er steht mir gefährlich nah. O kribbeliger Gott.

»Hi, Nora. Süßer Nasenring«, erwidert er mit seiner Stimme, die belegter als im Büro klingt. Sein Grinsen ist der Hammer und lässt mich augenblicklich mitgrinsen. Vorsichtig hebt er den Arm und streift mit seinen Fingerspitzen über den kleinen Ring. Ui, Hilfe. Das ist sinnlich, wenn seine Hände mir nah kommen. Einen Arm hat er um mich geschlungen und sein Blick sticht sich regelrecht in meinen. Seine Augen sind glasig und er scheint auch beschwipst zu sein. Die Gesichtszüge wirken locker und angetörnt. Es macht mich an, dass ich ihm scheinbar gefalle und er auf mich reagiert. Mit seiner freien Hand fährt er durch meine offenen Haare und streicht sie zurück. Eine Strähne dreht er sich galant um den Zeigefinger, um anschließend an ihr zu riechen. Ich lasse es geschehen, neige den Kopf seinen Fingern entgegen. Das ist ja eine aufregende Fügung. Wir sprechen kein Wort mehr und befummeln uns zaghaft. Mit den Fingerspitzen fahre ich ihm sorgsam über den Rücken und sein Gesicht kommt näher. Er streift mit seiner Wange meine und ich glühe unter dieser besonderen Wärme.

Hauchzart fühle ich seinen Atem am Ohr. »Nora, du siehst heute unbeschreiblich verführerisch aus«, flüstert er und ich bin benebelt von den süßen Worten. Er ist definitiv angetrunken, im Seusel-Modus und das ist total aufregend. Mit seiner Nase fährt er über meinen Hals, zärtlich und langsam. Ich erstarre, als seine Bewegungen stoppen, spüre ihn atmen, merke sein Zögern und mein Körper reagiert mit Ergebenheit. Ein weiteres Stückchen neigt sich mein Hals, um ihn zu animieren, sinnliche Berührungen zu platzieren. Ich will es sofort fühlen. Seine Wärme und Aura sind elektrisierend, als er sich noch näher auf mich zubewegt. Die Spannung zwischen uns lässt mich kurz aufstöhnen. Er reagiert ähnlich.

»O Mann«, raunt er mir zu.

Zärtlich küsst er meine Haut und leckt mit der Zungenspitze über den bebenden Puls. Die Feuchtigkeit ist punktuell spürbar und lässt mich erzittern. Wie kleine gesetzte Lustpunkte, die mir mehr versprechen. Das ist verdammt heiß.

»Mmh«, raune ich zurück.

Seine Lippen küssen sich am Hals entlang und eine Gänsehaut zieht sich über die erhitzte Haut. TJ törnt mich heftig an, denn ich merke, wie meine Mitte anfängt zu brennen. Er lässt von mir ab, schaut in mein Gesicht und unsere Blicke verhaken sich ineinander.

Bekomme ich einen Kuss? Werde ich gleich das sexy Mittelchen knutschen? Er sieht krass zerrissen aus. Was ist denn mit ihm? Kostet es ihn solche Überwindung, seine Lippen auf meine zu legen? Ein Funken Unsicherheit keimt in meinem Bauch auf. Wir sind im fachlichen Kontext unterwegs und sehen uns im Büro. Ja, aber hier ist nicht die Arbeit, sondern ein Club. Langsam senke ich die Lider und lasse sie mit einem verführerischen Aufschlag wieder emporgleiten, um ihn fest anzuschauen. Sexy habe ich drauf, besonders, wenn ich einen im Tee habe.

Nora Aron, nicht schielen, ermahne ich mich mental. Nein, ich bin angetrunken, nicht voll wie eine Haubitze. Mein Blick glüht auf ihm.

Ich will dich! Küss mich, Kerl!

»Gott«, bringt er aufgewühlt hervor.

»Göttin, TJ«, entgegne ich.

»Gefährliche und heiße Göttin«, verfeinert er es.

»Das gefällt mir. So kannst du mich gern immer nennen.«

Die Stimmung kippt erneut eine aufgeheizte Stufe empor.

Pure Lust verschleiert seinen Blick, die Leichtigkeit verzieht sich in die dunkle Flurecke und wird zu Begehren.

Volle Lippen legen sich auf meine und ich will gerade nichts anderes fühlen. Zärtlich massiert er mit seinem weichen Mund meinen und dieses Gefühl ist herrlich exquisit. Der dunkle Flur unterstreicht den Eindruck, etwas Verbotenes zu tun und gleichzeitig einen Hauch von Schutz zu erhalten, weil uns hier niemand sieht. Unsere Zungen finden sich und die Beats der Club-Musik dringen ins Ohr und beflügeln mein Inneres zusätzlich. Er schmeckt nach Whiskey und warmer Leidenschaft. Dieses Zusammenspiel der ganzen Eindrücke macht mich fertig. Seine Küsse sind perfekt, ekstatisch und tief.

Wie lange stehen wir schon hier? Jegliches Gefühl für Raum und Zeit ist verloren. Scheiße, ich küsse hier meinen Praktikanten, mit dem ich am Montag wieder in der Firma arbeiten werde. Dieser Gedanke dominiert mich und ich halte inne. Ruckartig trete ich einen Schritt nach hinten, drehe mich um, schaue ihn hilflos an und verlasse fluchtartig den Flur. Mir bleiben brennende Lippen, die stechen und zurück an den Ort wollen, der ihnen den süßen Schmerz nimmt. Mein ganzes Wesen ist berauscht und gefühlstrunken.

»Scheiße.« Das Fluchen hört niemand, außer der dunklen Wand am Ende des Flures.

Zurück an der Bar stürze ich den Drink hinunter, verabschiede rasch die Mädels und verlasse den Club, ohne mich einmal nach ihm umgedreht zu haben. Ich fliehe mit feuchter Vulvina und wirren Gedanken in die Nacht.

7

KÜSSE, REUE UND SPORT

TJ

Fuck! Ich bin ein totaler Idiot. Mein Plan war, einen Club zu besuchen, mir einen kleinen Drink zu genehmigen und danach eine Frau mit nach Hause zu schleppen. O ja, eine heiße Mieze wäre der Burner gewesen. Stattdessen schieße ich mich ab und knutsche mit dem grünäugigen Palindrom auf dem Flur vor den Toiletten herum. Ich bin nicht mehr zu retten und bereue es, meinem alten Studienkumpel Marvin die Drinks nicht abgeschlagen zu haben. Warum habe ich mich so heftig besegelt?

Es ist Samstag und der Kopf dröhnt. Dagegen hilft Wasser und Sport. Verkatert peile ich das Laufband im Sportraum an und lege los. Mein Blick fliegt über die Straße, die ich vom Fenster aus sehe, und die Gedanken schweifen automatisch ab. Nora! Als sie gestern erneut in mich hineinlief, setzte mein Verstand aus. Das war mittlerweile die dritte Begegnung dieser Art. Dritte Art passt, denn sie scheint mich zu manipulieren wie ein kleines sexy Alien-Girl. Zack war sie in meinem Kopf und ich wie fremdgesteuert. Sonst habe ich mich erstaunlich gut im

Griff, bin fokussiert. Gestern verlor ich diesen Fokus und gab meiner Erregung den Freifahrtschein.

TJ, alias trotteliger hormongesteuerter Jammerlappen.

Im Kopf gehe ich die Ereignisse erneut durch und denke an diesen Kuss zurück. Scheiße, ich merke sofort, wie meine Hose eng wird. Das war abartig heiß mit Nora. Sie ist zum Sterben schön und jetzt bin ich scharf. Glückwunsch!

Diese Trainingseinheit kann ich mir abschreiben, denn das Display zeigt keinen Kilometer an. Ich springe vom Laufband und gehe ins Badezimmer, um zu duschen. Meine Hose streife ich ab und die Shorts ebenso. Echt ein Wunder, dass ich nicht hängen bleibe, mich verheddere und nichts Schlimmeres passiert bei diesem Ständer des Jahrhunderts. Ein Shirt hatte ich mir gar nicht erst angezogen.

Fickrig betrete ich die ebenerdige Dusche und lasse das warme und angenehme Wasser laufen. Der Kopf senkt sich gegen die kühlen Fliesen und ich schließe die Lider. Ihre grünen Augen erscheinen dahinter, der schöne volle Mund und unsere Küsse. Meine Hand gleitet automatisch nach unten. Ich werde Druck abbauen, um mich in das Gefühl mit ihr zurückzubeamen. Danach wird es besser sein. Wäre sie nicht abgehauen, hätte ich sie mit zu mir genommen, geschleift, entführt und sie bis in die Morgenstunden geküsst, berührt und gevögelt. Alkohol macht echt willenlos. Erneut spüre ich ihre Zunge im Mund, erinnere mich an diesen köstlichen Geschmack, bearbeite meinen Schwanz noch heftiger und spritze wenig später an die Fliesenwand. Das war echt aufgestaut und eine schnelle Solonummer. Wie geil wäre es, das sexy Palindrom zu spüren. Leider kann ich mir diese Idee abschreiben, da ich unmöglich meine zukünftige Angestellte vernaschen kann. Das ist alles eine kolossale Scheiße. Ein Orgasmus von kurzer Freude mit gehörigem Zwiespalt im Hirn. Großartig!

Zu Hause fällt mir die Decke auf den Kopf und ich rufe meinen Sport-Buddy an. Er nimmt nach zweimaligem Klingeln ab. »Raúl, was machst du?«

»Hey, Mann! Womit habe ich denn einen Anruf von dir verdient? Sag nicht, du hast Lust auf ein Training?«

»Ach komm, Nerv nicht rum! Treffen wir uns vor dem Studio?«

»Ich ziehe mich an und fahre los.«

»Mach ich auch, bis gleich.«

Männertelefonate sind das Einfachste der Welt. Wir hängen ausschließlich im Fitnessstudio ab und pflegen sonst keine innige Freundschaft zueinander. Er ist zu beschäftigt mit seinen vielen Sportarten und Frauengeschichten. Raúl toppt echt jeden, den ich kenne, und ist einfach ein krasser Stecher.

Motiviert springe ich in meinen Wagen und fahre zum Studio. Glücklicherweise ist es zentral gelegen und gut erreichbar. Pünktlich und zur verabredeten Uhrzeit schlagen wir vor der Tür ein und betreten das Gebäude. Innen ist es modern, angesagt und die Menschen sind bunt und aus allen Schichten der Bevölkerung. Hier sieht man nicht nur Bonzen oder Hipster, und es ist deutlich spürbar, dass ein soziales Konzept verfolgt wird. In Finns Studio heißt es nicht *sehen und gesehen werden*, sondern der Sport an sich steht im Fokus und alle sind willkommen. Der Inhaber Finn ist ein Visionär im Fitnessbereich, und das weiß Raúl als Profi zu schätzen. Einen besseren Trainer und Betreiber findet man in der Stadt nicht. Seine Frau ist auch öfter vor Ort und die beiden sind total in Love. Liebevoll nimmt er sie in den Arm und platziert seine Lippen an ihrem Ohr.

»Ich liebe dich«, flüstert er gut hörbar.

»Und ich dich, weil du mich atmen lässt, Finn!«, säuselt sie zurück.

So was will ich auch irgendwann haben, denn diese Liebe zu beobachten, lässt mich nicht kalt. Nie war ich der Typ Eisblock, sondern eher gefühlvoll, wenn jemand mein Herz gefangen nahm. Momentan ist aber nicht die richtige Zeit dafür. Raúl umarmt Finn und ich begrüße ihn ebenfalls per lockeren Handschlag.

In der Umkleidekabine angekommen ziehen wir die Sportkleidung an. Meine Güte, die spanische Sexmaschine hat wieder ordentlich an Muskelmasse zugelegt. Ich reiße innerlich die Augen auf, als er sein Shirt hochzieht, lasse es mir aber nicht anmerken. Mein Körper ist athletisch trainiert, dabei drahtig und kernig, aber Raúl ist eine Maschine. In den Trainingsräumen angekommen, wärmen wir uns auf und halten ein wenig Small Talk.

»Na, Mr. Machine, was macht die Liebeskunst?«, frage ich mit einem Grinsen und wackele mit den Augenbrauen. Vermutlich vögelt er jeden Tag eine andere Frau oder zwei. Das ist nicht mein Ding.

»Hm, ja, ich hatte eine gute Zeit, Alter. Es ist alles wie immer. Die Ladys werfen sich mir an den Hals. Es stört mich nicht und ich bin momentan eh nicht auf der Suche nach der Richtigen oder etwas Festem.«

Dieses Pensum hält der Kerl bereits über Jahre durch. Grundsätzlich bin ich kein Kostverächter, aber sein Trieb ist echt abgedreht und würde niemals in meinen Lebensplan passen.

»Irgendwelche Highlights erlebt? Die Story mit der Perücken-Tussi war beim letzten Training ehrlich witzig.«

»Lass mich überlegen. Du hast eindeutig zu lange nicht mehr mit mir trainiert. Das wird sich zukünftig ändern, Theodor. Das ist dir hoffentlich klar, oder?«

»Denk hier keine Stunden nach, Mann, und belustige

lieber meinen Geist. Ja, du sprichst wahre Worte, ich habe vor, wieder regelmäßiger mit dir zu pumpen.«

»Das würde dir guttun, du Lauch.«

Bitte?

»Komm runter. Es ist nicht jeder ein gottähnlicher Riese, der sich seine Kleidung anfertigen lässt, weil man wegen der Muskelberge in nichts hineinpasst. Aber Lauch, ernsthaft?«

Lachen muss ich trotzdem. Ein bisschen habe ich ihn vermisst, meinen Maschinen-Sport-Buddy.

»Ja, eine Story habe ich, die schräg ist. Ein Mäuschen war vor ein paar Wochen bei mir in der Wohnung. Die Kleine war scharf, weiß aber nicht mehr, wie sie hieß. Sie war jedenfalls gut im Bett. Glaube, es war eine Mina oder Mara. Definitiv ein Pussy-Name mit M. Von Wein hatte sie keine Ahnung und von meiner Muttersprache auch nicht. Ich hatte Musik an, und sie brüllte los, weil der Sänger *Penas* trällerte. Wie eine Irre quiekte sie die ganze Zeit und fragte ununterbrochen: *Singt der Penis?* Das war lustig und peinlich zugleich. Als ich sie hochgehoben habe, um sie zum Bett zu tragen, ist dann ein kleines Unglück passiert. Ich habe sie mit dem Kopf an den Deckenbalken geknallt und es hat ordentlich gescheppert. Die Kopfschmerzen hatte sie hundertpro tagelang und es tat mir auch ein bisschen leid. Hm, eher sehr, wenn ich ehrlich bin.«

Heute ist Sportstunde des Lachens und ich kann nicht mehr. Mit Tränen in den Augen und gelachten Worten antworte ich ihm. »Das hört sich ja abenteuerlich an. Du bist ein Kunde, echt. Was heißt denn *Penas*?«

»So was wie Strafe. M-Girl hätte für ihre Aktion des Weinverachtens eine kleine Strafe verdient, aber da ich sie ja fast verletzt habe, sehe ich ihr den Wein-Fauxpas nach. Der Fick war schräg. Sie schien abwesend zu sein, als hätte sie keine Lust auf mich. So, Theodor, genug geschwatzt.

Ich breche auf und bin gleich mit einer heißen Maus verabredet.«

»Na, dann viel Spaß mit deinem Tages-Fick.«

»Danke. Ich melde mich bei dir. Du kannst eine Extra-Lauch-Runde einlegen und deine Arme definieren.«

»Nerv nicht und spar dir die Worte fürs Fick-Vorspiel.«

Sein Grinsen ist breit und wir verabschieden uns per leichtem Faustschlag.

Nach dem Training fühle ich mich besser und habe ein Lächeln auf den Lippen. Der Kuss mit Nora kommt mir, nach Raúls Geschichten, nicht mehr so tragisch vor. Es war ein Kuss, meine Güte. Ein heißer und aufregender, doch nur ein Kuss. Gegen seine Storys ist mein Kram eher abzuwinken.

Ich stinke wie ein Wiesel und peile die Dusche an, um mich direkt noch einmal im Studio frisch zu machen.

Der Raum ist beschlagen und die warmen Dämpfe legen sich auf meine Haut.

»Ja, Raúl, du geiler Hengst! So ist es gut. Nimm mich, aber sei um Himmels willen vorsichtig! Er ist einfach zu riesig!«, höre ich eine Frauenstimme raunen und bleibe wie angewurzelt stehen.

»Baby, ich werde dich nicht kaputtmachen. Versprochen! Entspann dich jetzt. Ich habe gleich noch einen sehr wichtigen Termin und wir haben somit nicht unbegrenzt Zeit.«

»O mein Gott, Raúl! Ja, genau so! O mein Gott!«, keucht sie und ich reiße die Augen auf.

Nicht sein Ernst! Diese Maschine ist wirklich der absolute Kunde. Kaum betritt Raúl den Raum, sieht man in den Augen der Girls Sterne blitzen und die Höschen werden mental auf den Bock geschmissen. Sich vor dem Date einen Schnellfick im Fitnessstudio aufzureißen ist echt krass, und dann der kleinen Muschikatze zu sagen, dass er gleich noch einen Termin hat, ist die Krönung des Ganzen.

Hoffentlich erholt sich seine Samenproduktion bis zum nächsten freudigen Spargelstechen.

Mit schüttelndem Kopf drehe ich mich um und verlasse die Sanitäranlagen.

Den restlichen Tag werde ich damit verbringen, diesen Ficker aus meinem Kopf zu vertreiben, Paps anzurufen und frische Blumen zu kaufen, um das Grab meiner Mutter zu schmücken. Dort war ich eine ganze Weile nicht mehr. An ihrem Grab bekomme ich grundsätzlich den Kopf frei. Sie war meine Vertraute und immer mit einem Rat für mich da, wenn ich einen brauchte. Im Erwachsenenleben hilft sie mir nicht mehr, und ich bin angehalten, in Krisen und an schlechten Tagen mit der inneren Zerrissenheit allein zurechtzukommen. Trotzdem vermisse ich sie.

8

ZICKEN UND ZYKLUS

Nora

Ich liebe Meetings innerhalb der Abteilung, wenn eine neue Produktserie auf den Markt kommt und erste Überlegungen getroffen werden. Die zuständigen Akteure sitzen heute zusammen im Arbeitskreis und mein Bauch dreht durch. Nach dem Wochenendkuss werde ich TJ wiedersehen, im Meeting, bei dem die komplette Abteilung und Produktion anwesend sein wird. O Hilfe! Ich verspüre eine innere Unruhe, ein Kribbeln in mir und das macht mich nervös. Samstag und Sonntag verkroch ich mich in der Wohnung und flüchtete in die Ausarbeitung des Projekts. Meine Gedanken waren immerzu bei TJ und diesem Kuss, der mir den Boden unter den Füßen weggezogen hat. Seine Lippen waren herrlich weich. Und wie sich dieser Kerl an meinem Hals entlang küsste, Gott. Das war perfekt. Bei diesen Gedanken bekomme ich noch intensiveres Bauchkribbeln und werde angenehm feucht im Höschen. Ein Hauch von Vermissen dieses Gefühls und ein kleines bisschen Erregung gehen durch meinen Körper. Mit nassem Slip ein wichtiges Meeting abzuhalten ist mir zuvor noch nie passiert und eine Premiere.

Ich steuere auf den Konferenzraum zu und sehe niemanden. Wo sind denn alle? Mein Blick geht zum Schreibtisch und ich erblicke sie. Das zickige Mariechen grient mich an und guckt schnell zurück auf ihren Bildschirm. Will sie nicht von mir angesprochen werden? Mit zusammengekniffenen Augen stelle ich meine Frage. »Tag, Frau Krause. Können Sie mir bitte sagen, wo das Meeting stattfinden wird?«

Dusselige Kuh. Was grinst die jetzt so blöd?

»Oje, Frau Aron. Haben Sie die Mail nicht bekommen?«

»Nein, um welche Mail handelt es sich?«, kommt es schrill aus meinem Mund.

»Ups, dann sind Sie wohl nicht im Verteiler gespeichert«, antwortet sie und lächelt ein falsches Lächeln. Bäh, ich raste gleich aus! So eine blöde Trulla, ehrlich! Das ist Absicht und ich bin mittlerweile knapp in der Zeit. Mein erstes Meeting findet statt und ich werde zu spät kommen, großartig. Der Plan war, anwesend zu sein, bevor TJ und Dr. von Weber den Raum betreten. Das sichert mir die Blickkontrolle, und ich bin nicht die Person, die eintritt und angegafft wird.

»Okay, ich bin nicht im Verteiler gelandet und habe keine Ahnung, wo das Meeting stattfindet. Wo muss ich hin, Frau Krause?« Meine Güte. Es kotzt mich an, dass ich diese selbstgefällige Tussi anbetteln muss, um die Informationen zu bekommen.

»Das Meeting wurde in den Produktionsbereich verlegt. Wo das ist, wissen Sie?«

Zum Glück hatte ich in der letzten Woche meine Führung von Jonas. Das macht es leichter und ich brauche diese Fregatte nicht noch mal um Hilfe zu bitten.

»Ja, das weiß ich. Danke.«

Wir sind dann offiziell im Krieg. Böser, augenauskratzender Frauenkrieg. Womöglich lege ich ihr morgen ein

Furzkissen auf den Stuhl oder klebe mein ausgelutschtes Kaugummi unter ihren Schreibtisch. Wenn sie dann an die Platte fasst, um sich mit dem Drehstuhl an den Tisch zu ziehen, wird sie in das angeknabberte und ausgekaute Munddebakel fassen. Genug mit den Streichen aus der Grundschule, ich muss los in die Produktion.

Auf dem Weg in die untere Etage singe ich *Joachim Deutschland* still und leise vor mich hin.

»Schickse, lala, Drecksfrau, lala! Hoffentlich läuft es bei dir zukünftig mies. Lalala! Und bald kommst du mit einem Problem zu mir und dann ignoriere ich dich bis aufs Blut, weil du ne scheiß Mistkuh bist. Was wirst du dann sagen? Hä, Marie?«

Ja, besser! Joachim hilft herrlich über die Wut im Bauch hinweg und das Mariechen hat ihren eigenen umgedichteten Abfuck-Song bekommen.

Total abgekämpft erreiche ich den Ort der Präsentation und trete aus dem Fahrstuhl. Der Hall meiner Hacken brennt sich in meinen Gehörgang, und ich hoffe inständig, dass mir die Röte im Gesicht fernbleibt. Das ist er, der große Auftritt, den ich nicht wollte. Da hätte ich mir auch ein Glöckchen umhängen können, es hätte den gleichen Effekt.

Alle Beteiligten sind anwesend, drehen den Kopf zu mir und ich bin im Gegenzug verschwitzt, abgehetzt und meine Augen starren auf den Tisch in der Mitte, um einen Ankerpunkt anzuvisieren. Das ist schrecklich unangenehm. Die Haare lösen sich aus dem Knoten auf dem Hinterkopf, denn es ist spürbar, wie die feinen Härchen im Nacken kitzeln. Ebenso wie der stechende Blick von TJ, der meine Gedanken kurz zu unserer letzten Begegnung lenkt, um diesen ganzen Stress für eine Millisekunde zu vergessen.

Na, sexy Mittelchen, was denkst du? Fragst du dich, ob ich so nach dem Sex aussehe? Verschwitzt, rot und willig? Wie eine durchgevögelte Discoschlampe nach einem Eimer Sangria, den sie sich mit dem Strohhalm reingezogen hat?

Diese Gedanken sind noch schrecklicher, also schnell weg mit ihnen – arbeite effizient, Nora, befehle ich meinem Gehirn und rufe mich zur Contenance.

»Verzeihung. Ich habe die Rundmail nicht bekommen, da ich nicht zum Verteiler zugefügt wurde. Somit stand ich vor dem Konferenzraum in unserer Etage.« *Weil diese bekloppte Schickse ihre Arbeit nicht vernünftig verrichtet.*

Mildes Lächeln aus der Runde trifft mich, welches bei niemandem die Augen erreicht. Ich fühle mich nicht mehr brillant, wie ich es geplant hatte. Innerlich sammele ich mich und fokussiere das Ziel, um nicht vor Scham im Erdboden zu versinken.

Ich bin scharfsinnig und eine Inspiration. Ich bin Nora Aron, bete ich mir mantraartig vor und reguliere ganz automatisch meine innere Unruhe damit.

»Dann sind wir endlich vollzählig. Die verlorene Zeit hängen wir hinten dran«, erklärt der Firmenchef besonnen und autoritär.

Alle schauen zu Dr. von Weber und ich in die Gesichter der Mitarbeiter und Mitarbeiterinnen. Begeisterung sieht anders aus. Ab heute bin ich nicht die Frau, die zu spät kommt und damit Meetings künstlich verlängert, sondern der Firmen-Hass-Mensch. Hundertprozentig. So schnell steigt man ab und wird aussortiert. Meine Präsentation und die Idee dahinter müssen einschlagen wie eine Bombe und alle wegfegen, damit ich mich aus dem Firmen-Schmutz emporziehe. Von Dr. von Weber werde ich aufgefordert, die Ideen zu präsentieren. Meine Atmung hat sich beruhigt und die Gedanken werden klarer. Den Stick schiebe ich behutsam in die Technik, um die Präsentation anzuklicken. Fragende Gesichter starren mich an, als sich meine Überschrift einblendet und ich laut vorlese. »Pickel, Müdigkeit, trockene oder fettige Haut? Hautpflege im Zyklus der Frau mit Naturometika.«

Freundlich und wissend schaue ich in die Runde und fahre fort.

»Die Hormone der Frau spielen während ihrer Regelblutung verrückt und der Östrogenspiegel hat unterschiedlich hohe Konzentrationen aufzuweisen. Darüber hinaus benötigt die Haut im Zyklus der Frau zu jeder einzelnen Phase eine abgestimmte Pflege.«

Ja, wir bluten und dann hört das Wissen fast schon auf. Das ist Lernen fürs Leben mit nachhaltigem und nutzbringendem Charakter.

Fein, sie sehen entsetzt aus und gleichzeitig so, als hätten sie ein Aha-Erlebnis und zeigen durch zarte nickende Kopfbewegungen Zustimmung.

»Natürlich sind Schokolade und Blumen perfekt! Doch der weiblichen Haut macht Naturometika abgestimmte Geschenke«, witzele ich herum und fange mir die grinsenden Gesichter ein. »Zu Beginn der Blutung benötigen die Frauen Feuchtigkeitspflege und reichhaltige Cremes. In der Follikelphase ist es wichtig, die Haut zu reinigen, bestmöglich mit Peelings. Zusätzlich ist es sinnvoll, Vitamin C und Hyaluronsäure zu verwenden. Diese Kombinationen sind wohltuend. In der Ovulationsphase ist der Östrogenspiegel hoch und die Haut, abhängig vom Typ, wird mit verschiedenen Produkten gepflegt. Da kommt es auf den Hauttyp an und was sich für die Frau angenehm anfühlt. Hier sind wir gefragt, das perfekte Sortiment zusammenzustellen. Die Lutealphase gleicht der Phase der Periode. Pickel sind keine Seltenheit. Tiefenreinigung, Salizylsäure und AHAs sind die beispiellose Routine der Hautpflege.«

Oh, fein! Ich bekomme ein paar deutlichere zustimmend nickende Köpfe. Es schaut niemand drängelnd auf die Uhr und das ist ein gutes Zeichen.

»Ich würde mir als Frau ein abgestimmtes Sortiment,

passend auf den weiblichen Zyklus, wünschen. Im Alltag ist kaum Zeit, solche Pflegeserien online eigenständig herauszusuchen und zusammenzustellen. Ich würde mir eine klare Linie bei NM kaufen, die meinen Bedürfnissen gerecht wird und auf den Hauttyp abgestimmt ist.« Das sitzt, und ich fühle mich gerade wie die Königin der Naturkosmetikwelt, obwohl ich sicherlich noch wie ein gerupftes Huhn aussehe.

»Ich danke Ihnen für Ihre Aufmerksamkeit«, beende ich meinen Vortrag und hole tief Luft.

»Wie würden Sie sich einbringen, wenn wir Ihren Entwurf weiter verfolgen, Frau Aron?«, fragt Dr. von Weber.

»Ich würde mich ausgiebig um die mediale Präsenz der neuen Pflegereihe kümmern und gemeinsam mit den Designern arbeiten, falls mein Vorschlag ausgewählt wird.«

Bäm! Die viele Mühe und Recherche haben sich gelohnt, denn ich sehe in wohlwollende Gesichter.

Wir verbringen die nächsten zwei Stunden in der Halle, hören Ideen und Visionen von mehreren Mitarbeitern und Mitarbeiterinnen. Das ist Arbeiten und Denken im großen Stil, und ich liebe es, gedanklich in innovative und zukünftige Konzepte zu versinken. Es bleibt spannend, welche neue Serie bei NM erscheinen wird. Der Gedanke, dass sie mich wählen könnten, lässt meine Fingerspitzen kribbeln. Es juckt richtig darin, direkt anzufangen und die Visionen zum Leben zu erwecken.

»Danke für Ihre Ideen. Das Meeting ist beendet und ich werde mir alle Vorschläge gründlich durch den Kopf gehen lassen.«

Chefchen verlässt die heiligen Hallen. Er sieht entspannt aus mit seinem Grinsen im Gesicht, nach einem ausgeglichenen Herrn Dr. von Weber. Hach, wie schön.

Etappenweise verlassen alle die Produktion, und ich

packe meine Sachen zusammen und erblicke TJ, der mich ansieht. Aus fraglichen Gründen sind wir beide übrig geblieben. Ob unser Unterbewusstsein das automatisch veranlasst hat?

»Das war eine tolle Präsentation. Ich könnte mir vorstellen, dass dein Konzept angenommen wird. Du hast schlüssig argumentiert.«

»Danke, TJ. Ich würde es benutzen, wenn es eine solche Serie geben würde.«

Tief schaue ich ihm in die Augen, die wunderschön funkeln, und gucke schnell wieder zu meinen Sachen, denn sonst verliere ich mich in seinem Blick. Er ist wertschätzend und ich erkenne noch etwas anderes darin. Zuneigung? Erregung? Er schaut mich an, als wolle er meinen Körper sofort nackt auf diesem Tisch in der Produktionshalle haben.

Ja, TJ, ich wäre gern enthüllt und auf dieser Holzplatte. Du und ich, in heißer Lust miteinander. Zungen, die sich umspielen, Körper, die sich berühren. Blicke, die sich ineinander verhaken.

Das ist ein traumhafter Gedanke, aber leider suche ich meine Sachen zusammen und verschwinde Richtung Fahrstuhl. TJ folgt mir. Na großartig. Ich drücke den Knopf, trete ein und er stellt sich direkt neben mich. Mein Herz klopft schnell, und ich spüre den Hauch eines Schauers, der mir über den Nacken streift. Dieser verräterische und hormongesteuerte Körper reagiert auf ihn. Zwischen uns passt kein Luftzug hindurch und die Schultern berühren sich. Niemand spricht, nur die Geräusche des Fahrstuhls sind zu hören. Ich bin nicht sicher, ob ich atme. Langsam setzt sich unser Aufzug in Bewegung, während mein Blick auf die Tür gerichtet ist. Ich starre regelrecht Löcher in das harte Metall. In die Augen sehen kann ich ihm nicht.

Und dann berührt er mich, ohne mich dabei anzusehen. Sein kleiner Finger streift federleicht die Außenseite meiner kribbelnden Hand. Dieses Gefühl ist hauchzart und unendlich deep. Ich werde von einer Gänsehaut überrollt, die mich innerlich zum Beben bringt, und versuche, den Atem unter Kontrolle zu bekommen und die Beschleunigung darin zu verstecken. Dieses Feeling ist überwältigend. Leichtigkeit und Intensität wechseln sich im Sekundentakt ab. Alle Gefühle sammeln sich an der Außenseite des Fingers und ein Sturm aus Sinnesempfindungen baut sich in mir auf. Das ist wie die Gemäldeszene in *Bridgerton,* als Daphne und der Duke sich davor berühren und die Gefühle zwischen ihnen in Mikroexplosionen fast hörbar durch den Raum surren. Nur dass wir hier auf eiskaltes Metall schauen und nicht auf farbenfrohe gezeichnete Landschaften. Mein Herz hat beim Zusehen der Folge sacht geklopft, nicht wie jetzt in dieser Situation. Es springt mir vor Empfindungsflut fast aus der Brust heraus und hüpft zu ihm herüber. Und nun?

»Ping«, höre ich die Fahrstuhltür, fühle ein letztes zartes Streifen seiner warmen Haut, und er tritt, ohne sich zu mir zu drehen, aus dem Aufzug und verschwindet. Wie angewurzelt stehe ich im Fahrstuhl und versuche, in der Realität anzukommen, doch die Gefühlsintensität, die an mir zerrt, hindert mich daran, auszusteigen.

9

MR. UNDERCOVER

TJ

Manchmal könnte ich mir eine reinhauen, denn bescheuerter geht es nicht mehr. Sie redet in ihrem Vortrag von Hormonen und ich lasse meine ungefiltert in die körperliche Wildbahn, wie ein junges Raubtier auf Streifzug. Dieser kleine Fingerfick war prickelnd, obwohl es eher gefühlvoll als eine Fickerei war. Es hat mich meine komplette Selbstbeherrschung gekostet, sie nicht direkt an die Fahrstuhlwand zu drücken und ihr meine Zunge in den Mund zu schieben. Nora wieder zu schmecken wäre der Wahnsinn, weil sich das Erlebnis im Club in meinen Kopf gebrannt hat.

Das war das letzte Mal, ich schwöre heilig beim Überstundenkonto der Mitarbeiter und Mitarbeiterinnen von Naturometika.

Eine Bürovögelei zu riskieren, ist ein desaströses Aus, es wäre mit meinem Ansehen direkt vorbei. Kündigungsgrund: Chef vögelt seine Mitarbeiterin. O Hell, nein. Das kostet mich mehr, als ich mir bis dato aufgebaut habe.

Gedankenversunken schlage ich den Weg in das zukünftige Büro ein, um mit meinem Vater zu reden.

Marie schaut mich mit freundlichem Lächeln an und ich grinse breit zurück.

»Hi. Ist Dr. von Weber zu sprechen?«, frage ich sie und zwinkere ihr zu. Sie ist in Ordnung und ich komme gut mit ihr aus.

»TJ, ich melde dich an und schaue, was er sagt.«

Ist echt nervig, diese Praktikantenrolle vor allen zu spielen. Zwei Minuten später werde ich durchgerufen und betrete das Büro meines Vaters.

Hier hängen bearbeitete Bilder der Produkte in Hochauflösung. Paps ist nicht der Fototyp, der seine Familie auf dem Schreibtisch präsentiert, auch ein Pluspunkt für sein ausgedachtes TJ-Versteckspiel.

»Hi, Paps. Wie geht es dir? Was macht Katharina?«, erfrage ich und grinse ihn an.

»Hallo, mein Großer. Ich muss mich immer zusammenreißen, dich hier in der Firma als Praktikant zu behandeln und dich beim abgekürzten Namen zu nennen. Schön, dass wir jetzt ungestört reden. Alles bestens. Katharina und ich reisen über das Wochenende nach Holland. Sie hat sich einen kleinen Städtetrip gewünscht.«

»Perfekt. Bringst du mir Gras mit?«

»Junge, diese Zeiten hast du hinter dir gelassen, oder?«

»Klar, Paps. War ein Witz.«

Dass ich ab und zu Gras rauche, muss er ja nicht wissen. Das kommt selten vor und ist nicht der Rede wert.

»Zum geschäftlichen Teil, mein Sohn. Wie ist deine Meinung zu den Präsentationen?«

»Ich denke, die Zyklus-Reihe hat Potenzial, und die Zeit ist reif, solche Produkte auf den Markt zu bringen. Das Konzept ist überzeugend. Zu klären wäre, welche Produkte wie zusammengestellt werden. Vortrefflich ist, dass wir die einzelnen Komponenten auf dem Markt haben. Das Design der Reihe benötigt eine Generalüberholung und die Platzierung im Social-Media-Bereich hat noch mehr Potenzial und bedarf einer grundlegenden Überarbeitung. Die Produktreihe muss ins Auge springen und sich abheben.«

»Gut! Da gehe ich mit. Diese Frau Aron war eine perfekte Wahl. Hoffentlich setzt sie um, was sie plant.«

»Wir werden es sehen. Die Präsentation von Mayer war auch gelungen. Da könnte ich mir ebenso mehr vorstellen.«

»Schaust du noch mal über die Zahlen? Sieht gut aus, was?«

»Unsere Berichte zeigen eine stetige Wachstumskurve auf und das ist wirklich wunderbar.«

Ich studiere weiter die Auflistungen, die Paps mir vorgelegt hat. Klar, es ist immer Platz nach oben, aber wenn es auf diesem Niveau bleibt, habe ich einen leichten Einstieg ins Unternehmen und muss die Firma nicht aus einem Minusbereich hinausmanövrieren. Über den Tisch schiebe ich ihm die Bögen zu, nicke bestätigend und verabschiede mich. »Bin dann wieder los, Paps, und denk an mein Gras.«

Lachend verlasse ich sein Büro und bitte Marie, mit mir einen Kaffee zu trinken. Ich freue mich darauf, wenn wir zusammenarbeiten. Zwischen uns entwickelt sich langsam ein freundschaftliches Verhältnis. Wie lange kenne ich sie? Gefühlte Ewigkeiten! Früher eher als lockere Bekanntschaft auf Oberstufenpartys, und heutzutage ist es eine freudige Fügung, dass wir uns in der Firma wiedergetroffen haben. Zum Glück nennen mich auch privat viele Menschen einfach TJ und ich musste mir nicht irgendwelche Ausflüchte ausdenken.

In der Küche angekommen verzieht sie ihre Augen zu gefährlich anmutenden Schlitzen. »Du, TJ, diese Aron ist ja eine richtige Zicke, was?«

Ach, guck an. Was wird es denn jetzt? Lästerrunde beim

Kaffee? Das ist nicht mein Ding und sie damit bei mir an der falschen Adresse.

»Nicht dein Beuteschema, Kleines?«

»Sag mal, spinnst du? Du weißt, auf welchen Typ Frau ich stehe. Sie ist hübsch, das stimmt, aber ich bin die Letzte, die sich auf eine Büronummer einlassen würde. Und sie sieht wie eine verkappte Hete aus.«

Ja, ich vermute, dass Nora heterosexuell ist, so wie sie mich geküsst und mir die Zunge in den Mund geschoben hat. Eine heiße Hetero-Frau. Marie spricht aus, was ich denke. Eine Büronummer ist scheiße und total gefährlich. Mist, verfluchter!

»Bist du heute ein wenig bissig?«, frage ich sie und grinse.

»Ich habe Stress mit meiner Freundin. Die Aron erinnert mich an sie. Vor allem dieses kämpferische Funkeln in ihren Augen macht einfach wütend. Alles Biester!«

Dieser Glanz in Noras Blick erzeugt bei mir Lust, nicht Wut. Am liebsten würde ich sie sofort besteigen, wenn es in ihren Iriden herrlich und willig funkelt. Doch auf Beziehungsstress habe ich keine Lust.

Lässt Marie ihren Frust, den sie mit ihrer Freundin hat, an Nora aus? Vielleicht ist das der Grund, weshalb diese schräge Verteilernummer heute Thema war.

»Wenn du reden willst, sprich mit mir«, biete ich ihr an. Keine Ahnung, warum ich den Samariter mime, aber sie tut mir leid. Sie ist niedlich, wenn ihre Rehkitz-Äugelein traurig zu mir herüberschauen.

»Danke, TJ, ist wieder besser.«

Mein Blick auf die Uhr verrät mir, dass es fast Zeit für ein Essen ist statt Kaffee. »Gehen wir was futtern, Kleines? Hast du Lust auf eine Pizza?«

»Das hört sich super an.«

Es ist vorstellbar, mit Marie eine Art Ritual einzuführen.

Wenn Naturometika unter meiner Führung ist, werde ich einmal im Monat mit ihr essen gehen, um unser Verhältnis zu pflegen und den privaten Momenten einen Raum zu geben. Im Studium interessierten mich die modernen Führungskonzepte, offene Strukturen und angepasste Beziehungen in der Hierarchie. Bei diesen Gedanken könnte ich mich direkt hinter dem Schreibtisch verkriechen, um ein geeignetes Konzept auszuarbeiten. Ich freue mich darauf, wenn es endlich losgeht und sich mein Potenzial entfalten kann.

10

BÜROSPÄSSE

Nora

»Morgen, Michelle. Was steht heute auf dem Programm?«

Sie lächelt falsch, und mein Magen unterdrückt es, im Strahl zu kotzen. Vermutlich habe ich mich nicht mehr lange unter Kontrolle. Sie ist nicht auf der Anti-Ebene mit dem Assi-Hipster, doch sie rutscht immer näher heran. Jeden Tag versuche ich es aufs Neue, Normalität in den Büroalltag zu bringen. Ich grüße freundlich, wünsche einen guten Morgen und lächele ehrlich. Jedes Mal kommt ein falsches Lächeln zurück und jeden weiteren Tag gebe ich ihr eine neue Chance.

Dieses Yoga-Qi-Kram scheint innerlich deutlich zu entspannen, früher wäre ich bereits explodiert. Entwicklung und Selbstoptimierung zu betreiben sind geplant und bringen mich auf meinem Weg vorwärts. Hilfe, das hört sich an wie bei den Reichen und Schönen aus den Staaten. So meine ich es nicht. Das Ziel ist, ein besserer Mensch zu werden. Es ist total schade, dass die Frauen dieser Firma merkwürdig sind. Oder habe ich hier den Vogel und bin die Verrückte? Mariechen ist ein Biest. Michelle heuchelt mir den ganzen Tag etwas vor. Frau Gramig ist nett, aber arbeitswütig und nicht sonderlich kommunikativ. Sie wirbelt in ihrem Bereich, sodass wir keine Berührungspunkte miteinander haben. Meine direkten Knackpunkte, die mich aufregen, sind Michelle und das Mariechen. Die M&Ms, na toll! Ob das ein gutes Zeichen ist? Ich bezweifele es. Wundervoll ist, dass wir gemeinsam im gesamten Team an der Zyklus-Serie arbeiten werden. Darüber freue ich mich ehrlich. Es wird ein ordentliches Stück Schaffenskraft benötigen, aber ich bin optimistisch. Den Kick, mich zu entwickeln und sprudeln zu dürfen, brauche ich, um glücklich zu sein.

Unbeirrt stelle ich die Tasche neben dem Schreibtisch ab und blicke zu ihr auf. O abgedrehter farbenblinder Herrgott. Was ist denn da passiert? Hat sich Michelle ihre braunen Haare blondiert? Das ist wie ein Augenschock im Freibad. Jemand, der absolut unpassende Kleidung trägt oder so heiß ist, dass man nicht wegsehen kann.

Reiß dich zusammen, Nora. Bewahre dein inneres Qi und sei keine Bitch.

Kurz überlege ich, vor Lachen loszubrüllen und mir für immer und ewig den Bauch zu halten. Michelles Haare sind am Ansatz wasserstoffblond gefärbt und die Längen leuchtend orange. Das ist nicht die Krönung dieses ganzen Outfits. Sie hat ein quietschgelbes Haarband auf dem Kopf und trägt eine fliederfarbene Jeans. Ein lila Shirt rundet das Desaster ab. Scheiße! Karl Lagerfeld würde in diesem Moment eine Jogginghose vor dem gebotenen modischen Totalausfall bevorzugen oder sich augenblicklich im Grab umdrehen. Zweimal blinzele ich, um danach keine Veränderung festzustellen. Sie sieht weiterhin wie ein schrecklicher Totalschaden aus. Einer, bei dem man in der Werkstatt um das Auto geht und gemeinsam mit dem Schrauber-Boy beschließt, dass es ausschließlich für den Schrottplatz reicht.

»Ich hole mir einen Kaffee, bis gleich«, quatsche ich auf sie ein und verlasse fluchtartig das Büro. Meine Mundwinkel ziehen sich empor und ich lächele die angestauten Empfindungen heraus. Neutrale Farben würden meinen Augen die dringend benötigte Schonung verschaffen. Eine entspannende Übung wäre es, wenn ich eine Stunde auf die cremefarbene Wand starre und meditiere, bevor ich zurück ins Büro gehe. Nein, dafür ist keine Zeit. Erst mal Kaffee.

Wie geil wäre es, wenn ich mir eine Achtziger-Jahre-Brille aufsetzen würde mit diesen runterklappbaren Sonnenbrillengläsern? Ich sage dann, dass mich eine schreckliche Migräne heimgesucht hat. Ja, das ist der Plan. Dann könnten meine Augen lachen und sie würde es nicht sehen. Wie war das mit dem Zeitscheißer? Jetzt brauche ich zusätzlich eine Zeitmaschine, um mir diese Brille aus einem längst vergangenen Jahrzehnt zu besorgen.

In der Küche treffe ich auf Jonas und TJ, die sich am Kaffeeautomaten aufstellen. Jonas hat die Poleposition und darf sich den ersten Kaffee am Tag ziehen.

»Morgen!«, wirft er knapp in die Runde und verschwindet, nachdem er seinen heißen Schatz in den Händen hält. Mein Schatz, muhaha! Ja, Herr der Ringe könnte ich bei Zeiten wieder ansehen, auch wenn Jonas alles andere als ein Gollum ist. Selbst Gollum würde mit Jonas' Frisur und Haarfarbe halbwegs verkraftbar aussehen. Zu viel nachgedacht, um ihn hier halten zu können. Na toll, weg ist er und ich bin mit TJ allein in der Küche.

Er sieht total heiß aus, und ich grinse, weil er eine entspannende Wohltat für meine Augen ist. Okay, Zeit für Späßchen, denn das lenkt zusätzlich ab.

»Wie weit würdest du mit mir gehen?«, frage ich und schaue ihn dabei fest an, während meine Mundwinkel zucken.

»Mmh, bis hierhin zur Kaffeemaschine auf jeden Fall.«

Okay, der Einstieg ist gelungen. Er scheint schnell zu begreifen und Zeit für eine Runde Küchenspaß zu haben.

»Bis zur Kaffeemaschine? Wow, Romantik am Morgen.«

»Voll mein Ding!«

Wir lächeln beide.

»Komm her, du sauheiße, wundervolle Tasse Kaffee und erzähle mir dreckige Lügen, wie viel wir heute im Büro schaffen werden«, bringe ich grinsend ein.

TJ schaut erst mich und dann den Kaffeeautomaten an. Er räuspert sich und ruft »Mimimimi« wie ein extrovertierter Schauspieler, der vor dem großen Auftritt seine Stimme erwärmt. Ich lache mich schlapp, und das nicht mehr leise. Seine Stimme wird theatralisch und er stellt sie ein bisschen tiefer als gewöhnlich. »Das größte Mitleid verdienen die Spiegel und Kaffeemaschinen in unserem Leben. Jeden verdammten Morgen blicken sie in dasselbe unheilvolle und unfassbare Elend.«

Wir prusten wie die Irren los, weil seine triefende Theatralik so echt rüberkommt, fehlt nur noch das Bühnenoutfit eines Schauspielers in der Midlife-Crisis.

»Hm! Der Kaffee läuft. Sportlicher wird's heute nicht mehr, oder?«, fügt er gleich neckend an und wackelt mit seinen Augenbrauen. Er ist ein witziger und bildhübscher Mann, in diesem Moment könnte ich mich glatt in ihn verlieben. Grinsend zucke ich mit den Schultern. »Du hast drei Wünsche frei.«

Seine Augen werden groß und die Lippen teilen sich.

»Drei Kaffee, bitte!«, schieße ich schnell hinterher, damit er nicht antworten kann.

Wir grinsen ordentlich um die Wette. Wie lange halten wir diesen Spaß aus? Kein normales Wort wurde gesprochen bis auf diese lustigen Kaffee-Witze, die wir Bürohengste und -stuten alle kennen.

»Knutschen wäre geil und ein wenig Fummeln. Aber

hey! Kaffee überschüttet zu bekommen ist ja auch heiß. Hatten wir das nicht bereits?« Er grinst schelmisch und entblößt mir seine weißen Zähne, von denen ich mich gern ein kleines bisschen beißen lassen würde. Leicht in den Hals oder ins Ohrläppchen, in den Po. Ja! In den Arsch!

»Ich liebe meinen morgendlichen Kaffee so, wie männliche Singles Sex haben. Schnell ... heiß und alleine vor dem Computer«, kontere ich und griene über das ganze Gesicht.

Er schaut mich eindringlich an. »Erst blasen, dann schlucken! Kaffee ist sonst ziemlich heiß.«

O Hilfe! Sein Blick wird lodernd, sein Lächeln ist nicht mehr lustig, sondern scheint sich mit einer aufflackernden Erregung zu paaren. Ob er sich vorstellt, wie ich ihn mit den Lippen verwöhne? Mein williger Körper denkt gerade an nichts anderes als an dieses Bild. Hockend vor ihm auf den Knien mit seinem Penis im Mund. O yes!

»Lieber als an einem heißen Kaffee verbrenne ich mir meine Lippen an dir«, bringe ich flüsternd hervor und finde die Ergänzung perfekt.

Bevor mir die Feuchtigkeit die Beine entlangläuft, zwinkere ich ihm zu und gehe lieber zur Kaffeemaschine, um mir den Latte macchiato zu zaubern. TJ grinst zurück, was ich mit einem kurzen Schulterblick wahrnehme. Ich bin innerlich nervös und hoffe ein wenig, dass eine Berührung folgt oder er an meinen Rücken herantritt, das Haar zur Seite streicht und mir den Hals küsst. Der Gedanke gefällt mir und beschert meinem wollüstigen Körper eine feine Gänsehaut. Erneut werfe ich einen knappen Blick über die Schulter und sehe ihn aus der Küche verschwinden. Eine Latte fühle ich in den Händen, heiß und geschmackvoll. Schade, dass es der Kaffee ist und nicht sein Penis, der sich von hinten gegen meinen Po reibt oder den ich sinnlich berühre. Jetzt bin ich angetörnt. Na toll!

Heiß betrete ich unser Büro und schwinge mich hinter

den Schreibtisch. Zwischen meinen Beinen ist die Hitze nicht abgeklungen. Mit Arbeit konnte ich mich schon immer ablenken, also überprüfe ich zügig den Plan für heute.

Durch die visuellen Boards und Notizen vergesse ich keinen Punkt der Liste abzuarbeiten. Es ist Ruhe im Büro. Michelle arbeitet fleißig hinter ihrem Rechner und blickt selten zu mir auf. Ich muss es ihr lassen, sie ist gut im Job, zielstrebig und engagiert. Beruflich passen wir zusammen, menschlich haben wir uns nichts zu erzählen. Manchmal sitzen wir gemeinsam stundenlang im Raum und schweigen uns an. Keine privaten Gespräche, niemals Witze, einfach nichts. Halt! Ein Thema begeistert sie – Jonas Bergmann, alias ihr heißer Praktikant. Meistens verdrehe ich innerlich die Augen, wenn sie von ihm redet oder ihre Anmachen öffentlich an ihm vollzieht. Sie ist irre.

Bist du gestört, Michelle? Bist du eine kranke Stalkerin? Willst du Jonas als dein kleines Spielzeug haben, so wie du es ein paarmal angedeutet hast?

O schauriger Gott, ich gucke zu viele Psychoserien. Der Blick in ihre Richtung ist flink. Eine Gänsehaut jagt den Rücken empor, und ich reibe mir mit den Handflächen über die Arme, um mich zu beruhigen. Heute ist ein verrückter Tag. Von der Erregung zum Unbehagen in unter fünf Minuten. Diese Idee von ihr als Person lässt mich innerlich erschaudern. Meine Gefühle schiebe ich schnell beiseite und widme mich wieder der Arbeit, weil ich sonst in meine eigenen gruseligen Gedanken hineinfalle und das Bild verinnerliche.

»Michelle, ist es okay für dich, wenn ich Musik anmache?«

»Ja, kannst du, aber leise und so, dass es mich nicht beim Arbeiten stört.«

Gott sei Dank, wenigstens was! Die hilfreiche Ablenkung kommt durch entspannte Beats. Den Schreibtisch verschiebe ich morgen um ein paar Zentimeter. Dann muss diese grausige Frau nicht mehr mein direktes Blickfeld dominieren, und das wird zusätzlich helfen.

Leise läuft die chillige Büroplaylist aus dem Spotify-Ordner, und ich freue mich, *Peter Fox'* beruhigender und wohlklingender Stimme zu lauschen, während mein Kopf im Takt wippt. Langsam kommt der Flow, und ich arbeite ab, was ich mir vorgenommen habe, trotz blond-orange-lila Debakel auf Augenhöhe und spritzigen Kaffee-Neckereien, die meine Mitte befeuert haben und nicht mehr verschwinden.

11

HEULEN & LOSLASSEN

Nora

Freitag. Juhu! Die Arbeitstage waren voll und die TJ-Kontakte hielten sich in Grenzen. Er scheint diese Woche in allen Bereichen bei NM gefragt zu sein, nur nicht in meinem. Es ist besser so, obwohl ich die kleinen Flirts zwischen uns unwahrscheinlich anregend finde und sie vermisse, wenn nichts davon passiert.

Kurz vor Feierabend ist das Büro wie ausgefegt. Chefchen hat sich heute nicht blicken lassen. Private Verpflichtungen? Ich habe nicht nachgefragt.

Mein Kaffeepensum springt in den exorbitanten Bereich und ich steuere die Toiletten an. Ich muss dringend pinkeln, bevor ich das Gebäude verlasse, um den Heimweg anzutreten. Schnell das Bein an den Baum heben kommt nicht infrage, da ich kein Hündchen bin. Wie lustig wäre das, wenn wir Menschen in der Öffentlichkeit urinieren würden wie Hunde. Zum Glück geschieht nichts davon außerhalb meiner Gedanken. Schwungvoll öffne ich die Tür zur Toilette und suche mir die Kabine mit der offenen Tür aus. Nach dem ruckartigen Schließen verlassen mich Wasserfälle, und ich bin froh, noch mal hier angehalten zu haben. Das Aufhalten wäre in der Bahn eine Qual gewesen.

Huch, wer schluchzt denn hier?

»Hallo, ist alles in Ordnung?«

Warum höre ich das Geräusch erst jetzt? Hat sie das Heulen unterdrückt, bis sie es nicht mehr ausgehalten hat?

»Gehen Sie weg!«, kommt es mir von einer Stimme hinter der Toilettenwand entgegen.

»Falls Ihnen ein Malheur passiert ist, ich habe Tampons in der Handtasche. Schokolade ebenso.«

Falls Schokolade gewählt wird, bin ich froh, sie von der Präsentation in der Tasche gelassen zu haben.

Ist das Marie? Die Stimme hört sich nach ihr an in extrem verheult.

»Frau Krause, sind Sie das? Wollen wir gemeinsam schauen, wie es jetzt weitergeht?«

Ich bin im Helfersyndrom angelangt. Es weint ein Mensch. Ihr Trumpf ist, dass ich weinenden Personen nichts abschlagen kann. In diesen Momenten vergesse ich alles, was war. Maries Tränen sind echt und kein Gaukelspiel. Hier sind die Fluten realistisch, sie fallen aus den Augen wie die Niagarafälle, das erkenne ich eindeutig an den dazugehörigen Geräuschen. In Filmen oder Werbespots sind mir heimlich die schnulzigsten Happy Ends die liebsten, wenn Tränen fließen. Das schmalzt abartig bestialisch, dass ich meine Affinität niemals öffentlich zugeben werde. Ich bin eine kleine verheulte Vulvina, wenn es ums Heulen geht. Leise verlasse ich die Kabine und wasche mir die Hände.

Vorsichtig öffnet sich die Tür und Marie Krause steht völlig am Boden zerstört vor mir.

»Tampon oder Schokolade?«, erfrage ich.

»Schokolade, bitte«, antwortet Marie Niagara-Krause.

Wir lassen uns unter dem Handlüfter auf den Fußboden sinken, und ich hole die Brösel-Schokolade hervor, die aus zwei Schokoriegeln besteht.

»Manche Schwänze sehen auch nicht besser aus als diese kleinen Brösel-Stangen hier«, witzele ich herum.

»Keine Ahnung, ich habe noch keinen von Nahem gesehen«, antwortet sie knapp und heulschwall-artig.

Ups, eine Jungfrau auf frischer Tat ertappt, die von ihrem potenziellen Lover versetzt wurde, bevor sie den goldenen Stoß erfahren konnte? Das wäre wahrhaftig schade für sie. Obwohl … der erste Sex ist ja meistens crazy. Oft wird es im Laufe der prickelnden Übungen besser. Kurz schaue ich sie eindringlich an. Nein! Marie ist sicher über dreißig und dann Jungfrau? Oder ist sie vielleicht asexuell?

»Hast du Lust zu reden?«, probiere ich es ernster und duze sie zum ersten Mal.

»Ich weiß nicht. Es ist privat und wir hatten wahrhaftig nicht den besten Start.«

»Ich werde es für mich behalten. Das Büro ist leer und ich bin gerade da. Du kannst es mir sagen. Hier ist heute ein Safe Space.«

Das meine ich ernst und werde zu niemandem ein Sterbenswörtchen verlieren. Ich bin weder ein Arschloch noch lasse ich mich bekriegen, ziehe in denselben, wenn es nötig ist. Jetzt ist kein Krieg mehr zwischen uns, sondern ein kurzer Waffenstillstand, denn sobald die Stricke reißen, ist das Herz vor dem Kopf am Drücker.

Marie seufzt, dreht sich zu mir und schaut mich mit verwässerten Augen an. »Meine Freundin hat heute Schluss gemacht. Wir hatten in letzter Zeit oft Streit. Ich fühle mich beschissen und würde gern einen Riegel nehmen.«

Mein Blick ist mitfühlend, ich greife zu der Schrumpel-

Schoki und reiche sie ihr. »Ach je! Bitte. Lass es dir schmecken.«

Vermutlich nimmt sie die Schokolade, um sich daran festzuhalten. Symbolisch ist die Zuckerstange ihr Fels, hoffentlich hält es die Wasserfälle im Zaum.

Innerlich schmunzele ich, weil beim Wort *Zuckerstange* TJ in meinen Gedanken auftaucht, wie er sich vor mir nackig macht und sein Zuckerwerkstück präsentiert. Das würde mir gefallen. Schnell schiebe ich diesen Impuls beiseite, weil das hier nicht hingehört.

Wir reden weiter und nach einer Weile werfe ich heimlich einen Blick auf die Uhr. Wir sitzen seit einer Stunde auf dem Fußboden und ich kenne einige Details aus Maries Biografie.

Nach diesem langen Gespräch weiß ich, dass sie lesbisch ist, seit sie ihre Sexualität entdeckt hat. Stephanie war nicht ihre erste Freundin, sie hatte viele, aber Steph ist ein Miststück. Marie sucht eine feste Beziehung und wünscht sich Kinder. Die richtige Partnerin war noch nicht für sie dabei. Nicht ein einziges Mal hat es sich für sie perfekt angefühlt. Immer war sie diejenige, die die Partnerschaft am Leben erhalten hat. Sie hasst es, Schluss zu machen, und macht es nie, und sie liebt romantische Thriller. Keine Ahnung, was diese Bücher-Information mir sagen soll, aber Marie hat es mindestens dreimal erwähnt.

Die Bäche stürzen nicht mehr aus ihren Augen und das ist ein gutes Zeichen. Sie hat sich einiges von der Seele geredet und ich habe zugehört.

»Danke für deine Zeit, Nora. Lass uns ins Wochenende starten«, schlägt sie vor und ich bin froh darüber, nicke es dankend ab. Sonya wartet auf mich und ich bin ungern zu spät. Marie verabschiedet mich, indem sie mir die Hand für ein High five entgegenhält. Eingeschlagen, abgeschlagen, Wochenende.

Ich stehe vor der Eingangstür meines Wohnhauses und lasse sie mir heute von Sonya öffnen, weil wir zum Yoga verabredet sind.

»Pfirsichblüte, ich bin zu Hause«, rufe ich durch die Gegensprechanlage.

»Hey, Liebes. Gehst du vorher in deine Wohnung, oder bist du gleich hier?«

»Ich stelle erst mal meine Sachen ab und komme dann rüber, aber deine liebreizende Stimme musste ich vorher noch hören.«

Beim Betreten der Wohnung atme ich aus. Nach Hause zu kommen ist ein schönes Gefühl. Seit ein paar Tagen liegt eine Packung Räucherstäbchen auf der Flurkommode, die mir Sonya geschenkt hat. Der Geruch lässt mich entspannen. Ich streife zügig die Schuhe ab und tänzele ins Schlafzimmer. Meine Yogahose liegt parat auf dem Stuhl und das Shirt wechsele ich ebenso. Leichtfüßig gehe ich zurück in den Flur, atme noch mal den Duft ein und husche in die gegenüberliegende Wohnung, um wieder einzuatmen in meinem zweiten Zuhause.

Ich liebe Sonya. Beim Eintreten ins Wohnzimmer bekomme ich einen Hafermilch-Kaffee in die Hand gedrückt und die Matten liegen bereits auf dem Boden. Das Ambiente zieht mich tiefer in den Entspannungsmodus.

Wochenende, ick lieb dir, höllisch!

Mit den Fingern streiche ich die Schweißperlen von der Stirn, die Yoga-Einheit war großartig und ich bin abschließend erschöpft, aber glücklich. Die Atemübungen hinterlassen ein anregendes Gefühl im Bauch. Meine innere Schlange hat mir mehrfach den Namen *TJ* entgegen gezischt und ich bin schlängelig zackig unterwegs. Müsste ich mich auf einen Stuhl setzen, würde mein Arsch wild von links nach rechts auf ihm herumrutschen. Ein wenig stelle ich mir vor, dass er auf der Sitzfläche sitzen würde. Boah, ich bin spitz. Glücklicherweise ist die Einheit vorbei.

»Sonya, ich gehe rüber und danach aus. Willst du nicht mitkommen?«

»Heute nicht, danke.«

Nach unserer Verabschiedung flitze ich in meine Wohnung und erspare mir die Routine. Es gibt weder irgendwelche Serien noch Bücher noch Schminktutorials. Ich gehe aus und hoffe auf ein sexy Happy End mit einem Mann. Vorzugsweise TJ, der mich mit seinem betörenden Duft noch heißer macht.

Mit einem Griff schnappe ich mein Handy und tippe auf den Chat, um die Mädels zum Clubabend einzuladen, als es laut klopft und ich hochschrecke. Schnell springe ich auf, werfe das Telefon aufs Bett und öffne die Tür.

»Ich komme mit und habe keine Ahnung, was ich anziehen soll. Wann war ich das letzte Mal aus? Unsere Unterhaltung war beflügelnd und ich werde mich nicht hinter meinem Job und den YouTube-Videos in der Wohnung verstecken.«

»Na galaktisch! Das wird ja toll, Zuckerblume. Wir beide zusammen im Nachtleben. Premiere.«

Ich schaue sie eindringlich an und stelle meine Frage, die mir auf der Zunge brennt. »Wenn ich jemanden abschleppe, findest du allein nach Hause?«

Sonya lacht herzhaft auf und nickt. »Meine innere Brieftaube hat mich ein Leben lang geführt. Natürlich finde ich heim, wie seit Jahrzehnten.«

Quiekend springe ich durch den Flur. »Aufbitch-Zeit«, brülle ich, während Sonya mir einen Vogel zeigt und sich in ihre Wohnung zum Styling zurückzieht.

Bevor es losgeht, starte ich die Playlist, die mich immer auf Partys einstimmt. Ein bunter Mix aus Girl-Power und Electro-Fun beschallt mich. Zu *Sonnendeck* von *Peter Licht* gröle ich los und beginne, mich für den Abend herzurichten. Mein Outfit ist stylish und sexy. Das liebe ich, wenn ich ausgehe. Heute wird gebumst, sagt mir mein Instinkt. Es ist klar, dass ein knappes Kleid keine Einladung zum Sex ist. Ich pflege und streichele in dieser Hinsicht die innere Xena, die in mir wohnt, wenn es um solche Themen geht. Kriegerin der emanzipatorischen Welten, aber ich entscheide, wie es abläuft. Und das betrifft die Wahl der Kleidung und mit wem und wann ich ins Bett steige – oder halt andere Orte aufsuche. Ein heißer Fummel ist keine Einladung zum ungefragten Tatschen, aber wenn ich zustimme, umso besser. Das einundzwanzigste Jahrhundert ist der Hammer. Ich wäre verloren, wenn ich eine vergangene Zeit erwischt hätte. Heute stecke ich mir wieder den Fake-Nasenring an, weil er mir gefällt und TJ ihn süß fand. Um meinen Körper schmiegt sich ein schwarzes kurzes Kleid mit zartgrünen Ornamenten. Ich mag den lockeren und figurbetonten Sitz dieser Kleidungsschönheit. Meine Haare sind offen und mit einem geflochtenen dünnen Haarkranz verziert, der das Mähnenwerk minimal bändigt. Das Make-up ist dezent und die Augen strahlen mir im Spiegel entgegen. So gefalle ich mir und meine Laune ist spitzenmäßig. Ein gemeinsamer Clubbesuch mit Sonya lässt die innere Vorfreude aufsteigen, und ich freue mich, dass sie zurück ins Leben findet und die Trauer nicht mehr in ihren Mittelpunkt stellt.

Nach einem Klopfen lasse ich sie in die Wohnung, wir schauen einander an und begutachten unsere Verschönerungen.

»Wie sehe ich aus?«, erfragt sie etwas unsicher.

»Du siehst großartig aus. Wie eine Blütenkönigin bei Nacht. Verspielt und sexy zugleich.«

»Danke, Nora. Hach, ich freue mich so auf den Abend mit dir.«

Na dann, auf in die Partynacht. Das wird ein Fest, und ich bin gespannt, ob mein TJ da sein wird oder ob ich mich heute Abend für einen anderen Mann erwärmen kann. Ein bisschen zweifele ich an dem zweiten Gedanken, denn mein Herz schlägt bereits beim ersten bis an den Hals.

12

KLÖTZER UND FEDERN

TJ

Aus dem Abend auf der Couch wird nichts, denn Marie heult sich das Ohr am Telefon aus.

»Kleines, ich bin kein Kummerkasten. Wir reden hier seit einer Stunde. Das Thema ist in zwei Minuten besprochen. Zieh dich an, mach dich hübsch, ich bin gleich da. Schick mir deine Adresse per Nachricht.« Zügig lege ich auf, ohne die Antwort abzuwarten, denn das Geheule ertrage ich keine Minute länger.

Seit wir so was wie Freunde sind, brauche ich eh ihre Adresse. Wir schreiben, wir telefonieren gelegentlich und ich werde sie zukünftig besuchen. Aber erst, wenn dieses Gejaule überstanden ist, sonst werde ich wahnsinnig.

Eine Stunde später bin ich bei Marie angekommen. Sie steht unten vor der Tür und sieht nicht zerstört aus, sondern ganz passabel. Eine Dusche und Schminke scheinen sie wieder zu einem Menschen gemacht zu haben.

»Steig ein, Girl!«, rufe ich ihr entgegen, und sie macht, was ich sage.

»Danke, dass du mich auf andere Gedanken bringst. Ich gehe echt gern aus.«

Na wunderbar. Hoffentlich fängt sie dann heute Abend nicht wieder bitterlich an zu weinen, wenn wir im Club sind.

»TJ, wie alt bist du? Du wirkst immer so reif und aufgeräumt. Siehst aber total jung aus.«

Hä? Ist das ihr Ernst? Wie sehe ich denn aus? Wie sechzehn? Die Frage ist echt albern.

»Ich bin achtundzwanzig, Marie.«

»Oh, dann passt das ja gut zu deinem Aussehen. Ich bin sechsunddreißig. Dann brauchen wir keinen Ausweis vorzuzeigen.«

Gut, über zwanzig geschätzt, denn kurzzeitig hatte ich Angst vor ihrer Frage. Die Laune steigt und das ist das Wichtigste. Ich hoffe ein klein wenig, dass das sexy Palindrom heute wieder auf der Tanzfläche zu bestaunen ist wie ein elysisches und herausragendes Kunstwerk in einer Ausstellung. Es fühlt sich verboten an und dieser Gedanke treibt mich voran und lässt meinen Fuß das Gaspedal durchtreten. Ich will dahin, und das sofort. Hier herrscht ein aussichtsloser Kampf: Kopf gegen Schwanz.

Nach dem Halten auf dem Parkplatz schaue ich kurz an mir hinunter. Heute sehe ich wieder aus, wie ich es von mir im wahren Leben gewohnt bin. Selbst im Studium war mein Stil der eines zukünftigen Geschäftsmannes. Dieser schäbige Praktikanten-Look ist zum Abgewöhnen. Strubbelige Haare, Nerd-Klamotten und mein ganzes Auftreten in der Firma entsprechen nicht dem inneren Perfektionisten. Nicht heute! In diesem Moment bin ich Theodor Jonathan von Weber. Meine Haare liegen perfekt und ich trage ein körperbetontes Hemd mit gut sitzender schwarzer Jeans.

Die Schlange vor dem Club ist lang und eine Frau vor mir dreht sich immerzu um. Abschätzig mustert sie Marie.

Der Klotz – der sich nicht mehr wie einer anfühlt, weil sie nicht permanent rumheult – lächelt die kleine Beauty an. Ich lehne mich zu ihr hinüber und flüstere in ihr Ohr: »Na, Kleines, gefällt sie dir?«

Marie schmunzelt und nickt mir entgegen, ohne dabei ein Wort zu sprechen.

»Wir könnten ja gegenseitig füreinander Wingman und Wingwoman sein«, schlage ich vor.

»Sehr gut, TJ. Das ist ein ausgezeichneter Plan. Ich spiele hier aber niemals deine Hetero-Freundin. Da hört der Spaß bei mir auf. Wir können uns gern beim Flirten helfen, mehr nicht.«

Okay, dann sind von ihr ausschließlich leichte Hilfen zu erwarten. Schade, denn Marie ist unwahrscheinlich gut aussehend. Wir könnten uns lustige und abgebrühte Varianten ausdenken, um Frauen aufzureißen. Guter und ablenkender Sex wäre für uns beide ein Gewinn. Ablenken ist wichtig, denn Nora schwirrt mir durch den Kopf wie ein Schwarm Schmetterlinge, die Sex wollen. Mit ihr!

»Was trinkst du? Ich bezahle«, schlage ich Marie vor und wackele mit den Augenbrauen.

»TJ, das ist lieb, aber kannst du dir das von deinem Praktikantengehalt leisten? Dein Auto hast du doch bestimmt vom Papa bekommen, oder?«

Shit, stimmt. Meine Rolle. Diesen popeligen Praktikanten-Stempel werde ich heute nicht mehr los. Optisch ein Stecher, aber degradiert zum Schutzbefohlenen. Ich habe echt eine Menge Geld von meinem Großvater geerbt und muss mir darüber wirklich keine Gedanken machen. Von diesem Geld habe ich mir auch meinen Wagen gegönnt.

»Okay, dann zahlt jeder für sich.«

Das wäre geklärt und die Autofrage beantworte ich einfach nicht. Entspannt kippe ich einen Drink, nicht mehr, da ich mit dem Wagen da bin. Marie wird wieder sicher von mir nach Hause gebracht.

Mit meinem Bier lehne ich am Tresen und checke den Raum ab. Keine Nora zu sehen, schade.

»Los! Wir gehen auf die Tanzfläche«, bittet mich Marie.

Na dann. Die Beats treiben mich an und ich bewege meinen Körper zur Musik. Ich tanze gern und genieße den Rhythmus in vollen Zügen. Neben Hip-Hop ist Electro eine feine Wahl, die mein Blut zum Kochen bringt. Mit richtiger Musik kann ich herrlich abschalten.

»Yeah, großartig!«, brülle ich zu Marie.

Sie spielen heute Electro-Klassiker, die Menge feiert total ab und tobt, denn *Keep Control* von *Sono* läuft. Nicht nur Marie und ich haben Spaß, sondern meine Augen erblicken Nora am anderen Ende der Meute, wie sie mit ihrer Freundin die Hände in die Luft wirft und ausgelassen tanzt. Sie erinnert mich an eine Feder im Wind, aber die eines Wildvogels. Unbeschwert und megascharf bewegt sie sich zur Musik. Augenblicklich krabbeln lustvolle Gefühle in meine Hose und lassen den Raum darin enger werden. Vermutlich werde ich wieder alle Vorsätze brechen, wenn sie mitspielt und mich auch will. Höchstwahrscheinlich brauchen Marie und ich dann heute keine Wing-Pläne auszutüfteln. Nach fünf guten Songs stapfe ich zur Bar und ziehe meine neue beste Freundin und zukünftige persönliche Assistentin behutsam am Arm hinter mir her. Ich entdecke Nora und spüre das herrliche Kribbeln.

Schreie.

Frauenschreie erfüllen den Raum.

Nora und Marie quieken sich an.

Scheiße, stimmt ja! Die mögen sich ja nicht sonderlich gern. Dieses Gekreische wird immer unangenehmer in meinen Ohren. Dann fallen sie sich um den Hals. Okay, damit habe ich nicht gerechnet. Kurz dachte ich, hier findet gleich ein Catfight statt, den es zu schlichten gilt, aber der Abend entwickelt sich in eine andere und unerwartete Richtung.

»Wie geht es dir, meine Süße?«, erfragt Nora.

»Ach, gut, meine Liebe! TJ bringt mich heute Abend auf andere Gedanken und es ist alles nicht mehr so schlimm. Es lief ja länger beschissen in meiner Beziehung und nun gibt es wenigstens Klarheit.«

Die Frau, die neben Nora steht, nickt uns zu. Das bekommt Nora mit und dreht den Kopf ruckartig zu ihr.

»Oh, sorry. Das ist meine beste Freundin Sonya. Blümchen, das sind Marie und TJ. Wir arbeiten zusammen.«

Es fühlt sich angenehm an, dass Nora mich als Kollegen vorstellt und auf die P-Nummer verzichtet. Das ist mein popeliger Praktikant, hätte sie auch sagen können. Hat sie aber nicht.

Die Unterhaltung ist locker und wir finden zügig eine Basis miteinander. Das hatte ich in diesem Umfang noch nie und ich mag es. Es ist, als würden wir uns ewig kennen und gemeinsam auf einem Beat durch den Club fliegen.

An der Bar ist die Musik nicht dröhnend und wir sind nicht gezwungen, uns anzuschreien, also verziehen wir uns dorthin. Die akustische Verteilung im Raum ist perfekt geplant. Ich kenne da andere Clubs, in denen man kein Wort mit einem Menschen wechseln kann, ohne sich die Kehle aus dem Leib zu schreien. Vielleicht plane ich mir in meinem Ruhestand einen Club, in dem ich dann abhänge und Spaß habe.

Die Frauen schnattern ununterbrochen. Nora ist angetrunken, ich bin nüchtern und das ist eine aufregende Kombination. Sie steht direkt neben mir und berührt sacht mit ihrer Fingerspitze meine Hand. Punktuell und mit Pausen. Sie stupst mich an. Was sie mir damit wohl sagen will? Ich grinse und höre nicht mehr zu, was erzählt wird, weil ich andere Pläne habe. Mein Kopf verliert sich in zukunftsträchtigen Visionen, was ich gern alles mit ihr machen würde, und ich werde ungestüm.

»Ladys, ich werde Nora kurz entführen und unter vier

Augen sprechen. Beruflich. Kommt ihr zwei für ein paar Minuten ohne uns klar?«

Die beiden nicken und wenden sich wieder einander zu, um sich weiter zu unterhalten. Fordernd greife ich Noras Hand, da niemand mehr zu uns sieht, und setze mich schnellen Schrittes in Bewegung Richtung Fummel-Flur. Ich will sie spüren, ihre Lippen auf meinen.

»Hey, zerr nicht so an mir!«

»Sorry, ich bin jetzt vorsichtiger.« Mein Grinsen ist entschuldigend.

Das Licht ist gedimmt, der Flur ist in Sichtnähe und die Schritte beschleunigen sich wieder. Ich suche die letzte dunkle Ecke des Paradieses auf und ziehe sie mit. Nachdem wir zum Stehen kommen, streife ich ihr Haar aus dem Gesicht und schaue sie erst mal in Ruhe an. Ihre Augen sind groß und glasig, doch von intensivem Grün. Sie ist angetrunken und ich errege sie. Mehr brauche ich nicht, um eine Entscheidung für den Abend zu treffen. Meine Lippen prallen auf ihre und ich fühle sofortige Entspannung. Nora schmeckt köstlich und ich bin offiziell verloren.

13

ZAHLEN UND FUMMELN

Nora

Er sieht heute wieder umwerfend aus. Sein Blick ist lodernd und der Griff um mein Handgelenk fest, als er mich vor Marie und Sonya entführt. Die Musik dringt gedämpfter in meine Ohren und die Augen gewöhnen sich langsam an das Flurlicht. Romantisch ist anders, aber diese Ecke hier hat etwas Verruchtes an sich, und in seiner Gegenwart bin ich nicht sonderlich wählerisch. Hauptsache, er ist hier und küsst … O Gott! Seine Lippen treffen mich überraschend, wild und leidenschaftlich. Meine Güte, heute kann er es nicht erwarten.

Hast du mich vermisst, sexy Mittelchen? Kannst es wohl kaum abwarten, mich endlich zu fühlen?

Sein schöner Körper bebt und er leckt mit der Zungenspitze verführerisch über meine Lippen, sie finden sich stürmisch und seine Zunge erkundet meine Mundhöhle. Eine seiner Hände gleitet an meinen Hinterkopf und er zieht mich enger an sich heran. Diese Leidenschaft sprüht Funken. Hoffentlich leuchten wir den Flur nicht aus mit diesem Funkenregen an Gefühlen, denn Lust und Verlangen lassen uns glühen. Er knurrt und küsst mich ein wenig fester. Seine Hand wandert vom Hinterkopf zum Nacken, zum Rücken. Er streift über meinen Körper und erkundet ihn.

Es gefällt mir. Seine Berührungen fühlen sich aufregend an. Vom Rückenstreicheln greift seine Hand fest an meinen Po, und wir fangen an, unsere Küsse stöhnend zu vertiefen.

»Ich will dich, Nora«, ertönt seine belegte Stimme.

Seine Fingerspitzen streifen über glühende Haut und eine Hand schiebt sich zwischen meine Beine. Den Fuß stelle ich an der Wand ab, um mich besser nach außen zu öffnen.

Mir ist heiß.

Intensiv fahren seine Hände über meinen Innenschenkel, ich spüre die festen Berührungen, die über die Haut krabbeln, und atme aus, als er meine Mitte erreicht. Mit den Fingern berührt er den feuchten Slip und ich kann ein Stöhnen nicht unterdrücken.

»Bist du schön geil, mein sexy Palindrom?«

Wie hat er mich genannt? Und wie der spricht, so verdorben und rau, das gefällt mir, und es sind ja ganz neue Seiten, die ich hier heute entdecke. Mehr als ein angetörntes Raun-Stöhnen bekomme ich nicht über die Lippen. Er versteht es und schmiegt sich weiter an, um mich leidenschaftlich zu küssen.

TJ schiebt den Slip beiseite, fühlt meine Feuchtigkeit und streift behutsam über die Vulvalippen. O ja, das ist perfekt. Sacht taucht er in mich ein und ein erregendes Ziehen zieht sich durch meinen Körper.

Na? Suchst du die Kundalini-Schlange mit deinen reizvollen Fingern?

Mein Grinsen schlucke ich hinunter. Den Kopf schalte ich aus und genieße die Berührungen. Gekonnt positioniere ich mich um und schiebe den Po an der Wand entlang, damit er bessere Möglichkeiten hat, abzutauchen.

Er findet die Schlange, lässt sie zischen und ich keuche dazu im Takt an seinen Mund. Seine Finger haben den richtigen Druck und bewegen sich passgenau in meinem Zentrum, bis der Orgasmus sich ankündigt.

Das ist so hammermäßig heiß.

»TJ!«, raune ich und werde von einer Explosion überrollt, die lange fällig war, während er seinen Mund auf meinen drückt, um das Stöhnen zu dämpfen. Mein bebender Körper findet in seinen Armen Halt und ich genieße die letzten Wellen meines Höhepunktes. Zum Glück ist er da und die Wand im Rücken, die mich schützend einhüllen.

»Das war heiß, Nora«, flüstert er und lehnt seine Stirn an meine.

Er küsst mich noch mal innig, zieht seine Finger aus mir heraus, richtet mein Kleid und macht sich zum Aufbruch bereit.

Stop. Der bricht das hier nicht ab, oder?

»Ich habe keine Chance, dich heute zu spüren?«, frage ich ihn verwirrt und fertig vom Orgasmus. Schon dreht er sich von mir weg und seine Körperhaltung sieht nach Flucht aus.

»Wir müssen zurück zu unseren Begleitungen«, flüstert er und geht tatsächlich los.

Äh, das gibt es doch nicht. Ich war schön im sexy Flow und er bricht ab? Sein Ernst?

Zwingen werde ich ihn nicht, sich von mir beglücken zu lassen. Es ist scheiße, dass wir uns gegenseitig heftig anziehend finden, aber die Wahrheit. Wir arbeiten zusammen und das zieht meistens noch mehr Probleme an. Zum Glück ist er nicht mein Vorgesetzter, sondern der Praktikant. Damit kann ich besser umgehen. Langsam frage ich mich, wie alt er ist. O zahlenverpeilter Gott! Wieso komme ich denn erst mit besoffenem Kopf auf diesen Gedanken?

»TJ, warte Mal kurz.«

Seine Schritte verlangsamen sich und er bleibt stehen. »Was ist? Alles okay mit dir?«

»Wie alt bist du?«, frage ich und schaue ihm dabei forschend in die Augen.

Er zieht die Augenbrauen zusammen, was unwahrscheinlich sexy aussieht, und mustert mich. »Was tut das zur Sache, Nora?«

»Ich möchte es gern wissen.«

»Ich bin achtundzwanzig. Du?«

Achtundzwanzig? Ich rechne. Oje, er ist sechs Jahre jünger. Das ist eine gewaltige Zahl in unserem Altersspektrum. Es ist nicht so tragisch, als seien wir siebzehn und dreiundzwanzig.

Oder?

Ich fühle mich alt. Bin ich dabei, mir einen jungen Fickboy anzulachen, mit dem ich gleichzeitig zusammenarbeite? Wie so eine olle Sugarmom!? Mist, ich bekomme Panik. Sind sechs Jahre viel oder wenig?

Stehst du auf ältere Frauen, sexy Mittelchen?

Das kann ich niemals fragen, ohne mich völlig lächerlich zu machen, und es ist mir zu viel Aufbruchsstimmung in seiner ganzen Mimik und Gestik dabei.

»Ich, ja … äh, ich. Puh, ja …«

Großartig! Wie eine besoffene Tussi-Pussy stammele ich wegen meines Alters herum. Da wäre eine gedankliche Pause deutlich intelligenter, als diese Wortfetzen von mir zu geben. Das ist alles Mist. Lügen oder die Wahrheit?

»Ich bin vierunddreißig«, flüstere ich ihm zu.

»Okay, dann wäre das ja geklärt. Wollen wir?«

Dann wäre das geklärt? Er scheint kein Problem mit meinem Alter zu haben, denn sein Blick ist offen und normal. Hatte ich bereits einen Mann, der sechs Jahre jünger als ich war? Nein. Was soll ich jetzt tun?

14

FINGERN UND FILMSZENEN

TJ

Auf diesem Flur werde ich es nicht ausreizen. Mein ganzes Wesen ist zu nüchtern, um die Folgen, die uns erwarten könnten, auszublenden. Die Schlagzeilen und Fotos sehe ich vor dem inneren Auge: *Naturometika-Erbe und Junggeselle lässt sich im Club-Flur einen blasen.*

Auf negative Presse stehe ich nicht, und mein Versteckspiel würde früher ans Tageslicht kommen, als mir lieb wäre. Okay, so berühmt bin ich auch nicht, und ob mich hier jemand erkennt, ist fraglich. Unsere Firmenidentität ist eine, die ohne Skandale lebt, und ich werde keine andere Tradition aufleben lassen. Schlimm genug, dass mich mein Verlangen wieder in die Ecke des Flures getrieben hat – wie einen notgeilen Typen aufs Schulklo.

Scheiße.

Ich nutze jede Gelegenheit, meine zukünftige Angestellte zu küssen oder zu befummeln.

Mittlerweile berühre ich Nora nicht mehr und wir gehen nebeneinanderher. Sie stoppt ab und fragt mich aus, wie alt ich bin. Ist das nicht egal, wenn man rummacht und sich zu jemandem hingezogen fühlt? Sie sieht bedrückt aus, so als hätte sie einen Geistesblitz, der sie innerlich heimsucht und aus der Fassung bringt. Glaubt sie, ich sei zu jung? Wie betrunken ist sie heute? Was ist das andauernd für ein Quatsch mit meinem Alter?

»Ich bin achtundzwanzig. Du?«

Am liebsten hätte ich: *Du machst dich nicht strafbar,* hinterhergeschoben. Genervt verdrehe ich die Augen, als sie es nicht sieht. Diese Altersfragerei ist dermaßen albern. Jung sehe ich nicht aus, sondern wie ein Mann. Gut, im Alltag eher wie ein Praktikanten-Bübchen, doch davon ist hier nichts zu bemerken. Kurz blicke ich an mir hinab und stelle fest, dass alles perfekt sitzt und ich optimal aussehe.

»Ich bin vierunddreißig.«

Ah, okay. Da läuft der Hase lang. Das Häschen ist älter als ich. Sie hat nicht die Angst, dass ich ihr zu jung bin und wir hier verbotene Dinge abziehen, sondern dass sie älter ist oder zu alt für mich.

Sechs Jahre heben mich nicht an. Was soll das? Es kommt auf den Menschen an, mit dem man in Beziehung tritt, wie auch immer diese aussieht oder wie alt dieser ist. Ich finde sie heiß und spüre ihre Erfahrung, was zusätzlich erregt. Girls geben mir nichts. Gleichaltrig oder etwas ältere Frauen sind mein Beuteschema und ich probiere sexuell gern verschiedene Techniken aus. Da brauche ich ein gewisses Maß an Erfahrung bei der Partnerin. Nora könnte entspannter an die Frage rangehen.

Marie und Sonya lächeln uns an, als wir auf sie zukommen.

»Konntet ihr alles klären?«, erfragt Sonya.

»Ja. Nora hat mich *tief* in ihr Projekt gelassen und ich habe alle nötigen Informationen.«

Ihr *tiefes Projekt* war superfeucht und superheiß! Ich muss mich zusammenreißen, sonst sprengt mein Ständer die Frauenrunde. Bevor ich in den lichtdurchfluteten Bereich getreten bin, habe ich ihn mir geschickt und zügig hinter den Hosenbund geklemmt. Wer bin ich denn? Definitiv kein Kerl, der mit einer Latte durch den Club stolziert! Das wäre unangenehm.

»Ich finde es zwar nicht gut, dass ihr über die Arbeit redet, aber manchmal ist es nicht aufzuschieben. Sonya und ich hatten angenehme Gespräche«, fügt Marie an.

Na, das ist was. Alle sind in einer happy Zauberwelt und ich bin spitz und unterdrücke meine Lust, um hier nicht sexuell wie ein Irrer durchzudrehen. Die Ladys quatschen sich fest, und meine Gedanken schweifen ab, weil ich null Chance hatte, die Erregung rauszulassen. Schminktutorials zur abendlichen Entspannung, irgendwelche Yoga-Praktiken oder Natursendungen über Schlangenbeschwörung interessieren mich kein Stück. Warum reden die über Schlangen? Die sind zusammen crazy unterwegs und ihre Themen sind eigenartig, aber ich höre ausschließlich mit halbem Ohr hin. Wenn ich könnte, würde ich Nora gern wie ein Neandertaler aus dem Club ziehen, um sie dann in einer Höhle wild und ungestüm vor dem Lagerfeuer zu nehmen, bis sie meinen Namen schreit. Oder bin ich eher der Typ, der sie aufs Pferd setzt, um mit ihr in den Sonnenuntergang zu reiten? Im Traumschloss angekommen, würde ich böse Dinge mit ihr anstellen, die sich nicht für einen Märchenprinz ziemen.

Könnte ich der Mann sein, der den Bad Boy auf dem Motorrad mimt, um sie zu meinem Banden-Hauptquartier zu bringen? Dort treiben wir es auf einer abgefuckten Matratze. Der Gedanke ist nicht anziehend, aber diese Gehirnjonglage lenkt mich ab. Geil wäre auch, wenn ich sie in meinen heißen Sportschlitten setzen würde und mit zweihundertdreißig Sachen über die Straße fahre. Auf dem Beifahrersitz könnte ich sie nach Rennfahrer-Manier durchvögeln, nachdem wir am Waldrand gehalten haben. Halt! Ich spiele den Drogendealer, der schnell mit ihr aus dem Club verschwindet, weil ein Sondereinsatzkommando diesen umstellt hat. Heiß wäre, wenn ich die Schultern straffe, ihr auf den Arsch klatsche und mit tiefer Stimme befehle, natürlich als ihr Dom, die Räumlichkeiten des Clubs zu wechseln. Dann ziehe ich sie an ihrem Halsband hinter mir her und verschwinde mit ihr in die Kellerräume. O ja, in den Spielzimmern würde ich sie ein lustvolles Spiel aus Dominanz und Unterwerfung erleben lassen.

Meine gedanklichen Szenen bringen mich kein Stück runter, sondern befeuern die Fantasie unnötig. Es ist echt unangenehm bis schmerzhaft, wenn deine Erregung über Stunden angeheizt und dabei nicht befriedigt wird. Zu Hause werde ich mich erleichtern. Um mir hier auf der Toilette einen runterzuholen, bin ich zu eitel. Meine Gedanken schweifen noch mal zum heißen Flur-Flirt zurück, und ich stelle mir vor, wie sie das geschehen lässt, was ich ihr untersagt habe. Wie sie sich auf die Knie begibt, träge über die Eichel leckt und mich danach mit ihrem süßen Mund verwöhnt.

»Mmh«, entkommt es mir leise und ich blicke mich sofort erschrocken um.

»TJ, ist alles okay? Du wirkst weggetreten«, fragt Marie. Ertappt räuspere ich mich und schlucke die Rauheit in meiner Kehle hinunter, die ich vermute zu haben, und nicke. Niemand soll merken, wie angetörnt ich bin. Mit der Reaktion auf ihre Frage packen mich die Zweifel, und der Zwiespalt klopft an die Schädeldecke. Solange dieses Ding zwischen uns sich aufs Küssen und Fummeln beschränkt, ist alles im grünen Bereich. So was kommt in Büros vor. Auch über längere Zeit hinweg. Es gab immerhin keinen Sex. Punkt. War das heute schon Sex? Zur Sicherheit erweitere ich meine Grenze auf: Für mich gab es nicht mal einen Orgasmus und bin somit auf gefahrlosem Gebiet.

15

BÜRO-SHIT

Nora

Hallo, Montag! Endgegner-Wochentag wirst du ab heute heißen, du kleines dreckiges Stück. Mühsam quäle ich mich aus dem Bett und hüpfe unter die Dusche. Das warme Wasser ist wohltuend auf der Haut und ich war eindeutig am Wochenende zu ausgelassen feiern. Oder ich gehe wirklich in gewaltigen Schritten auf die vierzig zu, was ja die verfickte Hälfte von achtzig ist. Nicht weiter darüber nachdenken, sonst bekomme ich schlechte Laune. Mit einem Handtuch bewaffnet, renne ich in die Küche und hole Rolli aus dem Kühlschrank. Die Zeit wird langsam knapp, doch meine Morgenroutine lasse ich so gut wie nie ausfallen. Sorgsam rolle ich mir über das Gesicht und fühle mich frischer. Nach dem Duschen sieht die Welt gleich anders aus und ich wieder wie vierunddreißig. Diese Zahl ist meilenweit von der vierzig entfernt und alle Gedanken finden zurück zu ihrer Ordnung. Heute habe ich Lust auf einen Hosenanzug, eng geschnitten, sexy, seriös. Schaffensdurstig und müde trete ich aus der Tür und treffe auf Sonya.

»Guten Morgen, meine wunderschöne Sumpfdotterblüte. Hast du gut geschlafen?«

»Hallo, liebe Nora. Ja, ich hatte einen sexy Traum. Davon erzähle ich dir heute Nachmittag in Ruhe«, flüstert sie und präsentiert einen roten Hauch Peinlichkeitsfärbung auf den Wangen.

Schau an! Meine Sonya hat wilde Träume. Ich freue mich für sie. Mit einer Umarmung verabschieden wir uns, bevor der Arbeitstag ruft und wir hineindüsen.

Im Büro angekommen, ist es vollständig besetzt und ich scheine die Letzte zu sein. Diesen Fakt lasse ich mir natürlich nicht anmerken und schaue meine Kollegen an, als würde mir die Sonne aus dem Arsch strahlen.

»Morgen!«, flöte ich durch den Raum.

Michelle erhebt den Blick und nickt. Nervig, diese Kommunikation mit ihr. Die Tasche stelle ich neben den Schreibtisch und hoffe, TJ in der Küche anzutreffen. Leider ist das Glück nicht auf meiner Seite. Den köstlichen Latte macchiato erobere ich mir ohne begleitende Neckereien, Witze und den wohltuenden TJ-Geruch. Beim Verlassen der Küche erblicke ich Michelle, wie sie mit ihren Brüsten Jonas in den Türrahmen unserer Bürotür drückt. Grundgruseliger Gott! Was wird das da bitte?

»Alles okay?«, rufe ich über den Flur.

Michelle tritt beiseite. Pirschend nähere ich mich den beiden Ertappten. Das Biest grinst verschwörerisch und Jonas' Augen glänzen leicht. Sein Gesichtsausdruck ist nicht angetörnt, sondern verängstigt, und das ist schrecklich mit anzusehen. Sie verschwindet im Büro und ich trete an ihn heran. »Komm mit!«, flüstere ich ihm zu und er folgt mir in die Küche. Hastig schließe ich die Tür hinter uns.

»Geht es dir gut?«, frage ich mit sanfter Stimme.

Er schaut auf den Boden und schweigt. Scheiße! Hier ist irgendetwas ganz und gar nicht in Ordnung.

»Jonas?«, versuche ich es erneut.

»Ach, Scheißfuck!«, platzt es aus ihm heraus. »Ich weiß nicht, wie ich reagieren soll, Nora. Sie ist wie eine penetrante Zecke, die sich an mir festgebissen hat und ich nicht mehr loswerde. Anfangs habe ich ihr noch gesagt, dass ich ihr Gelaber und Gefummel nicht dulde. Sie überhört mein NEIN konsequent. Ich finde es zum Kotzen, von ihr wie ein Stück Fleisch behandelt zu werden.«

»Scheiße! Mir war bis dato nicht klar, was das zwischen euch ist. Sie bedrängt dich, okay! Hat Michelle einen Trumpf gegen dich in der Hand oder erpresst sie dich oder warum unternimmst du nichts dagegen?«

»Ja!«

Diese blöde Kuh. Das ist doch alles nicht wahr.

»Und welchen? Verrätst du es mir? Vertrau mir«, versichere ich ihm und schaue eindringlich in seine Augen.

»Sie ist mit Dr. von Weber befreundet oder bekannt. Was weiß ich. Damit droht sie mir. Sie sagt Dinge wie *rauswerfen* oder *den Spieß umdrehen*. Ich möchte in diesem Unternehmen Fuß fassen, weißt du! Diese Situation ist vertrackt.«

Er atmet tief durch und spricht weiter. »Das ist das leichtere Übel. Stell dir vor, sie erzählt dem Chef, dass sie von mir belästigt wurde. Dann kann ich einpacken und meine Karriere ist vorbei.«

»Jonas, du musst ihr Verhalten bei Dr. von Weber melden. Willst du in deiner beruflichen Laufbahn bei NM permanent angegraben und befummelt werden, ohne dass du es wünschst?«

»Du hast ja recht. Ich muss dem Ganzen ein Stopp setzen. Ihr Verhalten hat sich langsam eingeschlichen. Lustig fand ich es nie. Anfangs war Michelle deutlich zurückhaltender. Aus Spaß wurde Ernst und aus knappen beiläufigen Berührungen wurden Anzüglichkeiten und feste Griffe. Ich habe immer gesagt, dass sie aufhören soll.

Mittlerweile sage ich nichts mehr, aber mein Ignorieren hilft auch nicht.«

»Sie verhält sich wie ein Arschloch, trotz dass du ihr mehrfach unterbreitet hast, dass du von ihren Berührungen und Aussagen nicht angetan bist. Das tut mir leid für dich. Geh zu Dr. von Weber und melde die Vorfälle. Bitte!«

Bedrückt schlucke ich den Kloß im Hals hinunter. Meine Augen täuschen mich nicht, denn ich sehe und spüre es. Jonas ist kurz vorm Heulen. Diese Chemie zwischen den beiden – die sich vergiftet anfühlt – ist wie ein grauer Nebel, der sich über die Büroräume legt. Eine toxische Spannung baut sich seit Ewigkeiten auf, und Unbehagen breitet sich in meinem Bauch aus, wenn sie aufeinandertreffen. Das wirkt sich nicht nur auf die beiden, sondern auf das komplette Team aus. Jonas spannt sich an und bewegt sich schnellen Schrittes in Richtung Chefbüro. Unauffällig folge ich und sehe, wie Marie den Hörer in die Hand nimmt, um ihn anzumelden. Die Tür öffnet sich und er verschwindet hinter dieser. Ich hetze zu ihr und werfe mich halb unter den Schreibtisch, damit ich unsichtbar werde. Nora undercover! Das ist doch alles nicht mehr wahr!

»Schnell! Können wir mithören, was da besprochen wird? Es handelt sich um Leben und Tod!«, gebe ich kurz flüsternd die Infos zu Marie empor.

Meine Augen werden riesig und schauen sie eindringlich an. Hockend halte ich die imaginäre Pistole in die Luft. Nora Aron, verdeckt ermittelnde Agentin der Sexualpolizei. Scheiße, ich drifte ab, und dabei ist das Thema nichts für Späße. Sie drückt auf den Knöpfen herum, stellt alles auf leise und hält den Hörer zwischen Tisch und Boden, damit wir die Möglichkeit haben, mitzuhören.

»Herr Bergmann, ich grüße Sie. Was kann ich für Sie tun?«, ertönt Chefchens Stimme.

»Herr Dr. von Weber … ich … ich habe etwas auf dem Herzen. Es fällt mir schwer, darüber zu sprechen.«

»Oh, das hört sich nicht gut an. Fangen Sie an.«

»Ich fühle mich von Frau Schwabe sexuell belästigt.«

Das Lachen von Dr. von Weber erfüllt den Raum. Seine Stimme ist ekelhaft herablassend. Ein Schauder jagt über meinen Rücken und Entsetzen macht sich breit. Marie und ich schauen uns mit großen Augen an und sind sprachlos.

»Ist das wahr?«, flüstert sie mir zu und ich nicke.

»Scheiße!«, folgt augenblicklich von ihr.

Total beschissen ist, dass ich ihn gedrängt habe, die Vorfälle zu melden, und Dr. von Weber ihn dafür auslacht. Schlechter kann es nicht laufen.

»Herr Bergmann, freuen Sie sich, dass Sie ein begehrter junger Mensch sind und von den Frauen im Büro angehimmelt werden. Welcher Mann strebt nicht an, umschwärmt zu werden?«

O verfluchte Scheiße, es läuft in die falsche Richtung und ich sehe Jonas' Gesicht vor meinem inneren Auge, seine glühenden Wangen und die Wut, die seinen Blick ziert.

»Herr Doktor …«, fängt er wieder an. Seine Worte werden überfahren und ausgemerzt.

»Ich werde weiter an der aktuellen Serie arbeiten und mir die Entwürfe zu Gemüte führen. Freuen Sie sich, genießen Sie die Aufmerksamkeit, die Ihrer Person zuteil wird. Seien Sie der Held der Frauenwelt, und dieser weint bekanntlich nicht, Herr Bergmann. Ich wünsche Ihnen einen schönen Tag.«

»Sexismus ist nichts gegen diesen Schwachsinn, den er labert«, entkommt es Marie flüsternd und ich kann nur nicken und meine Augen weiter aufreißen.

Sie beendet das Gespräch und legt den Hörer auf die Station. Ich mache mich ein Stück kleiner unter ihrem Schreibtisch, damit Jonas mich nicht sieht.

Gerade könnte ich mir in den Arsch beißen, keine Information eingeholt zu haben. Nie im Leben wäre ich auf die Idee gekommen, hier ein sexistisches Schwein im Chefbüro sitzen zu haben.

Das Gespräch bewegt mich tief in meinem Inneren und das Gewissen nagt an mir. Hätte ich mich lieber nicht derartig penetrant eingemischt? Verdammt!

Der Tag zieht sich wie ein Kaugummi. Jonas erblicke ich nicht mehr und er ist wie vom Erdboden verschwunden. Mit einem Griff schnappe ich mir die Tasche und verschwinde in den Feierabend, ohne eine winzige Minute die Arbeitszeit zu überziehen. Die Luft ist klar und reinigt die Gedanken. Bedrückt greife ich das Handy und wähle die Nummer meiner Eltern.

»Hallo!«, spreche ich leise ins Telefon.

»Schatz, schön, dass du anrufst.«

Ich liebe Mama. Meine Eltern sind bodenständig und versuchten, mit bestem Gewissen einen toleranten Menschen aus mir zu formen. Hoffentlich hat Jonas auch so eine Familie und einfühlsame Freundin, die ihn auffangen, wenn die Welt mit Scherben schmeißt, die tiefe Schnitte hinterlassen.

»Ich wollte eure Stimmen hören. Wir haben uns lange nicht mehr live gesehen.«

»Das stimmt, mein Schatz. Wie geht es dir? Wie läuft es bei der neuen Arbeit? Du hörst dich bedrückt an.«

»Ich komme so langsam an. Das Arbeitspensum ist in Ordnung. Zwischenmenschlich bin ich dabei, mich zurechtzufinden, weil hier nicht nur tolle Leute unterwegs sind.«

»Wenn du reden möchtest, ruf an. Wir sind immer für dich da, Nora.«

»Danke, Mami. Ich wollte wirklich nur kurz Hallo sagen und mache mich auf den Weg nach Hause. Bestell Papa nachher liebe Grüße. Hab dich lieb.«

»Ich dich auch, Schatz.«

Das war nötig, und ich fühle mich besser, wenn die Stimme meiner Mama ertönt.

Auf dem Nachhauseweg besorge ich mir Eis im Supermarkt und schmiede einen Plan. Heute gibt es Netflix und chillen für Sonya und mich. Träge schleppe ich mich die Treppe hoch, klopfe und halte ihr den Eisbecher unter die Nase.

»Harter Tag?« Ihr Lächeln ist breit und einladend.

»Hammerhart, meine Orchideenblüte. Hast du Lust, mit mir Eis zu essen und eine Serie anzusehen? Von mir aus können wir auch *Eat Pray Love* schauen.«

Ich verdrehe gespielt die Augen und Sonyas Lachen fliegt herzerfrischend durch den Raum.

»Klingt nach einem großartigen Plan.«

Wenig später sitzen wir auf dem Sofa, essen Eis und sehen Julia Roberts dabei zu, wie sie versucht, sich selbst zu finden, und ich genieße es.

»Erzähl mir bitte von deinem Traum.«

Ich habe es nicht vergessen. Mein inneres Neugier-Nagetierchen frisst sich seit heute früh an dieser Information satt. Sonya schmunzelt und ihre Augen strahlen. »Ich hatte einen sexy Traum von Marie.«

Das gibt es nicht. Ist das aufregend.

»Ui, erzähl mir alles!«

Ich reibe meine Hände übertrieben aneinander und lächle breit in ihre Richtung.

»Es war ein wenig erotisch und ein richtig gefühlvoller Traum. Wir lagen uns tanzend in den Armen und sie küsste mich auf der Tanzfläche des Clubs. Ihre Augen glitzerten voller Lust und Liebe. Der Kuss war intensiv und zärtlich.«

Ihr kleines Glucksen erwärmt mein Herz und die Röte, die ihr die Wangen emporgestiegen ist, steht ihr. Sie scheint sich gut dabei zu fühlen, es erzählen zu können.

»Das hört sich nach einem wunderschönen Traum an«, antworte ich ihr und lächele genauso zart, wie ihr Gesicht beim Aussprechen wirkt. Sanft und tieffühlend.

»Hoch mit dir und ab auf die Matte! Yoga verspricht Wunder gegen Eisbomben auf den Hüften«, weist sie an und ich schmunzele. Es ist wohl ein bisschen zu viel Traumschmachterei in der Luft.

»Och no!«, entkommt es mir, doch ich verstehe, dass sie diesen kleinen Wechsel der Situation braucht.

Drei Minuten später liege ich auf der Matte, mime den Möchtegern-Yogi und sinniere, was sich bei Sonya in der nächsten Zeit verändern könnte und wie es bei mir weitergeht. Alles steht im Zeichen der flattrigen Gefühlsduseleien, Himmel und Herrgott!

16

IT'S FRIDAY

Nora

Dieses Video ist so scheiße witzig. Der Typ springt wie irre aus dem Auto, welches in Schrittgeschwindigkeit neben ihm herfährt. Er legt einen hammermäßigen Tanz hin und bewegt seinen Körper lässig auf der Straße umher. Zum Move singt er: *Es ist Freitag, Yeah* und das zur Melodie von den *Nightcrawlers*. Das ist mein Geschmack, wenn ich es entspannt und witzig brauche.

Die Tränen laufen vom Lachen über die Wangen, und ich weiß nicht, wann ich das letzte Mal derartig Spaß mit mir selbst hatte. Singend springe ich vom Stuhl auf und tanze durch das Büro, wie der Typ es mir im Facebook-Video vormacht. Aus dem Handy dröhnt der Track *Push the Feeling on* und in meinem Bauch kribbelt ein Hochgefühl aus guter Laune gemixt mit körperlichem Bewegungsdrang. Tanzen ist Liebe!

Dieses Gefühl ist großartig, bis ich ein Räuspern höre und erstarre. Mist. Bitte nicht Dr. von Weber, bete ich mir innerlich vor und schließe peinlich berührt die Augen. Verhalten linse ich durch zusammengekniffene Schlitze Richtung Tür und erblicke TJ. Das Glück ist auf meiner

Seite! Er ist besser als der Chef, auch wenn es grundlegend unangenehm ist.

»Nora, schon in Feierlaune?«

»Klar, wir haben Feierabend. Ein Tänzchen kann beflügelnd sein«, antworte ich und grinse ihn an. Michelle ist vor zwanzig Minuten ins Wochenende gestartet. Jonas ist seit Dienstag krankgeschrieben. Erneut schaue ich zu ihm, sehe, wie er sexy und erhaben im Türrahmen lehnt und mich mustert. Sein Blick brennt auf mir, und die Mundwinkel zucken belustigt, während er herüberschaut. Galant stößt er sich aus dem Rahmen ab, um sich langsam anzupirschen. Meine feinen Härchen im Nacken stellen sich auf und ich freue mich auf seine Nähe. Ob er mir nah genug kommt, damit meine Gefühle genährt werden? Er sieht wie ein Raubtier aus.

Ich will deine Beute sein. Leck mir über die Haut und friss mich, jetzt!

»Was schaust du denn da Witziges?«, raunt er mir zu, während unsere Schultern sich berühren.

Vom Schreibtisch ziehe ich mein Handy in unser gemeinsames Sichtfeld und spiele das Video erneut ab. Dann lachen wir zusammen, bis Tränen kommen! Die Haare im Nacken beruhigen sich, auch wenn das kribbelige Gefühl bleibt. Mein Körper macht merkwürdige Sachen, wenn TJ bei mir ist.

»Du weißt, dass es von diesem Lied einen Remix gibt, oder?«, fragt er mich und wackelt mit den Augenbrauen. Sein Lächeln und das Funkeln in den Augen könnten nicht schöner sein.

»Echt?«

»Ja, echt!«

Wir suchen den Remix auf Spotify und grinsen uns an.

»Bist du heute Abend im Club und tanzt um mich herum?«, raunt er mir zu.

»Ich werde im Kreis tanzen, wahrscheinlich um deinen Körper«, erwidere ich und schmunzele.

»Ich sehe schon, wie du, wie bei *Save the last Dance*, sexy auf der Tanzfläche abgehst.«

Dann lachen wir wieder. Unser Dialog hört sich nach diesem Teenie-Film an.

»Dosenöffner oder Schnulzenliebhaber?«, schmettere ich ihm entgegen und grinse verwegen.

Er lacht laut und schallend auf und bringt meinen Körper damit zum Vibrieren. Das wohlige Gefühl zieht sich unter der empfindlichen Haut entlang, wie eine elektrische Spannung.

»Dosenöffner, Nora. Die Mädels liebten damals diesen Film und ich hatte ihn auf DVD. Mit der Zeit war ich fähig, mitzusprechen. Das ist wie mit dem Osterspaziergang. Sie setzen sich im Kopf fest. Du?«

»Ich habe ihn geliebt. Den Film und den Osterspaziergang auch«, flüstere ich in sein Gesicht. Uns trennen ein paar Momente, Wimpernschläge, bis ich ihn fühlen kann.

Sanft schiebt sich seine Wange über meine, und ich spüre die feinen Bartstoppeln auf der empfindlichen Haut, während er mir süße Worte ins Ohr murmelt. »Ich freue mich darauf, wenn du heute Abend Pirouetten um mich herum drehst, du sexy Ballerina.«

Hallo, Gänsehaut, da bist du wieder. Sie krabbelt von meinem Ohr über den Rücken bis in die Fußspitzen und ich will seine Wärme spüren.

Behutsam schiebe ich den Kopf näher, gleite zu seinem Ohr, wie es bei mir zuvor quälend langsam geschah.

»Ich freue mich, du sexy Hip-Hop-Boy«, flüstere ich zurück und lasse meine Zungenspitze über sein Ohrläppchen gleiten. Das ist total erregend. Diese Spannung macht mich an, und ich entflamme innerlich, will mehr und spüre ein herrliches Ziehen in mir. Liebend gern würde ich den steril wirkenden Schreibtisch mit ihm entjungfern und einsauen. Diese sexy Gedanken sind eindeutig zu heiß, und eine Büronummer viel zu gefährlich. Es könnte noch jemand hier sein und uns erwischen.

TJ tritt einen Schritt zurück. Seine Augen glänzen vor Erregung, und ich schließe meine kurz, um den inneren Sturm, der mich aufwirbelt, unter Kontrolle zu bekommen.

Lächelnd dreht er sich von mir weg und verschwindet schnellen Schrittes aus meinem Büro. Das ist quälendes Verlangen. Ich freue mich auf den Abend und hoffe auf eine Erlösung.

Langsam fange ich an, die Freitage zu lieben. Mein Bauch kribbelt, wenn ich daran denke, Pirouetten um TJ herum zu drehen. Auf Spotify öffne ich den Soundtrack von *Save the last Dance* und lasse ihn dudeln. Die Musik streift meine Seele und ich fühle beflügelnde Vibes aufsteigen.

Tanzend style ich die Haare, lege dezentes Make-up auf und ziehe mir ein sexy Kleid aus dem Schrank von der Stange.

Sonya hat leider keine Zeit und ich treffe mich vor dem Club mit meinen Freundinnen. Heute ist R'n'B-Night. Was heißt R'n'B noch mal? Zügig öffne ich den Browser vom Handy und recherchiere. Rhythm and Blues, stimmt.

Das Aufhübschen fällt mir heute besonders leicht, da ich mich auf TJ und auf die Mädels freue. Nach dem Styling bestelle ich mir ein Taxi und verschwinde in die Nacht. Mein Blick schweift gedankenversunken über die Straßen und Häuser, an denen wir entlangfahren, denn meine Stadt ist ein vorzügliches Fleckchen. Ich liebe es hier, fühle mich zu Hause und will nirgendwo anders hin. Die Lichter des Clubs strahlen in der Ferne und das Feuer in mir flackert voller Vorfreude auf.

»Danke, der Rest ist für Sie«, verabschiede ich die Taxifahrerin. Das Kopfsteinpflaster ist ein grottenschlechtes Stück Bodenbelag, denn meine High Heels verfangen sich darin. Die Rettungsaktion, die ich eigenmächtig vollziehe, kostet mich eine Minute.

Wow, heute ist die Schlange vor dem Club gewaltig. Die R'n'B-Abende sind immer eins a besucht und ziehen die Menschen an wie das Licht summende Fliegen.

»Nora, wir sind hier!«, höre ich die Girls und winke als Antwort.

Perfekt, sie stehen weit vorn in der Schlange und ich schlüpfe zwischen dem sich ableckenden Pärchen hindurch, um zu ihnen zu gelangen. Innerlich drehe ich durch, weil beim Wort Schlange wieder diese Kundalini-Gedanken aufblitzen und eine fesselnde Vorfreude durch meinen Unterleib schießt.

»Bin da, Mädels. Sorry wegen des Trödelns.«

»Kennen wir ja nicht anders. Immer auf den letzten Drücker.« Paula lächelt und umarmt mich.

»Na dann, auf einen perfekten Abend«, stimme ich ein und alle nicken.

Nach gefühlten Ewigkeiten sind wir im Club, haben die Jacken abgelegt und die stickige Luft, die Party und Tanzwut verspricht, tief in unsere Lungen gezogen.

Die Laser brennen sich in meine Netzhaut und machen mich schwindelig, die Shots heizen an, und es dauert nicht lange, bis wir auf die Tanzfläche drängen. Der Club ist gefüllt und die Menschen zappeln zu den Beats. Wie immer ist die Musik vortrefflich gewählt und es werden ältere und neuere Acts gespielt. Es ist wohltuend, ausgelassen zu tanzen und die Arbeitswoche aus den Knochen zu befreien.

O danciger Gott, sie spielen einen Track aus dem Soundtrack von *Save the last Dance*. Mein Herz hämmert wie wild in der Brust und meine Atmung beschleunigt sich. Die Menge tobt, und ich sehe mich suchend um, während die Musik meine Beine automatisch bewegt. Die Hand, die sich auf meinen Bauch legt, spüre ich kribbelnd. Ist er es? Bitte lass es ihn sein. Ja, der Blick über die Schulter lässt mein Herz stolpern und ich nehme ganz fein seinen einmaligen Geruch wahr. Er zieht mich an sich heran und flüstert mir von hinten ins Ohr: »Bereit, Pirouetten-Ballerina?«

»Bereit, Hip-Hop-Boy!«

TJ dreht mich zu sich herum und unsere Körper verschmelzen in den fließenden Bewegungen unseres Tanzes. Ich liebe diese Harmonie zwischen uns. Der Track ist rhythmisch und schnell und TJ bewegt sich geschmeidig an mir zur Musik. Der Einklang unserer Körper lässt mich abschweifen und ich stelle ihn mir im Bett vor. Wenn er fickt, wie er tanzt, bin ich die glücklichste Frau auf der Welt. Es ist nicht zu ruppig, nicht zu soft, genau im mittleren Wohlfühlbereich. Er ist und bleibt ein sexy Mittelchen. Unsere Blicke treffen sich und ich versinke in seiner für mich einzigartigen Augenfarbe. Zwei Augenpaare, die still kommunizieren, zwei Körper im Einklang, die wie füreinander geschaffen sind. Beine, die sich nicht abstimmen müssen, Hüften, die sich wie Puzzleteile zueinander ziehen und dann perfekt passen. Ich will mit ihm schlafen und muss wissen, wie es mit ihm ist.

»Und weiter, Ballerina«, haucht er mir ins Ohr.

»Was meinst du?«

Der Track endet und eine ruhige Nummer tönt aus den Boxen.

TJ streift mir die Haare über die Schulter und küsst sich meinen Hals hinab.

Wirklich? Hast du den DJ bestochen und zwei Tracks aus Save the last Dance hintereinander geordert?

TJ küsst mich auf die erhitzte Haut und ich reibe sanft meinen Po an seiner Hose. Unser Club-Ding ist de luxe und er ein exquisiter Mann, der fähig ist, mich zu überraschen. Ich mag diese leise Art und schätze, dass es nicht prunkt, sondern ideal auf mich abgestimmt ist. Er ist exquisit wie süßes Premiumeis, das mir auf der Zunge zergeht.

Die Musik wechselt zurück zu schnelleren Beats.

»Es war mir eine Freude, Nora«, raunt er an mein Ohr und setzt einen sanften Kuss darunter. Meine Augen fliegen zu, weil mich Gefühle wie Stecknadeln zwicken, bis ich sie kaum noch aushalte und nicht mehr sortieren kann. Es ist zu viel, zu sehr Spiel mit mir.

»Ich …« Ich muss zu Atem kommen und kann nichts mehr artikulieren. Mein Inneres verglüht und vermisst seine Berührungen, die nicht mehr stattfinden.

»Bis Montag, süße Ballerina.«

»Ich …«, versuche ich es wieder.

Meinen Satz spreche ich nicht zu Ende, denn es ist niemand mehr da, der ihn hören könnte, und das ist bedrückend.

»Wow, Nora. Das war ja heiß. Wer ist das?«, fragt Lena und wackelt mit ihren Augenbrauen.

Mein Puls hämmert – oder sind das die Beats, die mich wegschmettern? Ich bin total von der Rolle.

»Das … das ist … das war TJ«, stoße ich wackelig hervor.

»Lasst uns feiern, Mädels«, keuche ich halbwegs deutlich hinterher, denn zu keinem weiteren Satz ist mein lusttrunkenes Gehirn imstande. Alle Emotionen tanze ich berauscht heraus. All die aufgestaute Energie aus den Begegnungen und Berührungen mit TJ fließt durch meinen Körper und entlädt sich auf der Tanzfläche. Dieser Mann treibt mich in den Wahnsinn. In einen lustvollen und anregenden, und ich genieße es zwiespältig, denn in mir toben gleichzeitig Qual, Verlangen und Lust.

17

BEKLOPPTE SONGS UND MEHR

TJ

Großartige Songauswahl, Theodor Jonathan von Weber! Hoffentlich versteht sie kein Englisch. Scheiße, dieses Wunschdenken wird nicht eintreffen. Es hat mich einiges an Überredungskunst gekostet, dem DJ die Songs schmackhaft zu machen, damit er sie abspielt. Mein »Ich werde mit diesen Tracks eine heiße Frau erobern« zog.

Sie bewegt sich geschmeidig an meiner Hose auf und ab und es erregt mich höllisch. Ihr Duft haftet sich an mich, umspielt meine Nase und mein gieriger Körper verselbstständigt sich. Die Haare streiche ich beiseite und küsse mich an ihrem Hals entlang. Wie kann ein Mensch so lecker und betörend duften?

K-Ci & JoJo hämmern sich in meinen Schädel, der Beat ist geschmeidig und ihre Bewegungen an mir eine himmlische Qual. Nur der Text lässt mich innerlich erstarren. Was habe ich mir bitte bei dieser Aktion gedacht?

Ich finde keine Ruhe mehr, weil ich immerzu an dich denke, Liebling! Ernsthaft? *Ich werde irre, weil ich dich nicht fühlen kann!* Da kann ich gleich *Ich liebe dich* über die Tanzfläche brüllen. Hoffentlich nimmt sie nicht an, ich sei ein weichgespülter Softie. Meine Gefühlswelt ist keine Eiswelt wie die von Mr. Freeze aus Batman, aber ein Märchenprinz und Soft-Lover bin ich auch nicht. Ach scheiße. Wie werde ich demnächst eine Firma leiten, wenn ich mich nicht mal selbst vernünftig vermarkte und, schlimmer, nichts im Griff habe?

Rückzug! Das Zauberwort heißt Flucht. Männliches und erwachsenes Verhalten sieht definitiv anders aus, aber ich weiß nicht weiter. Oberflächlich verabschiede ich mich und setze ihr einen zarten Kuss unters Ohr an den wohlriechendsten und geschmeidigsten Hals des Clubs – eigentlich der ganzen Welt. Ich will sie, also flüchte ich. Meine Jacke lasse ich mir an der Garderobe aushändigen und verschwinde in die Nacht, die mir Schutz verspricht. Obhut vor Gefühlen und den dröhnenden Gedanken im Kopf.

Später in der Wohnung ist es dunkel, und meine Erinnerungen driften Richtung Club ab, besinnen sich zu wohlriechend rotbraunen Haaren. Das ist viel schöner als die stinkende Kleidung, die ich in die Ecke werfe. Ich hasse es, durch Rauchwolken zu wandern. Dieser Gestank setzt sich in den Fasern fest und bleibt dort ewig haften. Nora raucht nicht. Sie schmeckt wie ein leckeres Bonbon. Denke ich an sie, steigt die Erregung in mir empor. Diese Frau schwirrt durch meinen Kopf und zwischen die Beine. Sacht fahre ich mir über den Schwanz und schließe die Lider, um dahinter ihre grünen Augen blitzen zu sehen. Sie ist sicher ein wildes Kätzchen im Bett, und bei dem Gedanken an ihre Blicke werde ich noch spitzer. Das ist alles eine gehörige Scheiße. Wie ein Teenie liege ich hier auf dem Bett und befriedige mich mit inneren Bildern meiner zukünftigen Angestellten. Stelle mir vor, wie sie mir devot meinen Schwanz lutscht, während die rechte Hand die Arbeit verrichtet und ich meine Bewegungen aufs Maximum treibe. Ich komme heftig und stöhne meine

Lust auf sie heraus. Grandios auf die Decke gespritzt, TJ. Wo sind die blöden Taschentücher, wenn ich sie brauche?

Auch nach dem Aufwachen ist das Verlangen nicht verschwunden, also verziehe ich mich aus der Stadt. Mein Wagen liegt auf der Straße und ich genieße die Geschwindigkeit, während die Beats durch den Innenraum des Autos dröhnen. Ich habe Lust auf *Jeremias* und das Handy ist mit dem Radio verbunden. Die Musik klingt vielversprechend, wenn ich meine grüblerischen Episoden aufleben lasse wie heute. Viele Lieder der Band kenne ich noch nicht, aber etwas an der Stimme dieses Leadsängers fesselt meine Ohren. Nach ihrem Kleidungsstil zu urteilen, sind es junge und unverbrauchte Hipster, und ich nutze die Fahrt, um mir ihre Songs in Ruhe anzuhören. Dieser Text bewegt mich, denn sie singen davon, wie ein Mensch sich im Strahlen eines anderen verliert und man sich wünscht, dieser strahlende Grund zu sein. Lachfalten, die schöner nicht sein könnten, weil du sie hervorrufst. Er handelt vom Vermissen und dem Totschlagen der Zeit, da du sonst immer nur an diese Person denkst. Dem Wunsch, das Gesicht vor Augen zu sehen. Grüne Augen, die in der Fantasie deine Sinne beflügeln und die vermissen lassen. Grüne Augen, die nicht lügen.

Gut, die Kippen im Songtext schreien für mich *ekelhaft*. Ich gehe davon aus, dass die Boys die Zigaretten-Zeile benötigen, um ihren inneren James Dean der Neuzeit aufleben zu lassen. Konträr dazu fühle ich mich angesprochen, denn sie schwirrt mir bereits den ganzen Tag wie eine kleine Elfe durch meinen Kopf. Ich sehe ihre grünen Augen vor mir und eine minimale Gänsehaut zieht sich über den Rücken. Sofort habe ich Lust, mein Gesicht zwischen ihren Beinen zu vergraben und sie ausgiebig zu verwöhnen. Nora schmeckt sicher überall wie sie riecht – köstlich.

Die Straßen sind frei und der Bleifuß trifft auf das Gaspedal. Die Geschwindigkeit vertreibt die aufkommende Lust. Mein Ziel ist unser Haus auf dem Land, dieser Ort ist ein Ruhepol für mich. Bevor ich zu Papa fahre, halte ich auf dem Friedhof und bringe meiner Mutter frische Blumen. Es ist mein Ritual und der Platz wie gemacht zum Runterkommen.

»Hey, Mama«, flüstere ich in Richtung des Grabsteins. Mehr sage ich nie, weil ich es merkwürdig finde, mit einem Stein zu sprechen. Diese Begrüßung hake ich trotz allem auf meiner imaginären Liste ab. Wie immer kümmere ich mich um die Grabpflege, nehme das trockene Laub zwischen den Pflanzen heraus, harke die Umrandung und die Flächen, die mit Erde und Sand bedeckt sind, sorgfältig ab. Ich fühle mich wohler, wenn ihre Ruhestätte gepflegt aussieht. Sie war ein kostbarer Mensch für mich, und ich kann hier nicht verschwinden, wenn ihr Grab ungepflegt erscheint. Es ist sicher albern, diesen Platz mit ihr zu verbinden, aber was anderes habe ich im Moment nicht. Hierher gehe ich, um ihr noch mal nah zu sein. Kurz keimt ein schlechtes Gewissen auf, weil ich nicht oft genug hier bin. Doch der Realist in mir holt die Füße auf die trockene Erde des Friedhofes zurück und ich komme wieder klar. Es ist Zeit, zu meinem Vater zu fahren.

Zwanzig Minuten später parke ich den Wagen in der Einfahrt und erblicke Katharina, die Blumen auf dem Beet schneidet, um sie mit den Händen zu einem Strauß zu drapieren.

»Theodor, hallo«, höre ich sie rufen.

Ich steige aus, schließe die Tür und lächele bereits über meinen Spruch, der noch nicht die Lippen verlassen hat.

»Hey, Kitty Cat. Was geht bei dir?« Ich verkneife es mir

nie. Paps lernte Katharina kennen, kurz bevor ich zum Studium aufbrach und somit auszog. Kitty Cat ist eine sympathische und ehrliche Frau, und ich bin froh, dass mein alter Herr das Glück hatte, sie zu treffen. Meine Mutter ersetzt sie emotional nicht. Mama bleibt Mama und Katharina eine angenehme Frau, die in unserem Leben ist. Um Muttergefühle aufzubauen, war ich bei der zweiten Partnerin meines Vaters zu alt, aber jede hat ihren Platz im Herzen.

»Lass das, du kleiner Scheißer!«, entgegnet sie mir mürrisch, zwinkert mir aber im gleichen Moment versöhnlich zu.

»Hast du Hunger mitgebracht? Ich habe Lasagne gekocht.«

»Perfekt. Ich hoffe für dich, dass die Auflaufform gigantisch ist. Ich habe Lust, ein riesiges Stück zu verdrücken. Ist Paps da?«

»Er ist im Haus und freut sich auf dich.«

Das Essen ist köstlich und mein Vater berichtet mir seine Pläne für die kommenden Monate. Wir legen gemeinsam den Übernahmetermin im späten Herbst fest und reden über ein paar Ideen für das nächste Jahr. Er wünscht, weiterhin beratend tätig zu sein, und das werde ich ihm nicht untersagen. Er hat die Firma aufgebaut und sie ist sein Herz und ein Stückchen seiner Seele. Heute übernachte ich hier und wir lassen den Abend mit einem Drink ausklingen. Feinstes Gras hat er mir von seinem Love-Trip nicht mitgebracht, dieser alte Spießer.

Bleibt nur zu hoffen, dass ich auch ohne das Zeug genug Ablenkung von meinen schwindenden Gedanken zu Nora habe. Sie ist einfach überall.

18

SCHWÄRMENDE FRAUEN UND DRECKIGE BITCHES

Nora

Kaffee ist der wahre Freund des Menschen. Philosophischer werde ich heute sicher nicht mehr. Es ist mitten in der Woche, und ich stehe in der Büro-Küche, um mir mein leckeres Kaffee-Dope zu ziehen. Stoff ist übertrieben, aber ich bekomme Kopfschmerzen, wenn ich auf Koffein verzichte.

»Nora, hast du eine Minute?«

»Ja, sicher«, antworte ich Marie.

Wir verstehen uns immer besser, wer hätte es anfangs für möglich gehalten.

»Was hast du auf dem Herzen, Mariechen?«

»Lass das! Ich bin alles, aber kein Mariechen.«

Wenn sie wüsste, was sie bereits in meinem Kopf *alles* war. Da ist *Mariechen* das kleinste Problem.

»Ich habe ein privates Anliegen an dich, unter vier Augen.«

Ich nicke ab, Marie schließt die Küchentür und stellt sich davor, damit niemand die Küche betreten kann.

Jetzt wird es spannend. Krimi oder Liebesschnulze? Sie

lächelt verschmitzt, was mich anmuten lässt, dass es nicht dramatisch werden wird.

»Äh … ja … äh, ich finde deine Freundin Sonya faszinierend. Meinst du, sie kann dem weiblichen Geschlecht etwas abgewinnen?«

Ich grinse breit und unterdrücke einen herzhaften Lacher.

»Hat es im Club zwischen euch geknistert und gefunkt?«

»Ich weiß es nicht. Gewisse Signale konnte ich wahrnehmen. Hoffentlich irre ich mich nicht komplett.«

Wenn das Leben positive Überraschungen parat hält, ist es lebenswert. Und abenteuerlustig! Und phänomenal! Und affengeil! Dieses Wort habe ich Jahrzehnte nicht benutzt. Ui, da bin ich wohl nicht fertig mit meiner philosophischen Tagesphase oder eher Phrase. Ich sollte mir eine schicke Nickelbrille aufsetzen und einen auf geisteswissenschaftlichen Nerd machen. Dann stolziere ich mit den verschriftlichten Ergüssen meines Hirnschmalzes durch die Flure, um mich bewundern zu lassen, wie deep ich doch bin. Bäh, schon denke ich an den Assi-Hipster-Arschloch-Chef, der immer solche Brillen trug, und es vergeht mir. Der muss aus meinen Gedanken raus. Was war gleich noch mal die Frage? Damit es nicht auffällt, sollte ich ihr eine stellen. »Was ist denn deine Frage? Möchtest du, dass ich einen Kontakt zu Sonya herstelle?«

Natürlich werde ich meine Freundin nicht verraten. Die nötigen Infos wird die liebe Marie allein herausfinden müssen.

»Ich finde sie bezaubernd. Bitte bekomm für mich heraus, ob ich eine Chance bei ihr hätte. Oder besorg mir ihre Telefonnummer.« Marie zwinkert mir zu und sieht hoffnungsvoll aus. Die Idee, dass Sonya und sie sich finden könnten, ist aufregend.

»Alles klar, Marie …chen.« Das düstere Funkeln ihrer Augen lache ich aus oder an, wohl beides.

Mit meinem Kaffee bewaffnet schlendere ich ins Büro, da heute der Instagram-Kanal unserer Firma bearbeitet wird. Wild gemixte Stile finden sich auf den Bildern wieder. Das werde ich auf keinen Fall weiterführen. Es bedarf eines einheitlichen Designs, Filters und ganzheitlichen Konzepts. Meine Notizen nehmen überhand und die Liste wächst und gedeiht, im Gegensatz zu den Büropflanzen. Abgelenkt springe ich auf und hole die Gießkanne aus der Teeküche, da die Blätter hängen und so schrecklich traurig in meine Richtung schauen, dass ich mir die Laune nicht von diesen niedergeschlagenen Sauerstoffspendern vermiesen lassen werde. In der Teeküche esse ich eine Kleinigkeit Obst und fülle die Gießkanne.

Was ist denn hier los? Mein Blick fliegt vorsichtig aus der Küchentür, nachdem ich ausgemacht habe, wo die Geräusche herkommen, und entdecke den Massenauflauf. TJ lehnt in der Tür, und Jonas hält sich mit Michelle im Raum auf, was ich an den Stimmen erkenne.

»Michelle, es reicht!«, höre ich TJ zischen.

»Habt euch nicht so, ihr Muschis. Ein bisschen Necken wird doch noch erlaubt sein.«

Ui, hier ist Soap-Time und ich mache in der Küche Päuschen und bin eindeutig zu spät, um genug mitzubekommen.

»TJ, nun spiel hier nicht den Boss und lass das Zuckerstück und mich in Ruhe flirten.«

Fasziniert stehe ich im Flur, die Gießkanne fest in der Hand, und lausche dem Schauspiel, während meine Schritte tippelnd Richtung Schauplatz zurückfinden.

»Es reicht jetzt, Michelle«, höre ich von Jonas leise und bedacht.

»Schluss! Jonas ist dein Kollege und nicht dein Boy!«,

ertönt es autoritär von TJ. Meine Güte ist er sexy, wenn er den Boss spielt, um es mit ihren Worten auszudrücken. Ich trete einen Schritt vor und linse durch die Tür zum Büro. Ihre Augen blitzen teuflisch und sie grinst mich an. Jonas wird von Michelle in den Arsch gekniffen, steht stocksteif da und verzieht das Gesicht.

»Zu fest, mein Süßer? Du stehst doch darauf, wenn es etwas härter ist, oder?«

Fremdschäm-Modus – Level zwei Millionen! Das ist scheiße peinlich und ich halte kurz die Luft an. Bitchiger geht es wirklich nicht mehr. Sie ist die Büro-Ober-Bitch.

»Michelle, hör auf. Es ist genug«, werfe ich ein. Meinen Standpunkt zu ihrem Verhalten zeige ich klar und deutlich.

»Jonas, ich würde gern mit dir essen«, bittet TJ die Rotbirne, die vor Scham und Wut glüht. Das ganze Spektakel war unangenehm, selbst als Zuschauerin. Die beiden Männer verschwinden aus dem Büro und ich setze mich hinter den Schreibtisch.

Jonas ist den ersten Tag nach seiner Krankschreibung zurück und das Biest lässt die innere ... – Mist, ich finde kein Wort – heraus. Wie heißen denn diese ganzen bösartigen weiblichen Fantasywesen?

Rasch und heimlich zücke ich das Handy und schreibe meiner Freundin Sarah. Die weiß das, denn sie ist eine Lesemaus und ich muss ein bisschen runterkommen. Jetzt ist hier eh Ruhe eingekehrt und ich muss auch mal mit jemandem reden.

Nora: *Wie heißen diese Monster-Fantasy-Bitches, die Männer fressen oder in den Tod locken?*
Sarah: *Ghulas oder Sirenen, meine ich. Je nach Art ihrer Qualitäten. Sind jedenfalls beides abgefuckte Bitches!*

Nora: *Danke, Herzblatt!*
Sarah: *Gern <3*

Okay, dann ist Michelle das. Eine Sirenen-Ghula-Abfuck-Bitch der Oberklasse. Das Ganze ist hier nicht vorbei, sagt mein Instinkt. In den letzten Tagen war sie handzahm gegen dieses Verhalten, das sie hier und heute an den Tag legt.

Sage ich noch mal etwas zu ihr oder schweige ich? Das Maul nicht aufzubekommen, wenn es unter der Gürtellinie abläuft, ist schrecklich.

»Dein Verhalten Jonas gegenüber ist nicht korrekt. Du bist übergriffig, Michelle.«

»Komm runter! Ehrlich, Nora. Das sind Neckereien. Er ist ein süßes devotes Kerlchen. Wenn er mit seinem Dackelblick schaut, werde ich getriggert und muss ihn necken, ich kann nicht anders.«

Fremdschäm-Modus – auf in die nächste Runde. Hilfe! Diese Frau hat eine Störung. Eigentlich ist mir ihr Privatleben egal, aber die Zunge ist wieder schneller als mein Verstand. »Bist du in irgendeiner Szene? BDSM möglicherweise?«

»Nora, das geht dich herzlich wenig an.«

Gelegentlich lese ich gern Bücher im Genrespektrum Romance mit BDSM-Szenen. Es ist sicher, dass immer ein Einverständnis beider Seiten vorliegt, bevor *gespielt* wird. Und Safewörter! Genau, es gibt scheiß Safewörter. Ich habe weder eine Zustimmung noch irgendwelche Sicherheitswörter von Jonas gehört. Michelle ist und bleibt ein übergriffiges Miststück. Ist ihr unterwürfiger Partner dauerkrank, weil sie im realen Leben auch eine abgefuckte Bitch ist? Muss sie aus diesem Grund ihre Neigungen im Büro ausleben?

Ich werfe ihr einen bösen Blick zu und widme mich

endlich den armen Blumen. Irgendwas im Büro braucht Liebe und Aufmerksamkeit von mir und die grünen Dinger können nichts für die ekelhafte Stimmung hier. Hoffentlich fallen sie nicht in sich zusammen, wenn das der neue Ton bei Naturometika ist, der alles vergiftet.

19

UNDERCOVER MITARBEITERGESPRÄCH

TJ

Meine Fresse! Was war das denn für eine Schmierenkomödie? Jonas ist fix und fertig. Michelle fand alles witzig. Diese Frau war dermaßen neben der Spur, dass ich wie vor den Kopf geschlagen bin. Mit einem dicken Holzklotz.

Wir ziehen unsere Jacken über und verlassen das Büro. Meine Idee, auswärts zu essen, hat Jonas dankend angenommen. Das Lokal ist die beste Wahl, da hier genügend Privatsphäre zum Reden gegeben ist. Die Ecke im Restaurant, in die wir uns setzen, ist versteckt und ich beginne vorsichtig das Geschehene anzusprechen.

»Michelles Art und Weise war deplatziert. Ist sie oft grenzüberschreitend?«

Er sieht nachdenklich aus und so, als wolle er ungern mit der Sprache herausrücken. Wohlwollend nicke ich ihm zu, damit er weiterspricht.

»Ehrlich gesagt ja. Nora hat es auch letztens mitbekommen und mich animiert, es dem Chef zu melden. Ich war nach dem Gespräch mit ihr motiviert, es zu versuchen. Von dem Problem habe ich Dr. von Weber berichtet.«

Gutes, schlaues Palindrom. Ich hätte es Jonas ebenso empfohlen.

»Das ist gut. Was hat P... Dr. von Weber als Maßnahmen geäußert?«

Fuck, jetzt hätte ich fast *Paps* gesagt. Das ging ja noch mal gut. Warum hat mein Vater nichts davon erzählt? Das wundert mich ehrlich. Sonst redet er mit mir über jeden Scheiß. Fast fühle ich mich gekränkt. Solche Informationen sind wichtig und ich sollte sie haben.

»TJ, es ist mir unangenehm, darüber zu reden.«

»Du kannst mir vertrauen und ich bin auf deiner Seite. Ich habe klar und deutlich gespürt, dass du auf ihre Sprüche keine Lust hast. Ist doch so, oder?«

»Ja, absolut! Das Ganze hat sich echt aufgebaut. Erst war es eher harmlos, dann wurde es immer unerträglicher. Ich habe eine Freundin, TJ. Selbst wenn ich keine hätte, fände ich ihr Verhalten unangemessen.«

Da hat er recht. Es ist unangebracht und gehört an keinen Arbeitsplatz, in kein Setting, in dem sich Menschen begegnen.

»Dr. von Weber sieht das anders als wir. Er meinte, *ich soll mich freuen, so viel weibliche Aufmerksamkeit zu bekommen*. Und dann hat er noch so einen Spruch gebracht wie: *Indianer weinen nicht*, oder so was in der Art. Gemerkt habe ich mir nicht alles, ich war an diesem Tag echt fertig. Die gesamte Situation nervt mich, und so langsam bekomme ich Konzentrationsprobleme und hoffe den ganzen Tag, ihr nicht über den Weg zu laufen. Zusätzlich wächst die Paranoia, dass sie bereits hinter der nächsten Ecke lauert, um mich zu begrapschen. Gerade fühle ich mich wie ein Waschlappen und das kotzt mich heftig an.«

Das ist alles nicht wahr! Ich werde ausrasten, wenn ich den alten Herrn unter vier Augen spreche.

Jonas' Blick schweift durch den Raum, fokussiert die

Wand, und ich lasse ihm Zeit, sich zu sammeln. Es ist wirklich nicht leicht, über diese Themen zu reden.

»Eigentlich sollte ich angehalten sein, mich zu wehren, aber sie ist, verdammt noch mal, eine Frau. Ich habe einen innerlichen Ehrenkodex. Verstehst du den Zwiespalt? Soll ich sie schupsen? Ihr eine knallen? Das würde ich niemals bringen.«

»Du bist kein Waschlappen. Ich finde es erwachsen und mutig, dass du das Problem sowohl erst ihr und dann dem Chef genannt hast. Ich werde dich damit nicht hängen lassen und darüber nachdenken, wie ich unterstützen kann.«

Und wie ich das werde. Der Alte bekommt von mir den Anschiss seines Lebens. Wir können froh sein, dass Jonas sich nicht an eine höhere Stelle gewandt hat und wir nicht mit einem Bein vor Gericht stehen. Was denkt der Herr Doktor sich dabei? Kann er nicht mehr von der Wand bis zur Tapete denken und sinnvolle Entscheidungen treffen? Mein persönliches Wut-Level ist erhöht und ich würde gern mit der Faust auf den Tisch schlagen. Krach! Platte durch – oder die Hand. Zweimal atme ich tief ein, schlucke es hinunter, damit Jonas mein inneres Durchdrehen nicht bemerkt. Der Alte ist ein dahinwelkender sexistischer Penner und ich schäme mich für ihn. Scheiße!

Wie ein bissiger Terrier betrete ich nach dem Essen das Büro meines Vaters. Die Wut lodert in mir, und ich muss mich zusammenreißen, ihm keine reinzuhauen.

»Sag, Paps, wirst du langsam senil? Bist du auf dem aktuellen arbeitsrechtlichen Stand der modernen Welt oder hängt dein Gehirn in der Aufbauphase der Firma fest?«

»Bitte?«, ruft er und guckt mich verdutzt an.

»Bitte? Die Frage sollte ich dir stellen, weil du dabei bist, mein zukünftiges Unternehmen in den Dreck zu zerren, und das mit deinen völlig unüberlegten Äußerungen und Handlungen.«

»Was ist denn passiert? Ich komme nicht mehr mit.«

»Jonas Bergmann und Michelle Schwabe sind passiert. Ist dir bewusst, dass es hätte in einem Rechtsstreit enden können? Ist dir klar, dass du eine ernst zu nehmende Beschwerde eines Mitarbeiters abgetan hast? Und das mit einem Spruch, den man Kindern in deinem Jahrhundert an den Kopf geknallt hat? Selbst deine Sprüche sind überholt.«

Er scheint nachzudenken. Seine Stirn liegt in Falten und er schaut mich verwundert an. Er ist ein guter Mensch, diese klaren Worte müssen bei ihm gelegentlich sein, damit er sich zentriert, und in diesem Fall ist das mehr als nötig.

»Ach, du meinst das ernst? Findest du deine Ansage nicht ein wenig zu überzogen?«

»Überzogen?«, brülle ich.

Wie sagt man einem Mann, der Jahrzehnte eine Firma geleitet hat, dass seine Zeit vorbei ist?

»Paps, pass auf! Wir sind hier knapp an der Grenze zum Hardcore-Problem. Die Übergriffe passieren vor den Augen anderer Mitarbeiter und Mitarbeiterinnen. Jonas ist den Schritt der Beschwerde gegangen. Das Arbeitsklima wird belastet, ein Rechtsstreit könnte sich daraus entwickeln, Fluktuation und was weiß ich noch alles. Du hast nicht angemessen gehandelt, Paps. Deine Vorstellungen von Moral und Männerbildern passen nicht zum modernen Stil und der Außenwirkung der Firma. Stell dir bitte vor, das kommt an die Öffentlichkeit. Wir sind ein Naturkosmetik-Imperium, das seit Jahrzehnten besteht. Diese Produkte kaufen selbstbewusste Menschen, die mitdenken und nachdenken. Ist dir das alles bewusst?

Solch ein Skandal könnte uns zerstören. Nicht, dass es Übergriffe gab, so was passiert. Dein beschissenes Verhalten ist untragbar und die Art, wie du mit Problemen solcher Tragweite umgehst.«

»Oje. Ich werde mich kurz setzen.«

Der alte Herr wird blass. Gut! Ehrlich gesagt ist er nicht nur blass, sondern sieht mitgenommen aus.

»Lass uns bitte gemeinsam nachdenken. Es ist schlau, dass ich die Leitung der Firma vorzeitig übernehme. Nicht erst in ein paar Monaten. Es ist außerordentlich wichtig, dass sich kein Skandal aufbaut und unsere Führung eine breite Angriffsfläche bekommt, einen Ruf, der sich in den Köpfen festsetzt und den wir nicht mehr abgeschüttelt bekommen.«

»Lass mich bitte allein, Theodor.«

»Kein Problem, ich verschwinde. Wir reden in ein paar Tagen, wie wir weiter verfahren.«

Kein Kontra? Ich bin positiv überrascht, denn ich habe mit wilden Diskussionen gerechnet. Meine Argumentation war schlüssig und er wird sich nicht dagegenstellen. Wie ich den Doktor kenne, braucht er eine Woche, um eine Entscheidung zu treffen. Er wird sich das Hirn aus dem Schädel grübeln. Wenn er nicht freiwillig zurücktritt, werde ich mir andere Mittel einfallen lassen. Naturometika wird – komme, was wolle – die Zeitreise ins aktuelle Jahrhundert antreten, und das nicht nur mit den Mitarbeitern, der Führung und den menschlichen Werten, sondern auch bei den Produkten. Auf diese freue ich mich und auf die dazugehörigen neuen Herausforderungen.

20

ALEXANDER MARCUS UND PARTYPLANUNG

Nora

Ich gehe um den Schreibtisch herum und stelle die Tasche ab. Wo ist die Guhla? Sie ist die Pünktliche von uns beiden, aber ihr Platz ist leer. Suchend schlendere ich den Flur entlang und steuere auf die Büroküche zu. Huch? Dort scheint eine ausgelassene Stimmung zu sein, denn ich höre das Gelächter bis in den Flur. Das ist irgendwie schön, nachdem es in letzter Zeit echt drückend im Büro war.

»Morgen!«, rufe ich TJ, Marie und Jonas zu.

»Morgen, Nora!«, ertönt es im Chor zurück.

Ui, die Laune ist vorzüglich. Meine Kollegen stehen brav am Kaffeeautomaten Schlange wie in der Schulkantine. Das ist ein witziges Bild.

Jonas nimmt sein Handy aus der Hosentasche und tippt darauf herum. Die ersten Beats dringen in mein Ohr. TJ brüllt: »Halt, warte!«, und reißt ihm das Telefon aus der Hand, um an seinem Bluetooth und dem Radio herumzuspielen. Kurz darauf verteilt sich die Musik im Raum. Was wird das? Eine morgendliche Küchenparty? Na geil!

»Hammer! Ich liebe diesen Typen«, wirft Jonas ein.

Marie grinst, und TJ fängt an, abzutanzen. Bin ich schon wieder in einem Parallel-Universum gelandet?

»Ich liebe ihn auch!«, gebe ich zu und grinse breit.

»P*apaya*!«, brüllt Jonas los und schreit Kokosnuss und Banane hinterher.

Hilfe, ist das lustig! Seit wann ist es hier so entspannt?

»Wartet, jetzt das Weißbrot«, wirft Marie ein und Jonas stellt den *Hawaii-Toast-Song* an. Wir grölen mit und lachen uns schlapp. Ich bekomme *Hundi* gespielt und wir bellen mit gelachten Tränen. Jonas und Marie bewaffnen sich mit ihren Kaffeetassen und Alexander Marcus hat seine Darbietung mittlerweile meisterhaft beendet.

»Bis später, Fans!«, wirft Jonas ein und dampft davon. Maries Lachen schallt über den Flur und ich grinse. Jonas kann durchaus witzig und ausgelassen sein. Das gefällt mir, und ich wünsche mir, es öfter zu sehen.

TJ steht vor dem Automaten und drückt die Knöpfe. Während der Kaffee durchläuft, tritt er mit spitzbübischem Blick auf mich zu. Sein Grinsen ist breit, dass ich mich frage, was in dem hübschen Kopf vorgeht.

Ganz leise fängt er an zu singen, und eine Gänsehaut zieht sich über meinen Körper, weil ich nicht mit dieser hammermäßigen melodischen Männerstimme gerechnet habe. O trällernder Gott! Er singt, als wäre er *Seal,* nur mit zarterer Stimme, glatterer Gesichtshaut und nach meinem bevorzugten Männergeschmack. Nicht wie dieser unterhaltsame Marcus, sondern wie eine sexy Stimmmaschine, die dir in den Bauch fährt. Singende Männer machen mich schon immer schwach. Dieser lustige Text wirkt auf einmal wie die heißeste Anmache der Welt. Er wandelt es ab und singt für mich einen eigenen Song. »Hallo, schönes Palindrom, ich hab dich hier ein paarmal gesehen. Und ich weiß auch ganz genau, ich will mit dir zum Kaffeeautomaten gehen. Du hast duftendes und perfektes Haar und dein Lachen ist ein echter Traum. Ich hab dir etwas zu geben, danach wirst du streben und willst nicht mehr ohne leben«, ertönt es unendlich sexy aus seinem Mund, geraunt und endlos erotisch.

»Einen Kaffee?«, quietsche ich und stoße sacht die Luft aus, um nicht wild zu stöhnen. Er steht nur noch ein paar Zentimeter von mir entfernt und seine Hand schiebt sich in meinen Nacken. TJ streichelt mit dem Daumen über die empfindliche Haut und die Wärme seines Atems trifft mich hauchzart. Ich bin heute in einer Parallelwelt. Es muss so sein bei diesem irren Morgen. Mit der Zungenspitze lecke ich über meine Unterlippe und er starrt auf den Punkt, verfolgt jede kleinste Mimik und mein Mundwinkel zuckt. Seine Lippen berühren meine, der Kuss ist kurz, federleicht und doch unendlich gefühlsintensiv. Seine Lippen sind so weich, dass ich nie wieder aufhören will, sie zu fühlen. TJ lässt mich los, dreht sich zu seinem Getränk und greift danach.

»Einen Kaffee … genau«, höre ich flüsternd. Bevor mein Sänger den Raum verlässt, nickt er. Wie blöd stehe ich vor dem Automaten und habe vergessen, welche Sorte Kaffee ich trinke.

Wer nickt denn bitte jemandem zu, den man gerade geküsst hat?

Die Stimmung ist großartig, wenn Michelle krank im Bett liegt. Es wäre ein Träumchen, sie regelmäßig mit Grippe zu Hause zu wissen. Uns allen bekommt ihre Abwesenheit und die Schwere verzieht sich regelrecht. Jonas ist ausgelassen und fast schon ein Spaßvogel, wenn seine Gedanken nicht von Michelles Anmachen blockiert werden. Mein Arbeitspensum ist absolviert und das Social-Media-Konzept steht. Diese Woche habe ich damit verbracht, andere Marken zu untersuchen und auszuschließen, dass das neue NM-Konzept den Konkurrenten auf dem Markt ähnelt. Im Büro ist es entspannt und die Gedanken haben Platz, um sich zu fokussieren. Es wäre einem Lottogewinn gleichzusetzen, einen Arbeitsbereich für mich zu haben. Das gelöste Gefühl lässt mich über die Aufgaben fliegen und schneller abarbeiten als geplant. Meinen Feierabend ziehe ich vor, weil Sonya auf mich wartet. Genug Überstunden habe ich, um mir diesen Luxus zu gönnen.

Es regnet in Strömen, als ich das Gebäude verlasse und mit meinen Pumps in einer Pfütze stehe. Der Schirm liegt zu Hause und die Jacke ist ohne eine Kapuze. Was ist mit mir? Bin ich fünf und brauche meine Mama, um mich in der Welt der Erwachsenen zurechtzufinden? Plötzlich werden die Tropfen, die mir von der Nase perlen, weniger. Dafür sorgt ein riesiger schwarzer Schirm, der sich schützend über meinem Kopf ausbreitet. Mein Blick fliegt zum Schirmträger und er steht trocken und atemberaubend neben mir.

»Na, nass und schön feucht?«, fragt TJ schmunzelnd.

»Sieht so aus!« Ich verdrehe die Augen und grinse ihn an.

»Mein Wagen steht gleich hier drüben. Darf ich dich nach Hause fahren?«

Das Angebot kommt mir entgegen, und ich wäre rechtzeitig zu Hause, werde nicht bis auf die Unterwäsche nass und genieße darüber hinaus die Anwesenheit des sexy Mittelchens.

»Danke, das ist nett von dir.«

TJ geleitet mich zu seinem Wagen und ich hüpfe auf den Beifahrersitz. Geile Karre! Wie kann er sich diesen Wagen leisten? Die Kleidung ist nicht so nass, dass sie an mir klebt, und darüber bin ich froh. Meine Adresse nenne ich ihm, damit er sie ins Navi eingeben kann. Sein Auto riecht angenehm sauber und nach TJ. Dieser unverwechselbare Duft, den ich nicht imstande bin, einzuordnen. Für immer und ewig werde ich eine Parfum-Checker-Lusche bleiben, und mich wird definitiv niemand als Protagonistin eines Liebesromanes wählen, wenn ich weder Augenfarben noch Düfte erkennen kann.

»Hey, TJ, was trägst du für ein Parfum?«

Scheiße, warum habe ich das gefragt? Da kann ich auch gleich: *Fick mich im Wagen, du riechst sexy,* brüllen.

»Ich dusche«, entgegnet er mir.

Okay. Das ist verrückt. Er riecht für mich wie ein Gott.

»Womit duschst du denn?«, flüstere ich.

»Deine Frage ist verwirrend, Nora. Clinique!«

Ich verwirre dich gern. Du riechst unfassbar geil und ich würde dich am liebsten bespringen. Nach Mann und dieser lecker frischen Geruchsnote, die zitronig wirkt, aber leider ist meine Nase eine Null. Clinique, soso! Köstlich!

»Du duschst morgens in einer Klinik? Bist du nebenbei Arzt und lebst auf dem Gelände des Krankenhauses? Warte … Du bist mit einer heißen Oberärztin verheiratet, die immer arbeitet und riesige Brüste hat, zwischen denen du dein Gesicht zu gern versenkst. Um sie zu sehen, duschst du morgens nach dem Quickie bei ihr im Ärztezimmer?«, witzele ich herum und fange bei dieser Vorstellung an zu lachen. TJ stimmt in mein Gelächter ein.

»Du bist witzig, Palindrom!«

Ich lächele TJ an, während er mir einen flüchtigen Blick schenkt.

Die Fahrt ist von kurzer Dauer. Stundenlang könnte ich mit ihm durch die Stadt fahren, an seiner Seite sitzen und ihn genießen.

»Da sind wir«, erklärt er und ich komme in der Realität an. Ja, das Ziel ist erreicht, wie die Trulla im Navi von sich gibt. Warum kann sie nicht den Mund halten, wenn es angebracht ist? Der Wagen kommt zum Stehen und ich schaue verstohlen zu ihm.

»Danke, dass du mich nach Hause gefahren hast. Dann viel Spaß in der Klinik.«

TJ lächelt, doch es erreicht seine Augen nicht. Er lehnt sich über den Sitz und flüstert: »Wir wissen beide, dass es keine Klinik oder heiße Ärztin gibt.«

Möchte er mir sagen, dass er Single ist? Davon bin ich ausgegangen nach unserem Club-Tête-à-Tête.

Er beugt sich von seinem Sitz zu mir herüber, lässt seine Hand über mein Gesicht gleiten und zieht mich zu sich heran. Sein Duft steigt mir noch intensiver in die Nase und ich sauge ihn ein. Genau wie seinen Blick, der mich mustert. Ich starre auf seinen einladenden Mund, lecke mir über meinen und will ihn fühlen. Sanft und zärtlich werde ich von ihm geküsst. Er schmeckt nach TJ und ich will mehr davon.

»Ich wünsche dir ein schönes Wochenende, Nora«, flüstert er an meine Lippen, nachdem er den Kuss unterbrochen hat.

»Ich dir auch, TJ«, erwidere ich und knutsche ihn erneut mit etwas zu viel Enthusiasmus. Mein Atem geht stoßweise, aber ich werde nicht mehr die Initiative ergreifen, da er immer wieder zurückzieht und abbricht. Ich will bleiben, wende mich aber doch ab, um in den Regen zu stürmen. TJ ist dran, er muss mich genauso wollen wie ich ihn. Wünscht er mir ein schönes Wochenende, weil er heute nicht im Club sein wird? Genau genommen ist das freitägliche Date zum ganz persönlichen Highlight und ein bisschen zur Routine mutiert, heute gibt es also keins. Ich bin von meinen Gedanken und seinem Klinikduft verwirrt und fühle mich, als würde ich schweben.

Überpünktlich bin ich zu Hause, da ich den Luxus hatte, chauffiert zu werden. In meiner Wohnung stelle ich die Tasche ab und schlüpfe in trockene Kleidung. Wie berauschend, dass der Platzregen mir einen Kuss verschafft hat. Mit den Fingerspitzen fahre ich meine geküssten Lippen entlang, spüre auf der Zunge meinen Lieblingsgeschmack und bin gleichzeitig traurig, dass ich das Besondere nicht sofort auffrischen kann, sondern warten und davon zehren muss. Ach je!

Sonya öffnet mir nach dem Klopfen die Tür, und ich nehme mir fest vor, ihr heute von TJ zu erzählen.

»Hallo, meine Margeritenblüte. Wie war dein Tag?«

»Hey, Nora. Es war intensiv, aber erfolgreich. Ich war heute im Frauenhaus und konnte einen Platz für eine der Frauen erhalten. Darauf haben wir lange hingearbeitet, und ich bin sehr dankbar, dass es geklappt hat.«

Ich bewundere sie. Ihr Job ist echt nichts für schwache Nerven. Solche täglichen Katastrophen würde ich niemals überstehen. Da reicht mir Michelle im Büro aus, um mich schlecht zu fühlen und an meine Grenze des Ertragbaren zu gelangen. Apropos Büro! Ich muss mit Sonya über Marie sprechen.

»Wie war der Abend im Club für dich?«, will ich von ihr wissen.

»Angenehm! Deine Kollegin ist etwas Besonderes und die Musik war gut.«

»Marie fand dich auuuuch besonders, wenn du verstehst, was ich mein.« Ich wackele wissend mit den Augenbrauen.

»Waaaas?«, quiekt Sonya mir entgegen und macht große Augen.

»Jaaaaa!«, entgegne ich ihr.

Wird sie rot? Das ist ja ein niedliches Bild von ihr.

»Wirst du rot, meine kleine Mohnblüte?«, necke ich sie.

»Meinst du anziehend mit Optionen auf mehr? Mich? Diese hübsche Frau fand mich besonders?«

Schmelz-Alarm! Sie wirkt wie ein Teenie, der einen Liebesbrief in die Federmappe gesteckt bekommen hat.

»Sie bat mich, dass ich ihr deine Nummer besorge, damit sie die Möglichkeit hat, dich zu kontaktieren.«

»Waaas?«

»Hör auf mit deinem *Waaas*! Hast du heute schon in den Spiegel gesehen? Du bist wunderschön, innen und außen, mein Blümchen.«

»Hm, okay! Warum nicht. Du kannst ihr meine Nummer geben. Ich finde sie anziehend und sympathisch.«

Na großartig, das hört sich doch erst einmal gut an.

Den restlichen Nachmittag verbringen wir damit, Sonyas Geburtstagsparty zu planen. Sie wird am kommenden Wochenende vierzig, und da gibt es einiges zu bedenken und zu organisieren. Sonyas Wohnung ist groß, und sie hat vor, ihre engsten Freunde einzuladen. Auf die crazy Sause freue ich mich, darauf, mit verschiedenen Menschen zu sprechen, die allesamt spannend sind.

»Weißt du, ich knutsche mit meinem Kollegen TJ«, gebe ich leise von mir und platze mit der Tür ins Haus.

»Der aus dem Club? Und? Küsst er dich in den Himmel?«, will sie von mir wissen.

»Er küsst unbeschreiblich gut. Seit ich ihn küsse, habe ich keine anderen Dates. Raúl war mein letzter Sex, außer natürlich die Lust mit mir selbst.« Ich wackele mit den Augenbrauen und wir grinsen uns an.

»Frag mich mal! Ich bin ja gänzlich aus der Übung«, stimmt Sonya ein. Wir sind wirklich zwei verrückte Blüten. Mehr bedarf es nicht, das Thema ruht, weil alles gesagt wurde. Ich selbst weiß nicht, was das mit ihm und mir ist oder werden kann. Diesen Schwebezustand mag ich und gleichzeitig auch nicht. Bin ich für solchen Firlefanz zu alt? Wäre ein klärendes Gespräch ratsam, damit ich weiß, woran ich bei ihm bin? Einseitiges Verlieben und Verrennen sind Gefühlszustände, mit denen ich keinen Blumentopf gewinne und mich am Ende beschissen fühle. Ich möchte geliebt werden. Das Glück soll in meinem Herzen und Höschen sitzen. Schon immer bin ich ein

Mensch, der das Leben genießt, und das will ich mir bewahren.

Sonya ist im Findungsprozess und startet erste Versuche, sich mit dem imaginären Stempel der Witwe im Dschungel der Partnerschafts- und Sexualwelt wiederzufinden. So hat jede von uns einen ganz eigenen inneren Konflikt, der nach einer Auflösung schreit.

»Gehen wir heute tanzen?«, fragt sie mich aus heiterem Himmel.

»Da ist wohl jemand auf den Geschmack gekommen? So gern! Wir treffen uns um halb zehn im Flur. Wenn du vorher fertig bist, dann klopf bei mir.«

Das kann ja nur ein geiler Abend werden.

21

TORNADO-PIROUETTEN

TJ

Club oder nicht? Verdammt noch mal! Diese Knutscherei bringt mich immer mehr aus der Fassung. Ihr ein schönes Wochenende zu wünschen war nicht die glorreichste Idee meines Lebens. Damit verspiele ich mir ein freitägliches Happy End oder was auch immer dieses Rumgemache im Club darstellt.

Nachdenklich schließe ich meine Wohnung auf, entledige mich aller Sachen und beginne das Work-out, um den Kopf frei zu bekommen. Hilft immer. Seit ich Nora kenne nicht.

Der Entschluss steht fest. Ich schreibe Marie, ob sie mich wieder zum Feiern begleitet. Sie kommt raus und ich genieße eine angenehme Gesellschaft ohne sexuelle Reize. Nach der Einladung per WhatsApp erfolgt ihre Zusage direkt, und ich verbringe den Abend damit, zu duschen und mich wieder zu dem Mann zu wandeln, der meiner würdig ist.

Vor Maries Wohnhaus warte ich nicht lange, bis sie freudestrahlend und winkend auf den Wagen zueilt. Überschwänglich reißt sie die Tür auf und starrt mich mit großen Augen an.

»Startklar, Kleines?« Marie macht es sich auf dem Beifahrersitz gemütlich und nickt. Ihr Strahlen ist ansteckend.

»Wo geht es hin, TJ?«

»Im The Club ist Hip-Hop-Night und ich liiiiebe Hip-Hop.«

Ich verdrehe die Augen, als sie nicht zu mir sieht.

Nenn mich notgeiler Köter oder schwanzgesteuerter Bock. Ich bin ein hormontrotzender Twen auf Droge. Das beschreibt mich unübertrefflich. Der fickerige Boy, der seit Neustem jeden beschissenen Freitag in diesen Club rennt, um einem sexy Palindrom die Zunge und die prall gefüllte Hose entgegenzustrecken.

»O ja, TJ. Hip-Hop ist einfach geil. Da werde ich meine Hüften kreisen lassen und ordentlich abtanzen.«

»Ich schwinge gelegentlich mit, Kleines.«

»Hauptsache, du schwingst nicht deinen ekelhaften Schwanz in meine Richtung. Bäh!«

»Keine Sorge, Marie. Ich komme deiner Power-Pussy nicht zu nah.«

Mittlerweile sind wir am Ziel und in der meterlangen Schlange am Anstehen.

»Das heißt übrigens Vulvina, du Neandertaler. Beschäftigst du dich mit den sprachlichen Standards?« Noch mal dieses Thema? Das hat mir im Auto eigentlich ausgereicht.

»Vulvina, ehrlich? Das hört sich an wie ein Vulkan, der ausbricht, oder wie ein Sommer-Drink, der dich nach einem Glas lallen lässt.«

»Eine trainierte Vulvina ist Vulkanausbruch und Lustdrink, wenn sie ordentlich stimuliert wird«, witzelt sie.

Dieses Gespräch ist speziell und nicht für eine Warteschlange geeignet, aber ich bin nicht prüde. Vor uns stehen sich die Menschen ihre Beine in den Bauch. Die feierwütige Meute kommt nur schleppend voran, da es brechend voll ist. Schätzungsweise ist ein Alter zwischen zwanzig und vierzig Jahren vertreten. Definitiv eine Lokation, um Frauen aufzureißen. Nach gefühlten Ewigkeiten und einem scheißteuren Eintrittsgeld trinke ich ein Bier zum Start in den Abend und dabei wird es bleiben. Die Musik ist der Wahnsinn und mein Kopf nickt zu den Burner-Beats. Das ist die Musikrichtung, die es schafft, mich richtig gut zu fühlen. Beim Bewegen kann ich elegant nach dem Objekt meiner Begierde suchen und starre nicht wie ein suchender Aufreißer durch den Raum. Nora erblicke ich auf der Tanzfläche, wie sie ihren perfekten Körper bewegt. Maries Augen werden groß. »Nora und Sonya sind da«, kommt es von ihr total angefixt und hibbelig. Meine Augenbrauen ziehen sich in die Höhe und ich mustere sie eindringlich. »Sag, stehst du auf eine von den beiden?«

Marie starrt und zögert, bevor sie antwortet. »Äh, ja.«

Bitte nicht auf Nora, denn das würde mich gehörig nerven, und darauf habe ich keinen Bock. Das Palindrom ist in meinem Kopf und gehört mir.

»Auf welche?«, zische ich und bereue sofort, dass es sich hart anhört.

»Wieso? Auf wen stehst du denn, wenn du hier so bohrst und düster keifst?«

»Ich keife nicht. Du spinnst! Auf keine.«

»Wir gehen rüber, komm!« Sie zieht mich am Arm hinter sich her, bevor ich einen Mucks von mir gebe. Dieses Weibsstück. Küsschen links, Knutschi rechts. Alle haben sich hier sagenhaft lieb. Sind wir neuerdings zur Freitags-Tanz-Clique mutiert? Es sieht ganz danach aus. Wir reden Small Talk, und Sonya zieht Marie auf die Tanzfläche, um sich abseits von uns der Musik hinzugeben. Ich erkenne Begierde in ihren Blicken und ein Lächeln schleicht sich in mein Gesicht. Damit braucht sie die Frage nicht mehr zu beantworten, denn ich sehe alles Nötige.

»Los, wir verschwinden kurz«, flüstere ich Nora zu und sie folgt. Behutsam ziehe ich sie in den dunklen Flur, weil ich es nicht erwarten kann.

Komm auf die dunkle Seite der Macht, Baby! Dieser Spruch in meinem Kopf passt zu unserem Flur-Ding. Das Lachen vergeht mir, als ich in ihre glänzenden Augen blicke. Sie ist erregt. Meinetwegen!

Dann sind wir schon zwei, Palindrom. Mein Kopf feiert eine Party, weil ich die Beats von *Deichkind* durch den Flur höre. Nora wackelt anzüglich mit ihrer Hüfte zu *bon Voyage*. Ihr Wackeln wird beendet, indem ich sie hart und überraschend gegen die Wand drücke. Keine Sekunde länger werde ich warten und lasse meine Lippen zielsicher auf ihre knallen. Der Kuss ist brutal, wie das Verlangen in mir. Knackig beiße ich ihr auf die Unterlippe und genieße das kleine stöhnende Geräusch, das sie daraufhin loslässt.

Scheiße! Ich nehme Tempo raus, um sie nicht hier an der Wand zu vögeln. Die Erregung ist krass und ich muss mich zügeln. Jeden Freitag fällt es mir schwerer, die Contenance zu wahren und mich nicht komplett gehen zu lassen. Wenn sie bei mir ist, bin ich wie die Chilischote im Essen – scharf und brennend. Ihren Kopf hat sie an der Wand abgelegt, und ich drücke nicht mehr fest zu, um ihr nicht wehzutun. Ihre Hände verschränkt sie hinter meinem Nacken und halten mich gefangen, ziehen mich enger an Nora heran. Dieses Gefühl ist die Kirsche auf dem Eis.

»TJ, wie geht das hier weiter?«, flüstert sie an meinen Mund und senkt die Lider für einen Moment. Die Frage kostet sie Überwindung, ich sehe es. »Ich küsse dich, bis dir schwindelig wird, und dann gehen wir tanzen«, gebe ich zurück.

Wenn ich mein Gespräch mit Paps geführt habe, war es das mit unseren Treffen. Bis dahin will ich die Zeit mit ihr genießen. Sie löst eine Hand aus dem Nacken, mit der anderen greift sie an meine Hose und fummelt am Gürtel herum.

Palindrom, ich will dich! Ich würde gern heiß und innig mit dir rummachen und stehe mehr auf dich, als du denkst. Aber es geht nicht. Du bist zu beeindruckend, um unser Arbeitsverhältnis zu beenden, und zu außergewöhnlich, um ausgenutzt zu werden.

Nichts davon sage ich, küsse sie intensiv und gewinne danach Abstand. Sie lässt meine Hose los und ich atme tief in den Bauch hinein. Mein Herz schlägt fest und überschlägt sich ein kleines bisschen, wenn ich zu lange in ihre Augen blicke. Dieses Grün und ihre Tiefe dahinter werden mein Untergang sein, wie der Eisberg, der die Titanic bezwungen hat.

»Vergiss es, TJ! Du kannst mich nicht jede Woche heiß machen und danach verschwinden. Das läuft nicht mehr.«

»Okay!«, entgegne ich überheblich und kühl, weil sie recht hat. Dann bin ich wohl der Eisberg in dieser Konstellation. Es geht nicht, auch wenn ich nichts anderes wollen würde, als dass es funktioniert.

»Gehen wir tanzen?«, frage ich sie und ziehe die Augenbrauen hoch.

»Tanzen?« Ihre Stimme ähnelt einem Quietschen.

»Ich tanze gleich Tornado-Pirouetten um dich herum!«

Ich grinse sie an und ziehe sie aus dem Flur mit auf die Tanzfläche. Mein Griff ist nicht sehr fest um ihre Handgelenke gelegt, doch ich kann sie nicht loslassen, denn dann bricht der Körperkontakt ab. Mit einem Ruck befreit sie sich aus meinen Fängen, würdigt mich keines Blickes mehr, geht zu den Girls und schwingt sich mit Marie und Sonya über den Dancefloor. Einen Moment sehe ich sie an, doch unsere heutige Zeit scheint vorbei zu sein. Da ich Marie im Schlepptau habe, werde ich nicht heimlich verschwinden, sondern mir ein Ale an der Bar gönnen. Von dort aus habe ich eine bessere Aussicht auf die drei

Frauen, die Beobachterrolle gefällt mir und ist besser als nichts.

Meine Augen ruhen auf Nora, die heiß und verwegen ihre Hüften zu unterschiedlichsten Hip-Hop-Beats schwingt. Sie ist eine auserlesene Frau, wunderschön, lebendig und voller Emotionen. Hätte ich sie unter anderen Umständen kennengelernt, wäre sie längst mit mir im Bett, und das nicht nur für eine Nacht. Meine Arschloch-Ambitionen reichen nicht aus, um ihr die Praktikanten-Raupe vorzuspielen, die sich dann – ein paar Wochen später – als Boss entpuppt, der seine breiten Flügel über seiner Mitarbeiterin ausbreitet oder eher den Schwanz in sie steckt. Kurz schmunzele ich, weil ich an die kuriosen Disco-Gedanken mit den erotischen Szenen zurückdenke und was ich alles mit Nora machen will. Wie geil wäre es, wenn ich ein Szenario mit ihr erleben könnte. Im Prinzip macht es mir nichts aus, wenn eine Frau weiterzieht oder sich keine Anziehung zwischen uns entwickelt. So ist das Leben, aber bei ihr ist es anders. Sie ist in meinem Kopf, und ich denke an sie, sobald ich die Augen aufmache und wenn ich sie wieder schließe. Das ist alles eine totale Scheiße! Mein Selbstmitleid verstummt. Nora bewegt ihren Arsch an einem Kerl hoch und runter, und ich verenge die Augen bei diesem Bild zu Schlitzen und beobachte den Fall akribisch. Er dreht sie zu sich herum und schiebt sie immer mehr Richtung Tanzflächenrand. Fuck! Ich bin sportlich und trainiert. Dieser Mann ist ohne Frage ein Bulle, ein Bär – ein Tier. Keine Maschine wie Raúl, sondern eine Zwischenstufe zwischen ihm und mir. Sie lässt sich von diesem Kerl in eine Ecke manövrieren und sieht dabei glücklich erregt aus. Eine Hand schiebt sich über Noras Rücken und in ihre Haare. No Way! Ich setze mich in Bewegung, bevor er noch seinen ekelhaften Mund auf ihren drückt. Das! Sind! Meine!

Lippen! Ich stehe nicht aufs Teilen von Frauen und nicht auf Prügeleien. Es muss eine clevere Lösung her.

Nach ein paar schnellen Schritten bin ich hinter den beiden. Und nun? »Nora, es gibt ein Problem mit Sara und Derek«, improvisiere ich und fühle mich wie der größte Idiot des Universums.

Ihr Blick ist kurz stutzig, dann sehe ich den gedanklichen Klick als ein Glimmen in ihren Augen. Sie schmunzelt. »Was ist denn Wichtiges bei *Sara* und *Derek* los, dass du mich hier störst?« Sie grinst breit und ihre Betonung der Namen ist niedlich.

»Sara hat sich beim Tanzen ihrer Tornado-Pirouette in Rage gedreht. Derek hat sie stehen lassen«, erkläre ich und halte mein Grinsen zurück, doch ein kleines minimales Prusten entweicht mir.

»Okay! Das ist mies. Frag Malakai, ob er hilft.«

»Du weißt, dass er ein Arschloch ist und nicht helfen wird, wenn es darauf ankommt.«

»Und Chenille? Ist die da?« Nora unterdrückt das aufkommende Lachen, gluckst hinter der vorgehaltenen Hand. Den Lachflash vernehme ich in ihren Augen.

»Es ist niemand da. Wir beide helfen. Zusammen!« Ich grinse sie an und glaube, meine Iriden strahlen ein kleines bisschen zu sehr.

»Was labert ihr denn für einen kranken Scheiß? Seid ihr irgendwelche Irren auf der Flucht? Und was sind das für behinderte Namen? Denkt ihr euch das aus? Verpiss dich, du Freak!«, schaltet das Tier sich ein.

Nora und ich lachen los – herzhaft und laut. Zielsicher strecke ich ihr meine Hand entgegen und sie greift zu. Gott sei Dank! Unsere Finger verhaken sich, und es hat sich lange nichts mehr so richtig angefühlt wie diese Berührung. Nora fühlt sich weich und warm an und ich möchte gerade einfach ihre Hand halten. Sie ist zum Glück auf den Film-Dialog eingestiegen, weil sie ein schlaues und perfektes Palindrom ist.

»Tschüss, Großer. Ich habe einen wichtigen Auftrag zu erfüllen«, brüllt sie ihm zu, während ich sie hinter mir herziehe. Schnellen Schrittes verfrachte ich uns zurück in den Flur. Ihre Miene wird wieder funkelnder und ihre Augen verengen sich.

»TJ, das war einfallsreich und irgendwie witzig. Aber! Du hast nicht das Recht, mich von Männern wegzuziehen, wenn ich am Flirten bin. Das läuft nicht, nachdem du mich angeheizt und stehen gelassen hast. Ich verbrenne und kann dieses Spiel nicht ewig spielen. Ich brauche mehr als das.«

Das sind ehrliche Worte und keine Spielchen. Versprechungen wären Lügen. Ein Aufschub würde sie sofort in die Arme des Tiers treiben. Ich nicke und küsse sie mit allem Gefühl, das ich anzubieten habe, und das ist in diesem Moment eine ganze Menge. Für heute scheint sie sich damit zufriedenzugeben.

22

PARTYTIME

Nora

Es ist Samstag und ich liege allein im Bett. Meine Gedanken fliegen zu TJ, wie jeden Morgen nach dem Aufwachen. Gestern war ich nicht in der Disco, weil die Mädels mit mir ins Kino wollten. Der Film war okay, doch lieber wäre ich zum The Club gedüst. TJ war die ganze Woche untergetaucht, und wenn ich ihn sah, dann rannte er gefühlt alle Stunde ins Chefbüro. Sein Kontakt zur Führung ist beeindruckend. Als Praktikantin war ich jedenfalls nicht immerzu beim Chef. Was die beiden zu besprechen haben, weiß ich nicht und geht mich auch nichts an. Über die Arbeit nachzudenken, erscheint mir nicht klug, denn heute ist Sonyas Geburtstag und ich habe frei. Sie verabredet sich seit drei Tagen mit Marie, die Nummern haben sie direkt letzten Freitag nach dem Discobesuch getauscht. Es wäre wunderbar, wenn es mit den beiden klappt. Schön ist, dass sie heute kommt und ich auf der Party ein zusätzliches bekanntes Gesicht sehen werde.

Träge kuschele ich mich zurück ins Kissen und schließe die Augen. Wie schön wäre es, wenn ich mit ihm eine

Nacht verbringen könnte und nicht nur eine kurze Fummel-Kuss-Nummer auf dem scheiß Flur bekommen würde. Das reicht mir nicht mehr aus.

Um mich von TJ abzulenken, rufe ich zu Hause an. Der letzte Schnack ist ein paar Tage her. Nach kurzem Klingen ertönt Papas Stimme. »Schatz, hallo. Was machst du? Wie geht es dir?«

»Hey, Papa. Ja, alles okay, irgendwie.«

»Irgendwie?«, fragt er und seine Stimme wirkt beunruhigt.

»Ich liege im Bett und denke an den Mann, der es mir gerade schwer macht. Ich war letzten Freitag mit ihm feiern und habe ihn in der Disco geknutscht. Er ist mein Kollege und ich finde ihn toll, Papa.«

Er räuspert sich am Telefon und schluckt. »Wie toll?«

Ich seufze laut. »Sehr toll.«

»Okay. Dann hoffe ich, es entwickelt sich etwas für dich daraus und du kommst langsam mal zur Ruhe. Das würde mich freuen, mein Schatz.«

Ich schlucke und atme durch. Er wünscht sich ein Enkelkind. Papa kommt aus einer sehr großen Familie und ich bin das einzige Kind meiner Eltern. Seine Nichten und Neffen haben alle Kinder, nur ich hänge hinterher. Darauf kann ich nichts Passendes antworten und lenke ab.

»Warten wir es ab. Wo ist Mama?«

»Mein Häschen hat Dienst und danach haben wir zwei Wochen Urlaub.«

Die werden immer niedlich sein. Diese Häschen-Nummer zieht er schon fünfunddreißig Jahre durch. Das ist zuckersüß und ich grinse.

»Stimmt. Das habe ich vergessen. Wo fahrt ihr noch mal hin?«

»Die erste Woche sind wir zu Hause und arbeiten etwas auf dem Hof und in der zweiten fahren wir an die Ostsee.«

»Schön, Papa. Das ist ein wunderbarer Plan.«

»Nora, ich muss los. Deine Tante wartet auf mich. Ich helfe ihr heute beim Renovieren und ich muss vorher Material besorgen.«

»Okay. Ich hab dich lieb und liebe Grüße an Mama.«

»Ich dich auch, mein Schatz.«

Ob er jemals kürzertreten wird? Er war immer ein fleißiger Mann und wird es wohl bis zum Ende seines Lebens bleiben. Das Gefühl, wenn ich an meine Eltern denke, ist wohlig und warm. Sie lieben sich seit so vielen Jahren, und ich frage mich, ob ich auch jemals in einer Beziehung dieser Klasse leben werde. Genug gegrübelt.

Motiviert springe ich aus dem Bett, ziehe mir Joggingklamotten an, schnappe das Geschenk und flitze zu Sonya rüber, um ihr bei den Vorbereitungen zu helfen.

Glücklich öffnet sie mir wenig später die Tür und ich falle dem Geburtstagskind um den Hals.

»Happy Birthday, meine vierzigjährige Wildblumenwiese. Öffne das Geschenk. Ich bin gespannt, was du sagst.«

Sonya lächelt, löst sorgsam den Klebestreifen und zieht die nagelneue Kork-Yogamatte aus dem Papier. Ihre Augen werden feucht und sie schaut mich eindringlich an.

»Danke, liebe Nora! Die ist wunderschön. Ich freue mich sehr darüber.«

»Die Lotusblüte, die abgebildet ist, erinnert mich an dich. Ich freue mich schon, wenn wir nächste Woche wieder mit unseren Einheiten weitermachen.«

»Das klingt nach einem guten Plan. Danke, dass es dich gibt, meine Nora.«

Jetzt haben wir beide feuchte Augen. Eine Freundschaft, die aus Liebe und Respekt besteht, ist ein wahres Geschenk im Leben. Und die neuen kleinen Gefühle, die in ihr wachsen, sind ein weiteres. Ich sehe ihr inneres Strahlen, was höchstwahrscheinlich nicht an der Matte, sondern an ihren frischen Vibes für Marie liegt. Sie freut sich sicher, dass ihre neue Flamme zum Geburtstag kommt.

Wir wirbeln zwei Stunden wie Hurrikans durch die Bude, ich wische Staub und ermahne mich innerlich, das irgendwann drüben bei mir zu wiederholen. »Wo soll der Tisch hin, mein vierzigjähriges Traumzauberblütenblatt?«

»Ich dachte, wir lassen ihn in der Küche und platzieren das Essen darauf. Ich habe eine Steh- und Fußbodenparty geplant, weil doch mehr Menschen kommen, als anfangs angenommen.«

»Gut, dann so. Brauchst du mich jetzt noch?«

»Geh rüber, ruh dich aus und ich freue mich auf unseren Abend.« Nach einem Kuss auf die Wange drücke ich sie herzlich und schlendere in meine Wohnung.

Die Bude sieht aus wie Sau, und ich beschließe, noch zehn Handgriffe zu machen, bevor ich mich für den Abend style. Zügig öffne ich Spotify und *KC Light* beschallt meine Seele. Ich binde mir die Haare zusammen und schwinge mit dem Teller in der Hand die Hüften. Die Zeit vor einer Party oder dem Discobesuch liebe ich. Der Bauch wird von warmen Gefühlen geflutet, weil meine Gedanken zu den Abenden fliegen, wie ich auf der Tanzfläche den Arsch beim Tanzen an TJ reibe. Leider werde ich heute keine Gelegenheit bekommen, dafür war es in der vergangenen Zeit schön. Ich vermisse seine Berührungen, die Erinnerung daran lässt mein Herz höher schlagen und ein dickes Schmunzeln macht sich breit. Die Save-the-Last-Dance-Nummer war süß und dass er eifersüchtig war und mich weglocken wollte, noch ein wenig süßer.

Das benutzte Geschirr landet in dem Spüler und ich tanze ausgelassen weiter. Ein bisschen Bewegung vor dem Partystehen ist auch nicht schlecht und tut mir gut. Die Wohnung glänzt nicht, aber falls heute jemand fünf Minuten Ruhe benötigt oder aufs Klo muss, werde ich mich nicht fürs Chaos schämen. Die benutzte Kleidung landet im Wäschekorb, ich springe unter die Dusche, rasiere mich und vermisse ihn dabei. Wie schön wäre es, wenn er meinen Körper jetzt berühren könnte. Wie schnell man vermissen kann, obwohl alles aussichtslos scheint, bleibt mir ein Rätsel, doch ich verstecke die Gefühle nicht und nehme sie an. Das bringt mein Alter auch mit. Selbstreflexion – die ich Jahre ausfeilen konnte. Genug geträumt und geschmachtet, denn die Zeit rast.

Das restliche Styling ist eilig erledigt, da ich wieder zu spät bin. Wie immer betone ich meine Augen und lasse die braune Paste weg, die meine Haut verstopft. Ausgiebig creme ich mich mit der Gesichtscreme von NM ein und grinse in den Spiegel, dass ich ein Teil dieses coolen Produktes bin. Es ist schön, dazuzugehören und glücklich im Job zu sein. Jetzt fehlt mein ausgefülltes Herz. Ich möchte es verschenken und hoffe, dass der Mann, an den ich jeden Tag denke, es irgendwann nimmt.

Zehnmal atme ich durch, wie ich es laut Yoga-Qi-Anleitung machen sollte, ziehe das liebste Kleid aus dem Schrank, da ich mich heute schön fühle und dazu ein kleines bisschen erregt bin. Dieses Gefühl wird durch ein Outfit unterstrichen. Gut drauf schnappe ich mir das Handy, wechsele die Songs und sehe in der App, dass mein Eisprung naht. Dann brauche ich mich nicht zu wundern. Tolle Haut, flatterige Gefühle im Bauch und eine feuchte Vulvina, die gevögelt werden will. Ich streife das gemütliche Kleid über und wuschele die frisch gewaschenen Haare durch. Perfekt.

Der Schlüssel steckt in der gegenüberliegenden Tür und ich betrete die Wohnung von Sonya. Erfreut werde ich von ihr in die Arme genommen und herzlich begrüßt, zum zweiten Mal an diesem Tag. Sonya drückt mir einen Sekt in die Hand und wir stoßen an.

»Auf uns!«, flöten wir unisono und grinsen einander

breit an. Das Wohnzimmer ist ordentlich mit Menschen gefüllt und die Stimmung ausgelassen.

»Nora, hi!«, begrüßt mich Sonyas Arbeitskollegin Kathrin.

»Hey, schön, dich zu sehen. Was macht das Leben?«

»Ich bin froh, heute entspannt zu feiern. Die Woche war chaotisch. Du kennst ja die Storys von Sonya.«

Nickend bestätige ich ihre letzte Aussage. Wir reden locker, und ich quatsche mit einigen Gästen, die ich flüchtig kenne. Auf neue Bekanntschaften habe ich keine Lust.

Mein Kopf ist schon leicht duselig und ich ziehe mich auf den Balkon zurück, um in den Abendhimmel zu schauen und frische Luft zu schnappen. Die Zeit ist heute verflogen, und ich genieße die kurze Auszeit und Redefreiheit, blicke in den Himmel und atme tief durch. Meine Hände greifen das Geländer, *Nand* umspielt die Ohren und ich inhaliere die abendliche Kühle zum betörenden Liedtext. Bedächtig lasse ich die Liedzeilen durch den Körper rauschen.

»Seine Worte spiegeln meine Gefühle wider. Ich fühle mich so unendlich wohl mit dir, Baby«, höre ich es flüsternd hinter mir und erkenne seine Stimme sofort. Was macht er denn hier? Ich kneife die Augen zusammen und kralle die Hände fest ums Geländer.

»Hi, Nora«, flüstert er in mein Haar und schmiegt sich an meinen Rücken, während seine Finger über meine Arme streicheln. Sofort stellen sich alle kleinen Härchen auf und feiern eine Party auf der Haut, weil sie zu seiner Stimme tanzen.

»Hi, TJ«, flüstere ich zurück und blicke wieder in den Himmel. Sein Kinn bettet sich auf meine Schulter und ein zarter Kuss trifft mein Ohr. Wie schön ist das bitte, dass er heute da ist!? Damit habe ich nicht gerechnet und Schmetterlinge rasen durch meinen Körper.

»Was machst du hier?«, frage ich neugierig.

»Ich wollte dich sehen und begleite Marie. Ich habe mich selbst eingeladen, weil ich Zeit mit dir verbringen möchte und dich vermisse.«

O mein Gott!

»Das gefällt mir.«

TJ schiebt sich zwischen das Geländer und mich und streicht mir sacht die Haare aus dem Gesicht. Unter dem Nachthimmel funkeln seine vielschichtigen Augennuancen und mein Herz beginnt schneller zu klopfen. Er bringt mich um den Verstand und ich will immer nur bei ihm sein. Ohne darüber nachzudenken, greife ich mit den Händen auf seine Schultern und ziehe ihn zu mir heran. Er schließt seine Augen und ich tue es ihm gleich. Seine Unterlippe berührt federleicht meine und es ist der Augenblick vor dem richtigen Kuss. Der Moment, in dem der Funke zwischen den Körpern glimmt und sich entladen will. In mir explodiert ein Gefühl, das ich viele Jahre nicht mehr hatte. Verliebtheit. Ich bin in ihn verknallt und kann es nicht leugnen. Mir fällt keine Blödelei ein, ich möchte mich nicht mit ihm necken, sondern mit allem, was er hat, von ihm geküsst werden. Und das macht er. Seine Lippen lieben meine und ich bekomme wackelige Knie von dieser Intensität. Sacht schiebe ich meine Fingerspitzen über seinen Hals und kralle mich in seinen Haaren fest. Ich muss ihn festhalten, bevor er wieder verschwindet. Dieses Gefühl macht mich noch wilder und unsere Zungen verschlingen einander.

Atemlos halten wir inne, als Marie im Türrahmen ein Räuspern von sich gibt und wir gleichzeitig den Kopf drehen.

»Wir trinken jetzt einen Schnaps«, bestimmt sie und lächelt uns dabei an. Sie reicht jedem eine Hand und zieht unsere Körper ins Innere der Wohnung. Die kuschelige Sofaecke ist frei und wir lassen uns fallen. TJ sitzt neben mir und Marie lässt sich auf einem Kissen auf dem Boden nieder. Hier ist alles bodentief eingerichtet, es gibt kein klassisches Sofa im herkömmlichen Sinne.

»Ich stehe total auf Sonya«, platzt es aus ihr heraus und ihr Lächeln wird schelmisch.

»Schön, Kleines!«, antwortet TJ und ich schmunzele in mich hinein. »Wundervoll, Marie«, füge ich an, damit ich auch etwas dazu sage.

TJ grinst bübisch und fährt mit seiner Hand langsam meinen Rücken empor. Das Gefühl seiner Wärme auf mir kribbelt, obwohl er sich nur über den Stoff des Kleides bewegt. Er schiebt sich unter meinen Haaren entlang und seine Hand findet die zarte Haut im Nacken. Mit dem Daumen zieht er wohlige Kreise darauf, und ich muss den Mund zusammenpressen, um nicht willig aufzustöhnen. Diese Berührungen sind neu, weil wir in einem anderen Setting unterwegs sind. Er versteckt sie nicht einmal und befummelt mich ganz selbstbewusst und gelassen. Kein dunkler Flur, sondern ein Raum voller Menschen.

»Also zwei Power-Pussys«, sinniert er und grinst noch ein bisschen breiter.

»TJ, du Penner! Das hatten wir erst. Es heißt: Vulvina«, keift sie.

»Korrekt«, gebe ich leicht beschwipst von mir und hebe den Zeigefinger unterstützend in die Luft. Der Schnaps knallt definitiv in den Schädel und ich bin besoffener als geplant.

»Nora …«, spricht mich Marie an und ich blicke zurück zu ihr. »Du nutzt das Wort auch?«

»Logisch! Vulvina ist eine Zusammensetzung aus Vulva und Vagina. Es vereint die inneren und äußeren weiblichen Geschlechtsteile. Ich mag dieses Wort, weil wir uns damit diskriminierungsfrei begegnen.«

»Vulvina … Vuuulvi«, versuche ich es mit einem Spitznamen und starre ins Leere. »Nein, Vulvi klingt albern und wieder nach Verniedlichung. Power-Vulvina passt. Jedenfalls besser als Power-Pussy«, füge ich an, hickse kurz und bemerke die starrenden Blicke von TJ und Marie.

TJ prustet los und sie stimmt mit ein.

Ups, jetzt bin ich zu sehr ins Thema versunken, und mein Kopf hat ausgesprochen, was ich mir nur denken wollte.

»Du bist zu herrlich, liebste Nora«, entkommt es Marie, die sich die Tränen aus den Augenwinkeln wischt.

»Nora, die Frau vom Dr. Sommer-Team, die auf Partys Vulvina-Aufklärungs-Unterricht für Partygäste gibt«, fügt TJ an, der beim Reden sein Lachen unterdrückt.

»Was denn? Ist so! Du nennst doch deinen Penis auch nicht Paul Pullermann«, verteidige ich mich und verziehe die Augen zu Schlitzen.

»Dein Vortrag war ein bisschen niedlich, weil du ihn herrlich mit kleinen Hicksern geschmückt hast«, ergänzt Marie.

»Paul Pullermann? O Hell, das muss ich mir merken. Stimmt's, Paul«, wiederholt er und guckt sich in den Schritt.

Meine Schnute verzieht sich und ich strecke den beiden übertrieben die Zunge entgegen.

Sonya kommt zu uns und streichelt Marie liebevoll über die Haare, während TJ weiter genüssliche Kreise auf meiner Nackenhaut zieht. Das ist eine perfekte Szene von Glück, die sich hier im Kopf manifestiert. Wir vier mit einem riesigen Strahlen in den Augen und dicken Flatterflügeln im Bauch. So kann es immer bleiben.

23

WOHNUNG UND LUST

TJ

Meine Finger müssen sie berühren, denn ich kann nicht mehr anders. Jeder Schnaps macht mich mutiger und kopfloser, mein Zustand ist wohlig angesäuselt. Den Daumen schiebe ich über die zarte Haut ihres grazilen Halses und streichele auf der anderen Seite ihren Puls entlang, der angenehm klopft und einlädt, ihn weiter zu beschleunigen. Tausend Ideen schwirren mir durch den Kopf, wie ich das schaffe. Kurz lasse ich sie los, um mich mit dem Körper hinter sie zu setzen. Die Liegewiese bietet mir die Möglichkeit. Nora thront zwischen meinen Beinen wie eine Königin und ihr leckerer Geruch steigt mir in die Nase. In diesem Moment vergöttere ich sie dermaßen und muss meinen Körper zum Innehalten zwingen. Mit den Händen fahre ich ihr über die Oberschenkel, lausche Maries und Sonyas Ausführungen und fühle dabei ihre warme Haut. Ich schiebe mich etwas empor und streichele am Rand des Kleides entlang, lasse behutsam die Fingerspitzen hinunterhuschen.

»Was macht ihr da?«, will Marie wissen und glotzt mit

großen Augen auf meine Hände, die sich an Nora zu schaffen machen.

»Fummeln!«, entgegne ich locker und grinse sie breit an.

Nora sagt nichts mehr, ich spüre ihren hektischen Atem, ihre aufsteigende Erregung, ihren bebenden Körper. Das gefällt mir.

»Kommst du mit, Liebes?«, fragt Sonya ihre Marie und diese erhebt sich prompt. Sonya zwinkert mir zu und ich bedanke mich mit einem Nicken. Endlich allein auf dem Sofa-Dings.

Nora dreht sich zu mir um, krabbelt auf meinen Schoß und versenkt ihr Gesicht in meiner Halsbeuge. Ihr Kleid ziehe ich herunter, damit ihr niemand auf den Arsch guckt, und lege die Hände schützend darüber.

»Ach TJ«, säuselt sie an meine Haut und ich streichele ihr über den Po. Ich ziehe Noras Kopf empor und halte ihr Gesicht in den Händen. Mit den Daumen streiche ich über ihre Wangen und unsere Blicke verschmelzen.

»Gehen wir in deine Wohnung, mein sexy Palindrom?«, frage ich mit rauer Stimme.

»Endlich und JA!«, entkommt es ihr energisch und sie blickt mir dabei noch ein bisschen tiefer in die Augen. Mir wird ganz schwindelig von dieser Leidenschaft und dem Universum, welches ich darin erblicke.

Gekonnt stelle ich sie auf die Füße, hebe sie hoch und sie quiekt ein bisschen dabei. Ihre Beine schlingt sie um meinen Körper und mit den Händen krallt sie sich im Nacken fest. Ich muss lachen, weil ich sie gerade so süß finde. Mit meinem Fang gehe ich zur Wohnungstür und grinse sicherlich bis zu den Ohren. »Wir verabschieden uns«, rufe ich Sonya und Marie zu.

»Danke für die schöne Feier«, fügt Nora an, und ich lasse sie ein Stückchen auf mein Becken rutschen, damit sie wieder so niedlich aufkreischt. Das Grinsen bekomme ich nicht mehr aus dem Gesicht. Beim Schließen der Tür höre ich: »viel Spaß«, aber das ist nicht mehr wichtig. Für mich gibt es nur noch diese grünen Augen, die mich auffressen, und ich will in ihnen heute Nacht versinken.

Ich drücke Nora an die Wohnungstür und halte ihren Körper gefangen, während meine Lippen ihre finden und leidenschaftlich liebkosen.

»Wo ist dein Schlüssel?«, raune ich an ihren Mund und freue mich, sie gleich für mich allein zu haben.

»Der steckt!«

Nora springt von mir herunter, um aufzuschließen und um mich danach direkt wieder zu bespringen. Stürmisch! Das ist geil.

»TJ«, raunt sie meinen Namen. Ich weiß, was sie will – mich. Mehr muss ich nicht wissen. Heute ist heute, und an morgen denke ich nicht, weil das Begehren unendlich groß ist und ich sie gerade genau so brauche wie sie mich.

Ihr schlanker Körper klebt an mir und ich genieße ihre Nähe. Taumelnd versuche ich, meine Schuhe von den Füßen zu treten, komme dabei aber ins Straucheln. Es wackelt so sehr, dass sie von mir herunterhüpft und ebenfalls ins Wanken gerät. Sie landet auf allen vieren und streckt mir ihren knackigen Arsch entgegen. Das Kleid ist ein Stück hochgerutscht und ich grinse.

»Spielst du gerade *Hundi* von *Alexander Marcus*?«

»Wuff, hilfst du mir hoch?«

Meine Hand findet ihren heißen Po und streichelt darüber, platziert einen kleinen Klaps darauf, und ich genieße, wie sie scharf die Luft einzieht.

»O Nora, ich bin ordentlich hoch auf, glaub es mir.«

Sie fährt herum, kniet vor mir und streift mit der Hand sanft über meine Erektion in der Hose. Ich ziehe sie zu mir herauf, lege die Hände um ihren Körper und sehe ihr in die Augen.

»Hast du dir wehgetan?« Es ist mir jetzt wichtiger, zu

wissen, dass sie sich nichts ausgewischt hat. Dafür bekomme ich einen Schlag auf die Schulter.

»Das fragst du erst jetzt? Das ist für den Klaps auf den Po.«

»Bist du heute meine Palindromina? Holst du noch deine Peitsche aus deinem Sexzimmer?«

Sie lacht auf und ich grinse.

»Ich stehe nicht auf harte Spielchen, aber ich steh auf dich, mein sexy Mittelchen. Mach es mir heute bitte genau richtig.«

»Ist das dein geheimer Spitzname für mich?«

Die Frage beantwortet sie nicht, schaut nur zu mir auf mit diesen glänzenden Augen. Mit der Zungenspitze leckt sie über ihr schönes Lippenrot. Ich bin verloren. Meine Lippen senken sich, kosten von ihren, liebkosen sie und ich schiebe ihr sacht die Zunge in den Mund. Hoffentlich ist der Kuss Antwort genug. Meine Finger finden den Saum ihres Kleides und ich ziehe es vorsichtig herauf. Ihre Haut ist wunderschön, und ich halte kurz den Atem an, als ich sie in BH und Slip erblicke. Meine Güte, sie ist ein Gerät. Im Büro und Club konnte ich ihren wohlgeformten Körper erahnen, aber sie vor mir zu sehen, halb nackt, macht mich sprachlos.

»Komm mit«, flüstert sie und ich folge ins Wohnzimmer. Auf den ersten flüchtigen Blick ist ihr Zuhause ordentlich, ein wenig bunt und ich fühle mich wohl. Lange schaue ich mich nicht um, denn ihr kleiner Arsch sieht einfach zu lecker aus und ich starre ihr hinterher. Sie setzt sich grazil in einen Ohrensessel, legt die Beine auf den Lehnen ab und ruht mit dem Körper anbetungswürdig darin. Sie blickt mir dabei lüstern in die Augen. Ich habe Sicht auf ihren Slip, hinter dem sich der Ort meiner Begierde befindet.

Langsam begebe ich mich auf den Weg zu ihr und breche dabei unseren Blickkontakt nicht ab. Ihre Zungenspitze gleitet erneut über ihre Lippen und ich kann mein Stöhnen nicht unterdrücken.

»Komm her und leck mich«, raunt sie.

Dieses freche Biest! Das kann sie vergessen! Oder doch nicht? Die Ansage ist jedenfalls heiß! Fuck!

Ich pirsche mich an, erreiche den Sessel und küsse sie tief. Der Schnaps hat sie ordentlich frech und mutig werden lassen und ich finde sie noch ein wenig schärfer. Mit der Hand fahre ich über ihren Slip und spüre die Feuchtigkeit unter den Fingerspitzen.

»Na, schon so schön feucht, mein Lusttröpfchen?«, flüstere ich an ihr Ohr.

»Nicht wie letztens im Regen, als ich auf und unter der Kleidung feucht war. Da hast du mir nicht ans Höschen gefasst, um zu überprüfen, wie mein Nässegrad ist. Mich nur von außen betrachtet und mir deinen prächtigen großen Schirm angeboten.« Sie grinst dreckig und ich erwidere es. Sie ist und bleibt ein versautes Palindrom!

Die Fingerspitzen schiebe ich langsam unter den Stoff des Slips und schaue sie dabei an, tief und hungrig. Sie keucht auf, als meine Finger über ihre glatte Haut gleiten. Für ihr freches Mundwerk zwicke ich sie in den Venushügel, und sie schießt kurz Blitze auf mich, die sich zu einem lustvollen Blick wandeln. Wir schauen einander unentwegt in die Augen. Quälend gleite ich tiefer und lege die Finger auf ihre Perle. Feuchtigkeit benetzt mich und ich reibe träge darüber. Nora stöhnt wohlig auf, und ich werde schneller, genieße ihre aufkommende Lust in vollen Zügen. Ihr Atem wird stockender, und ich ziehe mich gemächlich zurück, führe die Finger an meine Lippen, um ihren Geschmack zu kosten. Wir begehren uns mit Blicken, bis sie mich zügig an sich heranzieht, um mir ihre Zunge in den Mund zu stecken. Ihre Beine nimmt sie von der Lehne, ich hake die Finger in ihr Höschen, sie fingert an ihrem BH herum und ist nach ein paar Handgriffen nackt. Ihr Bauch ist flach und ihre Schenkel straff. Fest greife ich an ihre Beine und drücke zu, während mein Schwanz gegen die Hose drückt. Das macht mich wahnsinnig an. Erregt fahre ich Noras Innenschenkel entlang und helfe ihr, die Beine wieder über die Lehnen zu packen.

»Das sah scharf aus und ich möchte dich weiter so sehen.«

Sie stöhnt und ich platziere mich vor ihr auf den Knien. Es macht mir nichts aus, denn sie ist einfach zum Niederknien, und mein Ego verkraftet es, ihr Lustknabe zu sein. Ihre Beine sind gespreizt, und ich schaue mir ihre Mitte an, die schöner nicht sein könnte. Rosa in verschiedenen Nuancen, einladend, herrlich glänzend, und ich kann nicht anders, als meine Lippen auf ihren zu platzieren, um sie dort zu küssen. Erst ganz zart, dann ungehaltener.

»Du bist wunderschön und schmeckst anbetungswürdig, Nora«, raune ich ihr zu.

»So gut, wie ein aufgeblätterter Dürüm aussieht und schmeckt?«

Ich pruste gegen die feuchten Lippen, vibriere an ihr. Wenn sie noch Witze reißen kann, muss ich wohl Gas geben.

»Nora, ehrlich, ein Dürüm? Was geht gerade in deinem Kopf ab?«, frage ich, nachdem mein Blick sich erhoben hat. Wir schauen einander an, ich grinse, sie kichert und winkt ab. Sie schmeckt nach vielem, heißer Frau, lustvoller Schönheit, aber nicht nach einer türkischen Spezialität. Gott! Ich fahre ihr mit den Händen über den Bauch und senke die Zunge erneut an ihre Perle, doch mit mehr Intensität.

Aus Sprüchen wird heftiges Stöhnen, und ich lecke sie kraftvoll, sauge ihre Lippen ein, während ihre Laute meinen Ohren schmeicheln. »Hör nicht auf«, keucht sie, und ich tue, worum sie bittet. Ich blicke auf, sehe, wie sie die Hände oberhalb in die Rückenlehne krallt und die

Augen geschlossen hält. Das Bild ist so heiß, dass ich in der Hose zucke, ohne berührt zu werden, und umgehend aktiv mitspielen will. Davon ein Foto, um es mir später allein anzusehen, wäre zu geil. Das Bild vor Augen speichere ich im Kopf ab, präge mir die flackernde Lust ein, sauge an ihrem Kitzler, werde schneller und sie atmet, stöhnt und kommt. Ein bewusst platzierter Zungenschlag, ein letztes Saugen an ihrer Perle, ein abschließender Kuss auf ihre feuchten Lippen und das dazugehörige Genießen nach dem Explodieren. Verdammt, ich brauche sie jetzt auch.

Mit einem Ruck stehe ich aufrecht, ziehe Nora an mich, um sie erst auf meinen Arm und danach auf die Couch zu befördern. Die Hose öffne ich rasch, schiebe sie an den Beinen hinab und steige heraus. Ihre Schenkel drücke ich auseinander. Das geht schnell, aber ihr Vorspiel hatte sie. Ich will sie jetzt fühlen.

»Bereit?«, frage ich abgehackt und atme stockend.

»Ja, TJ!«

Langsam schiebe ich mich in sie und bin im Himmel. Nora ist so warm und feucht und ich passe perfekt in diese heiße Frau. Meine Finger krallen sich an ihren Hüften fest, ich genieße das Gefühl, atme hektisch, brumme. Mein Geist ist benebelt vor Lust, ich stoße immer schneller zu und komme so gut wie lange nicht mehr. Es ging selbst für meine Verhältnisse ein bisschen zu zügig, was echt der krassen Erregung zu Schulden ist. Fuck, ihre erste gemeinsame sexuelle Erfahrung mit mir ist die, einen Schnellspritzer in sich gehabt zu haben. Peinlich. Hoffentlich sieht sie es mir nach. Nora ist umwerfend, wir erzeugen zusammen Wahnsinnsgefühle, und ich lasse mich auf sie sinken, suche ihre Lippen, lecke darüber und küsse sie noch mal stürmisch und kann irgendwie nicht mehr aufhören, sie zu berühren.

24

SONNTAGSSTIMMUNG

Nora

Mein Schädel brummt, und ich spüre die Wärme an mir, die er ausstrahlt. Es ist also wahr und er in meinem Bett. Dieses Gefühl bricht sich an meiner Haut, obwohl ich es lieber hindurch lassen würde, um es für immer und ewig in mir abzuspeichern.

Langsam öffne ich die Augen, blinzele und erblicke ihn. Mit dem Kopf liege ich auf seiner Brust, und meine Nasenspitze streicht automatisch darüber, um an ihm zu schnuppern, mehr TJ aufzunehmen. Er riecht nach ihm, mit einer Nuance unserer Nacht. O geruchsstimulierender Gott, das ist so schön! Liebevoll streichele ich mit den Fingerspitzen seine Haut und genieße es, ihn zu berühren, ihm in diesem Moment so nah zu sein. Sonst läuft es anders ab, denn ich schmeiße die Kerle aus der Wohnung oder verlasse diese selbst nach dem Sex. Ihn will ich hier haben, in meiner Nähe, an mir und in mir. Seine Hand regt sich und er fährt mir durch die Haarspitzen. Jedes zarte Streichen schießt mir in den Bauch und ich brauche mehr. Sanft reibe ich seine Brustwarze und schiebe die Hand über seinen Bauchmuskeln unter der Decke entlang. Einander angeblickt haben wir nicht und ich genieße dieses kleine heimliche Spiel im Verborgenen. Eines, das kurz nach dem Aufwachen genauso anregend ist wie eines, das nachts stattfindet, wenn man bereits eingeschlafen war und wieder vor Erregung erwacht. Dieses Kitzeln, nachdem sich die Augen geöffnet haben und die Lust entfacht ist, ist einmalig.

Meine Hand schiebe ich zwischen seine Beine, und TJ stöhnt wohlig auf, als ich seinen Penis federleicht berühre. Die Decke schnappe ich zügig, ziehe sie über meinen Rücken und setze mich auf ihn. Sein Blick ist von Begehren getränkt und ein Mundwinkel zieht sich schelmisch nach oben. Sein Penis streift meinen Intimbereich und ich fühle ihn hart unter mir. Ich liebe dieses Gefühl und besonders toll ist es mit ihm.

»Morgensex, mein scharfes Palindrom?«, fragt er mit belegter Morgen-Sex-Stimme. Ich nicke und küsse ihn sacht auf den Mund. Mein Becken kreist an seiner Härte und er wächst fühlbar unter den Berührungen. Der Grad der Intensität ist kurz vorm exzessiven Schlangenbeschwörungs-Diplom oder dem Kundalini-Power-Sex-Tanz. Ich will jedenfalls seine Schlange spüren, tief in mir.

»Nora, wir haben gestern kein Kondom benutzt«, gibt er flüsternd von sich mit ein wenig Bereuen in der Stimme.

»Ist mir aufgefallen«, antworte ich kleinlaut.

»Ich benutze immer Kondome«, fügt er an.

»Ich auch.«

»Verhütest du anderweitig?«

»Nein.«

Stimmung hin? Scheiße, wahrscheinlich!

»Okay, dann können wir weitermachen, oder?«, fragt er, grinst dabei und schiebt mein Becken zurecht, dass es perfekt über seinem Penis thront. Seine Wärme strahlt auf mich ab, und ich fühle die Unvernunft, die heftig an mir klopft, schaue in seine funkelnden Augen und lasse mich sinken. Träge kreise ich mein Becken, küsse ihn und nehme sein leises Stöhnen auf. Es ist perfekt und der beste Sonntag seit Ewigkeiten. Belebter gleite ich auf und ab und TJ wird ebenso aktiver. Mit einer geschmeidigen Bewegung dreht er mich, drückt meinen Körper in die Laken und schiebt sich sacht in mich. Sein Blick ist fixierend, während er gefühlvoll abtaucht. Das ist derartig exquisit, dass ich schreien könnte. Er ist und bleibt das sexy Mittelchen, genau, wie ich ihn brauche. TJ leckt über mein Ohr, und ich kralle die Fingerspitzen in seinen Po, der sich so gut anfühlt. Sein Atem streift meine Haut, und er küsst mich, saugt an mir und ich schmelze unter ihm. Es ist zärtlicher als gestern Nacht und die Wildheit ist verschwunden.

»Ich will dich, Nora«, raunt er.

»Dann nimm mich«, flüstere ich zurück.

Dieser intime Moment gefällt mir und ich genieße es mehr als unser neckendes Spiel. Quälend langsam schiebt er sich in mich, leckt über die erregten Brustwarzen und berührt meinen erhitzten Körper. Wir schlafen miteinander und benutzen wieder kein Kondom. Das ist derartig verrückt. Was meint er damit, dass er mich will? Was genau? Sex oder mich?

»Das ist besser als ein Dürüm«, raunt er mir ins Ohr und lacht. Eine Welle von Peinlichkeit überkommt mich und ich schlage mir die Hände vor die Augen. Er zieht meine Finger nach, küsst jeden einzelnen federleicht und löst mich aus der Starre.

»Hab dich nicht so. Es war ein Witz, Palindrom.«

»Ähm, sorry. Heute früh finde ich es nicht mehr lustig. Der Vergleich ist schon ein bisschen eklig.«

»Ich werde das sicher mein Leben lang nicht vergessen. Das war das Schrägste, was eine Frau zu mir gesagt hat.«

Kurz sticht es im Magen, weil mir bewusst wird, wie

attraktiv er ist, und ich kann mir vorstellen, dass er viele Frauen hatte. Sein Charme ist hinreißend und seine Augen stehen diesem in nichts nach.

»Ja, ja!«, gebe ich gespielt genervt von mir und vernehme, dass TJ mich mit seiner lockeren Art schnell wieder runterholt, und ich genieße seine fordernden und gepflegten Hände, die mich überall am Körper berühren. Ich habe ewig nicht mehr beim Sex geredet, aber mit ihm ist alles unbeschwerter, leichter und schöner. Wir flirten und ich liebe es.

»Poppst du mich endlich fertig oder quatschst du weiter auf mich ein?« Sein Grinsen wird schelmisch, und ich spüre, wie er beginnt, jeden Zentimeter meines Körpers zu huldigen. Er leckt, er beißt neckend zu und er fickt mich zärtlich und quälend. Haut an Haut verglühe ich unter seiner Wärme, knabbere an seinen Lippen und stöhne ihm in den Mund. Ich spüre seinen Penis in mir pulsieren, sehe seine Erregung in den Augen, und ich schließe kurz meine, um der Intensität seines Blickes einen Moment zu entfliehen. Das kickt mich auf eine ganz neue Art, die ich nicht kenne, und bin gefangen in seinen Berührungen.

»Komm für mich«, höre ich ihn bitten und liebe es, genau so. Diese melodische Stimme, die mich bittet, gibt mir den Rest. Mein Orgasmus baut sich auf, ich spüre das Blut in den Adern pulsieren und werde von der Welle davongetragen. So gut! Kurz darauf folgt er mir mit leisem Stöhnen und einem Blick voller Zuneigung.

»Hi«, flüstert er lässig an meinen Mund und zeigt mir sein Hammerlächeln.

»Morgen«, antworte ich leise und grinse debil.

Hilfe, ich bin verloren. Er ist so toll.

Nach dem Sex liege ich in TJs Arm und er streichelt meinen Rücken. In mir wächst kein Gefühl der Flucht, sondern ich könnte den ganzen Tag mit ihm im Bett verbringen, ihn fühlen und mich küssen lassen. Das Hin und Her zwischen uns war turbulent, aber das Zusammensein in diesem Moment beschert mir mehr aufregendes Kribbeln, als ich für möglich gehalten habe.

Was mache ich, wenn es für ihn etwas Einmaliges war?

»Nora, ich habe den Abend und den Morgen sehr genossen. Wie geht es heute weiter?«

»Du kannst hierbleiben, wenn du magst.«

Er schaut entspannt, küsst mich zärtlich und grinst. Das ist dann wohl ein *Ja*. Der Wecker zeigt 11:00 Uhr und ich bekomme langsam Hunger.

»Soll ich uns Frühstück machen?«

»Gern. Ich helfe dir.«

Leidenschaftlich küsse ich ihn noch einmal und schwinge mich aus dem Bett. Aus dem Schrank ziehe ich mir einen Slip und ein lockeres Shirt. Er steht nackt vor mir und verzieht den Mund zu einem schiefen Lächeln, weil ich seinen Körper mit den Augen scanne. Er ist dermaßen heiß, dass ich ihn wieder ins Bett ziehen möchte, lasse es aber, weil mein Bauch zu knurren beginnt.

»Bleibst du so, sexy Mittelchen?«

Er schaut an sich hinunter auf seinen wieder wachsenden Ständer, der nicht mittelmäßig ist, sondern perfekt für mich passt. Er sieht meinen Ausdruck im Gesicht und kommt in geschmeidigen Bewegungen auf mich zu. Unsere Blicke verhaken sich, ich sehe die Lust in seinem und ich schaue sicherlich nicht anders zu ihm. Mit den Händen greift er in meinen Nacken, zieht mich nah an sich heran und drückt seine wunderschönen Lippen auf meine. Seine Erektion pikst an meiner Mitte, sein Körper bewegt mich Richtung Schrank, bis ich daran Halt finde. Er schiebt mir seine Zunge in den Mund und ich möchte nur noch ihn spüren und nie wieder jemand anderen. Wir küssen einander fest und voller Leidenschaft, dass ich fast glaube, dass er ebenso Gefühle für mich hat. So küsst kein Mann, der ausschließlich Sex will, das hier ist mehr.

Hach, TJ, was machst du nur mit mir? Ich bin völlig verrückt nach dir.

Ruckartig löse ich mich von ihm, bevor wir doch wieder im Bett landen, und ziehe ihn an der Hand in die Küche. Zum Glück habe ich hier gestern aufgeräumt. Schnell stecke ich zwei Toastscheiben in den Toaster und hole Eier aus dem Kühlschrank. Ein solides Frühstück passt immer und gibt nach dem Rumvögeln wieder Kraft, um danach erneut rumzuvögeln.

Nebenbei öffne ich die Playlist und suche entspannte Musik heraus. Die Pfanne ist schnell aus dem Schrank befreit, und ich beginne, die Eier zuzubereiten, während TJ das Handy schnappt und *Cro* abspielen lässt. Diesen Song kenne ich und sehe ihn als ein modernes Liebeslied. Ich schmunzele den Eiern zu, so, dass er es nicht sehen kann.

»Spielst du nach dem Essen noch ein bisschen an meinen Eiern herum?«, fragt er, während er in der Küche Teller und Besteck sucht.

»Was willst du spielen? Eierlauf? Ostereier suchen? Zum Glück ist gerade kein Osterfest, denn du weißt ja, wer Ostern mit den Eiern spielt, hat Weihnachten die Bescherung.«

Wir schauen einander bedächtig an, denn es war unvernünftig, ohne Kondom Sex zu haben, und das wissen wir beide.

»Möchtest du Kinder, Nora?«, fragt er ernst.

Ich kneife ein Auge zu und verziehe den Mund. Oje, das ist eine nüchterne Unterhaltung, keine, die man nach dem ersten Sex normalerweise führt.

»Ich möchte irgendwann ein Kind haben, denke ich. Bis dato hatte ich keine Gelegenheit, darüber nachzudenken, geschweige denn einen Partner, der ein Baby mit mir zusammen wollte. Allein möchte ich kein Kind großziehen. Du?«

»Mit dir könnte das schön sein«, antwortet er und lächelt.

Meine Güte, was für eine verquere Situation.

Wenig später sitzen wir nebeneinander und essen unseren Toast mit Ei. Er streichelt immer wieder mit seiner Hand über mein Bein, schaut verliebt zu mir herüber und küsst mich zwischen den einzelnen Bissen seines Frühstücks. Und wie er isst. O schlemmender Gott, das ist so scheiße sexy. Er ist ein graziler Mann, der Klasse, eine umwerfende Ausstrahlung und Sexappeal hoch tausend besitzt. Ihn nur beim Essen heimlich zu beobachten macht mir ein feuchtes Höschen.

»Ich habe das hier nicht geplant, Palindrom. Du bist einfach in mich hineingelaufen.«

»Ey, das ist nicht wahr, du in mich, Mittelchen«, antworte ich etwas zu laut und boxe ihm sacht auf die Schulter. Theatralisch rubbelt er über die Stelle und verzieht überspitzt das Gesicht. Wir lächeln uns an und mein Herz klopft verdächtig heftig in der Brust. Es ist schön mit ihm, und ich genieße, wenn er bei mir ist, denn ich fühle mich leicht und unbeschwert.

Gemeinsam räumen wir den Geschirrspüler ein, TJ schaut mich mit hungrigen Augen an und tritt näher. Sein Blick brennt sich über meine Haut, er hebt mich auf den Küchentisch und stellt sich zwischen meine Beine. Zärtlich streichen seine Finger über meine Gesichtshaut und halten meinen Kopf, um seine glühenden Lippen in Empfang zu nehmen. Ein leidenschaftlicher Kuss, eine spürbare Erektion zwischen meinen Schenkeln und ein Mann vor mir, der nicht anbetungswürdiger sein könnte. Seine Nase fährt sacht über meinen Hals. »Du bist wunderschön, Palindrom.« Ich bin im Himmel, und ich stöhne etwas zu laut, nehme seinen Kopf zwischen meine Hände und küsse ihn erneut tief und mit Zunge.

Nach dem Frühstück und den heißen Küchenküssen kuscheln wir uns aufs Sofa, decken einander zu, und ich lege die Füße in seinen Schoß, die er träge streichelt. Wir schauen uns einige Filmvorschläge an und entscheiden uns dann für eine Komödie. Lachen geht immer.

»Was hättest du heute gemacht, wenn du nicht hier wärst?«, frage ich ihn. Er grübelt und schaut mich an.

»Ich wäre wahrscheinlich mit Raúl zum Sport gegangen und danach hätte ich meinen Vater besucht.«

Er kennt auch einen Raúl? Spannend. Hoffentlich ist dieser nicht so ungeschickt und bumst ihm beim Sport aus Versehen mit dem Ellenbogen vor den Kopf, wie *der Raúl* mich malträtiert hat. Automatisch grinse ich.

»Was ist so lustig?«

»Ach, nichts, ich habe über etwas geschmunzelt.«

»Und du?«

»Ich hätte sicher mit Sonya Yoga gemacht und meine Kundalini-Schlange befreit.«

»Deine was?«

»Na, meine Kundalini-Schlange. Oder auch innere weibliche Kraft.«

»Das hört sich interessant an. Guck unter die Decke. Meine Schlange ist auch entzückt, dich zu sehen.«

Grinsend schaue ich ihn an und freue mich, dass ich ihm gefalle.

»Gehen wir duschen?«, fragt er, und ich nicke, bis mir ein kesser Spruch eingefallen ist. »Na, worauf wartest du noch? Hoch mit dir. Ich möchte deine Schlange waschen und ordentlich sauber rubbeln.« Sein Blick ist unbezahlbar und gemeinsam gehen wir ins Badezimmer. TJ ist bereits seit dem Aufstehen nackt und ich schmeiße meine spärliche Kleidung in den Wäschekorb. Die Dusche ist klein, doch wir werden zusammen hineinpassen. Er zieht mich eng an sich heran und ich stelle das Wasser an. »Scheiße!«, brüllt er und ich quieke völlig irre auf. Vor lauter aufkommender Erregung habe ich nicht auf die Temperatur geachtet und der Strahl war auf *eiskalt* gestellt. TJ ist nur noch halb erregt und ich grinse.

»Sorry, keine Absicht!«

TJ schaut an sich hinab und mir danach erneut fest in die Augen. »Mach mich wieder hart, du Göttin«, raunt er und fährt mit den Fingerspitzen über meinen Rücken und ein wohliges Kribbeln schießt mir in den Bauch. Im Erwecken von Geilheit, der inneren Kundalini-Schlange, ist er wirklich ein Meister. Sie macht ordentlich Rabatz im Feuerzentrum und würde am liebsten sofort wieder mit ihrem scharfen Schlangenfreund spielen, der sich erneut prächtig zeigt, wie der neue König des Dschungels, der seinen Thron besteigt. Doch keine Eiersuche, sondern Schlangenparty. Von mir aus.

»Was ist?«, fragt er.

»Ich bin manchmal etwas in meinen Gedanken versunken, Berufskrankheit.«

Ich schaue ihn mir an, lasse den Blick über seine Gestalt schweifen. Das Wasser gibt seinem Körper einen wunderschönen Glanz, und ich denke, dieser spiegelt sich in meinen Augen wider. Mit den Fingern fahre ich die Tropfen nach, ziehe eine Spur, die von nachfolgendem Wasser davongespült wird. Mein Blick fliegt zu seinem schönen Penis, der minimal nach rechts gebogen und einfach anbetungswürdig ist. Die neue mentale Penis-Gottheit ist bestimmt. *TJ, Gott Penis von Mittelchen* taufe ich ihn.

»Du machst mich verdammt scharf, Palindrom«, raunt er, während seine Lippen meinen näher kommen, das warme Wasser unsere Körper umhüllt und ich ihm mit der Hand über seine Härte streichele, denn ich will ihn wieder in mir spüren. Behutsam massiere ich ihn und sein Blick wird lustvoller. TJ greift an meinen Po und hebt mich an seinen Körper. Ich liebe dieses Gefühl, von ihm getragen zu werden. Seine Arme sind angespannt, und ich streiche darüber, weil die Muskeln nicht zu üppig sind, sondern definiert und mein Kopfkino vortrefflich bedienen. Vorsichtig drückt er mich an die kalten Fliesen, hält mich, während ich die Beine um ihn schlinge. Meine Hände packen seine Schultern und ich fahre mit den Nägeln über seine Haut. »O TJ!« Zwei kleine Worte platziere ich auf seinen Lippen.

»O Nora!«, flüstert er zurück und schiebt sich sacht zwischen meine Beine und in mich hinein. Es ist überwältigend, wenn wir einander nah sind. Unsere Zungen lieben sich und er liebt mich sinnlich in der Dusche. Sein Haar ist nass und dunkler, seine Augen mit Lust überschwemmt und ich glücklich, dass mein Traummann mich an der Fliesenwand nimmt, dabei so unendlich liebevoll ist und sich perfekt rhythmisch bewegt. Das ist ein vollkommener Sonntag mit dem Mann, der mein Herz zum Flattern bringt. Hoffentlich endet dieses Gefühl niemals.

25

VERÄNDERUNG

TJ

Es ist Sonntagabend und wir haben Pizza bestellt. Nora ist ausgehungert, beißt genüsslich in das Pizzastück und stöhnt dabei wohlig auf. Wie gern wäre ich dieses Stück Pizza. Gott, das sind total bescheuerte Gedanken, aber ich fühle eine besondere Art Verbundenheit zu ihr. Lächelnd beobachte ich sie weiter, weil ich ihre ganze Art niedlich finde und sie irgendwas in mir bewegt. Nach dem Essen schauen wir Filme und liegen vollgefressen und kuschelnd auf dem Sofa.

Umgehend schnappe ich mir mein Handy, entsichere es und gehe auf das Zahlenfeld. »Tippst du mir die Ziffern zu deinem Herzen hinein?«, frage ich mit trockenem Mund und sie nickt. Mir ist heute bewusst geworden, dass ich ihre Telefonnummer noch nicht gespeichert habe, und das muss schleunigst nachgeholt werden. Ich trage sie unter *sexy Palindrom* ein und rufe sie an, damit sie auch meine Nummer abspeichern kann.

»Wie hast du mich eingetragen?«, frage ich und grinse. Fast kann ich es mir denken.

»Natürlich unter *sexy Mittelchen,* das ist doch logisch.«

»Warum heiße ich für dich so?«

»Meine lüsternen Gedanken gehen dich nichts an. Vielleicht erkläre ich es dir ein anderes Mal, vielleicht auch nicht.«

Mein Herz klopft wild, wenn ich in ihre schönen grünen Augen mit unendlicher Tiefe sehe. Im Leben habe ich noch in keine Frauenaugen gesehen, die mir Welten in Blicken offenbart haben, in denen ich zu gern versinken würde. Nicht zu fassen, dass wir kein Kondom benutzt haben, aber wenn ich darüber nachdenke, mit dieser Traumfrau ein Kind zu bekommen, finde ich den Gedanken aufregend. Die Situation auf der Arbeit wird eine riesige Herausforderung, doch das meistern wir, davon bin ich überzeugt. Es ist kopflos, aber wir haben das Alter und ich möchte es mit ihr versuchen. Alles.

Ich rutsche ein Stück zu ihr rüber und küsse sie.

»Nora, ich werde heute noch nach Hause fahren.«

»Okay, TJ. Das Wochenende war sehr schön mit dir.«

Sie lächelt mich verträumt an und ich erwidere es. Zärtlich fahre ich mit den Händen über ihren Körper, streichele jeden Zentimeter und sauge ihren Duft ein. Nora ist die perfekte Frau für mich und ich will sie zum Abschluss des Tages erneut spüren. Fordernd wühle ich mich zwischen ihre Beine, schiebe die Decke beiseite und lecke ihr mit der Zungenspitze über die Lippen. »Wollen wir es noch mal wild treiben, damit du morgen auf deinem Bürostuhl an mich denkst?« Frech grinse ich sie an und freue mich über die dreckige Frage.

Nora drückt ihre Beine auseinander und zieht mich ein Stückchen enger an ihren Körper.

»Nimm mich, Tyler Jürgen«, witzelt sie und ich muss herrlich lachen. Da bin ich, mit meinen beiden echten Namen zufrieden, die vernünftig von meinen Eltern kombiniert wurden. Gott sei Dank. Mit der von Nora genannten Kombination könnte ich nur schlecht leben. O

Mann, diese Heimlichtuerei ist nichts für mich. Wenn ich das Unternehmen übernommen habe, endet dieses Versteckspiel endlich und ich finde zu meiner alten authentischen Form zurück. Zu Theodor Jonathan und nicht zu Praktikanten-Tyler oder Schwindel-Jürgen.

»Tyler Jürgen?«, knurre ich, doch sie senkt direkt ihre Lippen auf meine. Langsam küsse ich sie, streichele ihre Haut, lasse mich in ihre warme und perfekte Enge gleiten und stöhne auf, weil es das Beste ist, was ich jemals erfahren habe. Das ist generell mein erster ungeschützter Verkehr im Leben, und ich liebe es, mit ihr eng verbunden zu sein.

»Ich will, dass du mich liebst, TJ«, flüstert sie an meinen Mund, und ich schließe die Augen, weil mich das total aus der Bahn wirft. Ich weiß, dass es sexuell gemeint ist, aber liebe ich sie? Jetzt werde ich sie jedenfalls lieben, wie sie es meint und verdient hat.

»Was soll ich mit dir machen?«, frage ich und schaue ihr dabei tief in die Augen, während ich mich noch langsamer in ihr bewege.

»Beiß mir beim Kommen sacht in die Nippel. Das finde ich heiß«, raunt sie. O Mann, das ist wirklich irre scharf. Ich bewege mich langsamer, damit ich nicht vor Geilheit sofort explodiere.

»Und du kannst mir deine süßen Finger fest in den Arsch krallen und sei bitte nicht zu leise beim Kommen. Ich finde deine Geräusche megascharf und sie machen mich total an.«

Ihr Blick wird glasig, und sie gibt mir, worum ich gebeten habe. Lustvoll lecke und beiße ich ihre zuckersüßen Nippel abwechselnd, während ich sie nehme und wir nach unseren anheizenden Worten gemeinsam abheben. Zusammen genießen wir das Nachglühen des Wochenendes, der Intimitäten, und ich mache mich nach dem Sex bereit, den Heimweg anzutreten. Lieber würde ich bei ihr bleiben.

Es ist kurz nach sieben am Morgen und ich liege im Bett, mit der Decke zwischen den Beinen. Mein Körper verzeichnet einen wohligen Schmerz, den ich gern fühle. Jeder Muskel ist vom vielen Sex zu spüren und das Flattern im Bauch macht es ein wenig schöner. So verschossen war ich letztmalig als Jungspund, und ich denke, es ist mehr als Verliebtheit. Diese Frau ist mein Gegenstück, das spüre ich. Voller Vorfreude schwinge ich mich aus dem Bett, weil ich sie in ein paar Stunden wiedersehe.

Unter der Dusche denke ich noch immer an Nora. Sie ist der Wahnsinn und bringt mich um den Verstand. Wie soll ich nur den Tag im Büro überleben, ohne sie zu berühren, zu küssen, ihr nah zu sein? Das wird eine Herausforderung und mich viel Kraft kosten.

Die Mischung aus Duschgel und Wasser fließt an mir hinab, und ich lächele, weil ich an das Gespräch mit Nora über mein Duschgel zurückdenke und dabei noch breiter grinse. Gedankenverloren hebe ich es unter die Nase und rieche daran, während ich behutsam die Packung drücke. So dufte ich für sie und der Gedanke gefällt mir. Um pünktlich zu sein, beeile ich mich. Heute beginnt der Tag erst gegen zehn, da ich in den Abend hineinarbeiten werde. Motiviert trete ich aus der Dusche, trockne den Körper ab und ziehe die bereitgelegte Kleidung an, wuschele die Haare schrecklich zurecht und stehe mit der Maskerade, die ich nicht haben will, vor dem Spiegel, während das Handy klingelt.

»Theodor, du musst sofort ins Büro kommen, ich weiß nicht mehr weiter«, flüstert Papa ins Telefon.

»Was ist denn? Geht es dir nicht gut? Paps, was ist passiert?«

»Mir geht es körperlich gut. Es ist alles in Ordnung. Ich brauche dich als … äh Chef. Kannst du?«

»Oh! Ich bin in zehn Minuten da.«

Hastig lege ich auf, stürme aus dem Bad, schnappe die Autoschlüssel und bin unterwegs.

26

MONTAG DER HÖLLE

Nora

Pünktlich um 08:00 Uhr stehe ich im Büro. Das Wochenende war perfekt, auch wenn ich von den heißen sexuellen Einheiten geschafft bin.

Ach TJ, das wird heute aufregend.

Auf die versteckten Berührungen, Blicke und auf heimliche Küsse freue ich mich. In meiner Fantasie nutzen wir dafür die Küche, den Fahrstuhl, Meetingräume, o lustvoller Gott!

Natürlich ist Michelle an ihrem Arbeitsplatz, was sonst. Ich begrüße sie flüchtig. »Morgen!«

»Guten Morgen, Nora«, erwidert sie spitzzüngig. Ich hasse diese Hexe, nein, Ghula. So hieß sie doch, diese männerfressende Irre.

Angewidert nehme ich auf dem Stuhl Platz und fahre den PC hoch. Da Montag ist, liegt die Woche vor mir und mein Arbeitspensum ist straff, doch vorab brauche ich Kaffee und begebe mich Richtung göttlichen Automaten. Seit Kurzem habe ich einen eigenen lustigen Kaffeebecher, der mir die Laune hebt und mit einem witzigen Spruch versehen ist. Flink ziehe ich die Tasse aus dem Schrank und grinse, als ich meine liebste Zeile lese. *Ich liebe meinen morgendlichen Kaffee, wie männliche Singles Sex haben. Schnell, heiß und allein vor dem Computer.*

Das musste ich einfach nach dem berauschenden Schlagabtausch mit TJ aufdrucken lassen. Mein Schmuckstück stelle ich unter den Automaten und bemerke, wie Jonas den Raum betritt.

»Hey, Nora, guten Morgen. Hattest du ein schönes Wochenende?«

Ich grinse und werde sicher total rot. Das ist ja sonst seine Manier. Wenn der wüsste, was ich am Wochenende getan habe. »Morgen, lieber Jonas. Schön, dich zu sehen.«

Er lächelt mich freundlich an, holt sich eine Tasse aus dem Schrank und kommt näher.

»Ja, guten Morgen, Jonas«, säuselt es hinter uns und wir erstarren gleichzeitig. Schwebt diese Frau mittlerweile wie ein Geist durch die Räumlichkeiten? Ich habe sie nicht wahrgenommen. Jonas antwortet nicht und steht vor dem Automaten, um seinen Kaffee zu ziehen. Michelle rückt auf und stellt sich direkt hinter ihn. Ich beobachte, wie sie mit ihrer Hand über seinen Po streicht und er noch starrer wird. »Lass das, Michelle«, zischt er leise und autoritär.

»Ach, mein Süßer. Dein knackiger Po ist einfach zu verlockend«, säuselt sie weiter und schiebt die Hand um ihn herum, um sie auf seiner Vorderseite abzulegen. Jonas fährt fast aus der Haut, starrt sie an und brüllt: »Ich habe gesagt, du sollst es lassen, verstanden? Fass mich nicht an.«

Michelle zieht eine widerliche Fratze und glotzt. »Bleib locker, verstehst du keinen Spaß?«

Er schießt Blitze auf sie, dreht sich auf den Hacken herum und verlässt wütend die Küche.

»Es reicht, Michelle«, fauche ich und verlasse ebenso den Ort des Geschehens. Die hat doch nicht mehr alle Latten am Zaun. Im Flur brülle ich zu Marie hinüber. »Schätzchen, nimm bitte den Hörer in die Hand und kündige mich bei Chefchen an.« Ihre Augen werden groß, weil meine Wut sich in ihren widerspiegelt, doch sie tut, was ich ihr halb befohlen habe.

»Herr Dr. von Weber, Frau Aron möchte Sie dringend sprechen, jetzt«, flötet sie energisch durch den Hörer und wirkt dabei zielsicher und als wären keine Widerworte möglich. Ich nicke ihr zu und zeige meine Ghettofaust hoch, damit sie zum Luftgruß einschlägt. Braves Mädchen, sie hat etwas gut bei mir. Voller Feuer stürme ich das Büro und stehe vor dem Mann, der mein Vorgesetzter ist. Die Emotionen nehmen mich gefangen, ich merke es an den Körperreaktionen. Schwitzige Hände und ein pochendes Herz, welches hart im Brustkorb umher trommelt. Und ich muss mich zur Ruhe bitten, indem die Lunge tief durchatmet, bevor ich ihn anbrülle und wildes Feuer meinen Mund verlässt. Drei, zwei, eins. »Herr Doktor von Weber, ich bin außer mir vor Entsetzen. Frau Schwabe verhält sich unangemessen am Arbeitsplatz, und ich fordere, dass dieses Problem Herrn Bergmann gegenüber sofort geklärt wird, denn sonst werde ich externe Hilfe beantragen. Das ist kein Zustand und färbt aufs Wohlbefinden des kompletten Teams ab.«

Seine Augen haben einen Hauch von Verängstigung in sich, und ich frage mich, was hier das Problem ist.

»Setzen Sie sich bitte, Frau Aron, und berichten Sie mir, was vorgefallen ist.«

Träge lasse ich mich auf den Stuhl fallen, weil meine Energie den Körper verlassen hat und ich gerade am liebsten heulen würde. Meine Reaktionen sind eventuell überzogen, doch ich kann nicht mehr an mich halten und schluchze los. Herr Dr. von Weber reicht mir ein Taschentuch, und ich schnäuze, nehme mir ein zweites und wische die Tränen von den Wangen.

»Einen Moment bitte, Frau Aron.« Er schnappt sich sein Handy und verlässt den Raum. Wenige Minuten später sitzt er mir wieder gegenüber und schaut mich überfordert an. »Möchten Sie einen Kaffee oder ein Glas Wasser zur Beruhigung?«

»Ein Wasser, bitte«, schniefe ich ihn an.

Ich weiß nicht, wie lange ich hier heule, am Wasser nippe und Luftlöcher starre, als sich die Tür öffnet und TJ den Raum betritt. »Nora, was ist denn los?«, höre ich ihn flüstern, während er sich vor mich hockt und mir sanft über das Bein streichelt. Warum nimmt mich das so mit? In mir kriecht diese fiese Ungerechtigkeit empor, die in den letzten Wochen unterschwellig brodelte. Die Gemeinheit, dass dieses Miststück mit ihren Übergriffen durchkommt, sie diesen netten Mann über Monate fertigmachen kann und niemand etwas tut oder es sogar von der Führungsebene abgewertet wird. Ein bisschen Weltschmerz, gepaart mit meinem Löwenherz für die Menschen, die ich mag.

»TJ«, schniefe ich und falle ihm in die Arme. Mir ist egal, dass der Chef anwesend ist. Ich brauche ihn jetzt, eine Berührung, seinen Halt. Er nimmt mich fest in den Arm und streichelt mir über den Rücken, küsst meinen Scheitel und ich atme langsam ruhiger. Sein schöner Geruch steigt mir in die Nase und ich inhaliere meinen liebsten Lieblingsduft. Gemeinsam hocken wir mittlerweile auf dem Boden, und ich könnte mich geborgener nicht fühlen, denn er ist die Basis, an der ich schwach sein und neue Kraft tanken kann.

»Geht es wieder, mein Palindrom?«, flüstert er mir ins Ohr und setzt einen zarten Kuss über seine gesagten Worte.

»Ja«, ächze ich.

»Kannst du mir erzählen, was passiert ist?«

»Ja.«

»Willst du dich hinsetzen oder bleiben wir auf dem Boden?«, fragt er und grinst.

»Boden«, flüstere ich und grinse sacht zurück.

»Erzähl es mir.«

»Michelle hat Jonas an den Arsch gefasst und er hat sich gewehrt. Sie hat sein *Nein* nicht akzeptiert und sich danach an seiner Hose … äh vorn … zu schaffen gemacht. Er ist herumgefahren und hat sie angebrüllt. Ich bin dann gleich zum Chef gestürmt und hier sind die ganzen Gefühle auf mich eingeprasselt. Ich ärgere mich so, dass nichts passiert ist und sie damit durchkommt, und ich schäme mich fremd und finde, dass dieser Mist das Arbeitsklima belastet. Mit dieser Frau möchte ich nicht mehr im Büro sitzen und bin traurig. Ich hatte nicht vor zu weinen, glaubst du mir das? Es ist einfach passiert.«

»Ich glaube es dir, Nora. Du hast nichts falsch gemacht. Danke, dass du es gesagt hast.«

Ich spüre seine Liebkosungen weiter auf dem Rücken, kleine beruhigende Kreise, die er zieht, und ich sauge jedes Gefühl davon auf, das mich erdet und sicherer fühlen lässt. Mein Blick geht zu Dr. von Weber, der uns forschend ansieht, und ich fühle mich auf einmal peinlich berührt. Blitzartig löse ich mich von TJ, weil mein Gehirn wieder zu funktionieren scheint, und realisiere, wie ich hier auf dem Boden hocke, mich von dem Mann meiner Träume halten lasse und er uns dabei zugesehen hat. Er blickt zu TJ und mir und lächelt sacht. Warum macht er das? Es ist so peinlich, ich bin eine fürchterlich schwächliche Vulvina.

»Frau Aron, geht es wieder? Würden Sie TJ und mich bitte allein lassen? Kommen Sie kurz zurecht?«

Mein Nicken ist zaghaft, und ich springe auf, um den Raum zu verlassen.

»Ich bin gleich da«, ruft TJ ihm entgegen, während er mir folgt. Wir stürzen an Marie vorbei, die uns fragend ansieht, doch ich kann nicht reden. TJ zieht mich in die Küche und schließt die Tür.

»Alles okay, Liebling?«, fragt er und das blöde Herz

hüpft höher, überschlägt sich und spielt mit meinem Atem Achterbahn. Seine Finger streichen behutsam über meine Wangen und er legt seinen Arm fest um meinen Körper. Ich greife energisch zu, weil ich seinen ebenso spüren will, ihm nah sein möchte. Mein Gesicht ist von seinen Händen umhüllt und er küsst mich voller Liebe. Unsere Lippen liebkosen sich, halten einander fest, und es fällt mir schwer, diesen Moment jemals wieder zu beenden, trotzdem nicke ich.

»Ich muss jetzt zum Chef, mein Liebling. Wir reden später noch mal, ja?«

»Okay«, flüstere ich, während er die erneuten Tränen von meinen Wangen streicht. Vorsichtig schenke ich ihm ein Lächeln und bestätige, dass er gehen kann, schaue ihm tief in die Augen und vermisse seine Wärme bereits in diesem Moment, in dem er den Raum verlässt. Ich bin unendlich in ihn verliebt und will alles von ihm. Das weiß ich jetzt!

27

OFFENBARUNG DER HÖLLE

TJ

Das ist der beschissenste Start in die Woche, den ich jemals hatte. Es geht drunter und drüber. Mir ist absolut klar, warum Paps mich angerufen hat. Er ist überfordert und braucht Hilfe. Meine Lippen fühlen sich göttlich an, weil sie von Nora berührt wurden, aber daran kann ich jetzt nicht denken, denn ich muss den Fokus auf den Berg von Problemen lenken, der hier komplett unbearbeitet vor mir liegt. Ohne zu klopfen oder mich anzumelden, betrete ich Paps' Büro, drücke die Fäuste auf den Schreibtisch und schaue ihn an. »Hast du mit Michelle und Jonas gesprochen? Hast du auf diesen Schlamassel reagiert?«

Sein Blick geht zu Boden und er schüttelt mit dem Kopf. »Ich bin noch von dem letzten Gespräch am Nachdenken und kann diesem Thema nicht mit dem nötigen Abstand gegenübertreten. Ich habe damals eventuell falsch reagiert und bin überfragt, momentan überhaupt zu reagieren. Früher gab es solche Probleme nicht. Das hat doch nichts mehr mit unserer Arbeit zu tun. Es ist überflüssig, über solche Thematiken zu diskutieren.«

O Mann! Was für ein schwachsinniges Gelaber. »Es ist

alles, aber nicht überflüssig. Das muss geklärt werden. Und nun? Sorgst du jetzt hier endlich für Ordnung oder soll ich das aus der Rolle des Praktikanten tun? Wie stellst du dir das vor?«

»Nein, das geht nicht.«

»Wir werden dem Team verkünden, dass ich die Firma in dieser Woche übernehme, du den Übergang gestaltest und zukünftig beratend tätig sein wirst. Wir machen es so, oder ich verschwinde aus der Firma, Paps. Das ist mein voller Ernst. Mit deinen Methoden komme ich nicht zurecht.«

Schockiert schaut er mich an und schluckt. Scheiße! Nora wird es dann direkt erfahren, ohne dass ich vorher mit ihr darüber sprechen konnte. Was ist wichtiger? Ein Übergriff und ich in der Position des kompetenten Chefs, der hier endlich das Problem angeht, oder mein Herz? Beides, doch mein Herz wird es schaffen, sie wieder einzufangen. Sie ist gebildet und wird es verstehen. Das Chaos muss beseitigt werden und das zählt jetzt.

»Verdammt, du elender Bengel! Ich soll hier auf der Stelle meinen Schreibtisch räumen und du setzt mir diese Pistole auf die Brust?«

»Korrekt! Du bist ja nicht weg und weiterhin im Unternehmen, aber ich muss augenblicklich handeln, wenn du keine Eier dafür in der Hose hast.«

»Das ist dein Ernst?«, fragt er und sieht echt wütend aus.

»Ja! Es ist mir mit nichts anderem aktuell ernster.«

»Dann habe ich wohl keine Wahl. Toll finde ich es nicht, aber eine Klage oder schlimmere Folgen sind noch schrecklicher für unseren Ruf. Ich hasse diesen Genderkram.«

»Die Gesellschaft hat sich verändert und das ist wichtig, Papa. Trink einen Schluck Wasser.«

»In Ordnung, ich lasse alle Mitarbeiter und Mitarbeiterinnen in die Produktionshalle rufen.«

Er nimmt den Hörer in die Hand und gibt Marie die Anweisung, dass sich alle vom Naturometika-Team in zwanzig Minuten in der Produktion einzufinden haben. O Mann, das ist eine Katastrophe!

Kurze Zeit später stehe ich neben Paps in der Halle und schaue in fragende Gesichter. Mein Puls rast, doch ich lasse mir nichts anmerken. Nora fixiert mich mit großen Augen, und ich reiße mich zusammen, ihren Blick zu ignorieren und meine Gedanken zu fokussieren.

»Danke, dass Sie alle kurzfristig erschienen sind. Heute ist ein besonderer Tag für Naturometika, denn die Firma steht vor einem Wendepunkt.«

Die Menschen schauen zwischen Paps und mir hin und her, und ich hebe das Kinn ein Stückchen weit an, damit man mir meine Unsicherheit nicht ansieht.

»Herr Dr. von Weber, ist alles in Ordnung bei Ihnen?«, fragt Frau Gramig, die viele Jahre mit ihm zusammenarbeitet. Fritz schaut ebenso besorgt.

»Gesundheitlich ist alles bestens, falls Sie das meinen. Danke der Nachfrage.«

»Ich werde nicht lange um den heißen Brei herumreden, beginne aber mit den Ausführungen von vorne.«

Er atmet durch und das gesamte Team schaut ihn fragend an. »Ich habe in den letzten Monaten Fehler begangen, zu denen ich nicht stehen wollte, doch TJ hat mich darauf aufmerksam gemacht und sie mir vor Augen gehalten. Der erste Fehler war, dass ich ihn förmlich gezwungen habe, hier ein Praktikum zu absolvieren. TJ ist kein Praktikant, sondern studierter Betriebswirtschaftler und mein Sohn.«

Ich schaue in große, teilweise entsetzte Gesichter. In die schönsten grünen Iriden der Welt blicke ich nicht, weil ich mich sonst nicht mehr beherrschen kann oder vor

Aufregung anfange zu zittern. So eine vertrackte Situation, verdammt! Das Gefühl, ein mieser Verräter zu sein, frisst sich durch meine Eingeweide.

»Mein Sohn, Theodor Jonathan von Weber, wird mit sofortiger Wirkung Naturometika übernehmen und meinen Platz einnehmen. Ich begebe mich in den Vorruhestand und werde ausschließlich beratende Tätigkeiten im Unternehmen vollziehen.«

Ein Raunen wabert durch die Menge.

»Er war von meiner Idee, die Basis von Grund auf kennenzulernen, nicht angetan, doch ich habe ihn dazu überredet. Der Plan war niemals ein Ausspionieren der Mitarbeiter und Mitarbeiterinnen, sondern einen unvoreingenommenen Überblick über die Abläufe zu bekommen, damit er zukünftig frischen Wind in das Unternehmen bringen kann. Menschen sind mit ihren Ideen offener, wenn ein Praktikant vor ihnen steht anstatt die Leitung. Es war ein Experiment, und ich entschuldige mich hiermit bei Ihnen, bei euch.«

Es ist still im Raum. Einige schauen auf ihre Füße, andere Teammitglieder blicken uns noch immer fragend entgegen, und ich überlege, was im Kopf meiner Nora vorgeht. Endlich traue ich mich, zu ihr zu sehen. Sie schaut zu Boden und hat die Hände zu Fäusten geballt.

»Danke«, ergreife ich das Wort. Meine Stimme ist fester, als ich mich fühle.

»Es ist ein schlechter Start für ein vertrauensvolles Miteinander, dafür entschuldige auch ich mich ebenfalls«, füge ich an und erhalte nickende Gesten. »Die Situation ist nicht mehr rückgängig zu machen. Ich werde mein Bestes geben, um unsere Zusammenarbeit zukünftig transparenter zu gestalten. Hierfür werde ich mit Ihnen, mit euch, Modelle entwickeln, wie wir das gemeinsam angehen werden. Ich schätze die Arbeit jedes Einzelnen und bin mir sicher, dass wir Lösungen finden, bei denen sich alle wohlfühlen.«

Tief atme ich durch und schließe meine Rede. »Das Meeting ist für heute beendet. Ich denke, wir brauchen alle einen Moment, um das Gehörte sacken zu lassen. Wenn Fragen aufkommen, bin ich ab nachmittags für diese verfügbar. Frau Schwabe bitte ich in zwanzig Minuten ins Chefbüro.«

Geschafft!

Die Menschentraube löst sich auf und mein Blick fliegt suchend durch die Halle. Nora führt die Spitze an, die auf den Fahrstuhl zugeht. Ich werde ihr einen Moment Ruhe geben, bevor ich später mit ihr rede, um alle Unklarheiten zu beseitigen.

Der Raum ist leer, ich stehe allein und kralle meine Hände in den Tisch vor mir. Mich überkommt eine Welle der Panik. Das Familienunternehmen wird ab diesem Zeitpunkt von mir geleitet und ich starte mit wirren Gefühlen im Bauch, Lügen und verändernden Gesprächen im neuen Posten. Mein Atem kommt stoßweise und der Schweiß sammelt sich im Nacken. Definitiv Panik. Ich atme, zähle von zehn rückwärts und richte mich auf. Das nächste Etappenziel ist der Fahrstuhl, und wenn ich diesen erreicht habe, visiere ich das Büro von Paps an. Gott, mein Büro. Nach gefühlten tausend Schritten Richtung Schafott trete ich durch die Tür ein, noch immer schwitzend und völlig durch den Wind.

»Na, das lief doch gut, Theodor.«

»Äh, geht, ja«, antworte ich und atme hektisch.

»Ist alles in Ordnung?«

»Äh, ja«, bringe ich stoßweise hervor und schnappe mir die Wasserflasche auf seinem Schreibtisch, setze an und leere sie komplett. Okay, jetzt ist es besser! Ich habe noch zehn Minuten bis zum Gespräch mit dieser Hexe.

»Paps, gehst du dir bitte einen Kaffee holen?«, frage ich ihn und er nickt.

Beim Öffnen der Tür blicke ich in Maries Augen und winke sie herein. Sie steht vor mir und weiß nicht, wie sie sich verhalten soll. Das sehe ich ihr an.

»Komm mal her, Kleines«, flüstere ich und nehme sie fest in den Arm. »Zwischen uns wird sich nichts ändern, bis auf, dass ich jetzt dein Chef bin. Deine ehrliche Art schätze ich sehr und freue mich, dass du meine rechte Hand bist.«

Ich atme auf ihren Scheitel und platziere einen freundschaftlichen Kuss darauf.

»Sag TJ, sag Theodor, sag zu mir, was du möchtest, nur nichts zu Abgedrehtes, okay? Und nicht Jonathan. Den Namen benutzt niemand. Es könnte sein, dass ich nicht reagiere.«

»Okay, TJ«, schluchzt sie, blickt auf und lächelt mich zaghaft an.

»Danke, Marie, und vergib mir«, flüstere ich ihr entgegen, wische ihre Tränen ab und lächele sie mit aller Freundschaft an. Sie nickt und verlässt wenig später mein Büro.

Paps klopft, und ich gehe zur Tür, um ihm zu öffnen. Seine Feinfühligkeit scheint zurückgekehrt zu sein. Michelle hat er im Schlepptau und beide stehen vor mir.

»Frau Schwabe, bitte setzen Sie sich«, gebe ich kühl von mir.

»Sind wir wieder beim Sie, TJ?«, fragt sie mit bissigem Unterton.

»Sind wir!«

Was bin ich für ein Chef? Die Brechstange oder der Schraubenschlüssel, der auf viele Köpfe passt? Heute entscheide ich mich für die Mischung.

»Gut, Sie haben in den letzten Monaten mehrere

sexuell fragwürdige Übergriffe auf Jonas Bergmann vollzogen.«

Ihre Augen werden riesig und Paps hat sich etwas abseits gesetzt und folgt dem Geschehen. Er lässt mir hoffentlich freie Hand und mischt sich nicht ein. Solche Indianersprüche oder anderen dummen Scheiß kann ich nicht gebrauchen und würde meine neue Rolle als Führung eines Unternehmens stören. Michelle und er kennen sich irgendwoher, aber ich würde nicht behaupten, dass es freundschaftlicher Natur ist.

»Übertreib nicht, TJ«, stößt sie aus.

»Herr von Weber für Sie. Es ist keine Übertreibung, sondern eine Tatsache. Sie sind suspendiert. Ich werde mir fachmännische Hilfe holen und dann sehen wir uns in einem geschützteren Rahmen zum nächsten Gespräch wieder.«

»Das kannst du … äh Sie … nicht machen«, speit sie mir entgegen.

Rechtfertigen werde ich mich nicht. »Bis dahin«, kommt es trocken von mir und ich stehe mit erhobenem Haupt auf. Niemals wird sie mich provozieren oder das Geschehene in eine abwertende Richtung lenken. Am liebsten hätte ich mein Jackett gerichtet, aber ich bin leider im Praktikantenstil gekleidet. Ab morgen ist das Geschichte, und ich kann endlich wieder in der Kleidung im Büro erscheinen, in der ich mich wohlfühle und den Chef eines Unternehmens repräsentiere.

Michelle macht erst keine Anstalten zu gehen, doch mein unbeirrbarer Blick lässt sie aufstehen und das Büro verlassen.

Gott, das wäre erst mal geschafft. Jetzt brauche ich einen Kaffee, denn dazu bin ich, bis dato, nicht gekommen. Werde ich Nora in der Küche antreffen? Ob sie mich überhaupt sehen will?

28

ABWESENHEITSMELDUNG

Nora

Mit überschlagenen Beinen sitze ich in meinem Bürostuhl und starre an die Wand. Warum hat er mich belogen? Was war das bitte für eine krasse Nummer? Es ist unverständlich, dass er kein Sterbenswörtchen gesagt hat … und ich hätte sein Geheimnis für mich behalten, da bin ich sicher. Theodor also! Einen schönen Namen hat er ja. Theodor Jonathan von Weber. Das hört sich verdammt edel an und passt zu ihm, besser als TJ. Dann hatte ich damals im Club den richtigen Riecher, dass er zurechtgemacht eher die Attitüde eines CEOs hatte anstatt eines Praktikanten. Toll, dann bin ich aus aktuellem Anlass über beide Ohren in meinen Chef verliebt statt in die süße Aushilfe.

Hier weiter rumzusitzen und Däumchen zu drehen, bringt mich nicht zur geistigen Ruhe, und die brauche ich, mehr als meinen Morgenkaffee, denn ich muss schleunigst nachdenken. Michelle ist beim Gespräch, und ich öffne das Mailprogramm, um TJ den Urlaub mitzuteilen, den ich über E-Mail spontan einreiche. Meine Eltern sind erst nächste Woche an der See und ich werde mich für ein paar Tage bei ihnen einladen. Zügig schreibe ich die Abwesenheitsmeldung und die Mail an TJ, greife meine Tasche und verschwinde aus dem Büro. Michelle wird eine Woche ohne mich auskommen. Bei Marie kann ich mich nicht verabschieden, ich will einfach nur noch weg.

Abgehetzt betrete ich die Straßenbahn und lasse meinen Blick über die Stadt rauschen, die in reges Treiben verfallen ist. Genau so sieht es in meinen Gedanken aus. Wie soll ich ihm jemals wieder vertrauen können? Es ist ewig her, dass mich ein Mann auf meiner Seele berührt hat. Die wochenlangen Neckereien und Küsse, dann der Sex und sogar die Bereitschaft, das Kondom wegzulassen. O Jesus Christus, was ist, wenn ich von ihm schwanger bin? Erste Tränen laufen mir über die Wangen und ich weine still in mich hinein, ohne Schluchzer oder Laute. An meiner Haltestelle springe ich aus der Bahn und klingele bei Sonya Sturm.

»Nora?«, fragt sie durch die Gegensprechanlage, und ich plärre los, das erste Mal, seit ich das Büro verlassen habe.

»Komm schnell hoch, Liebes!« Mit offenen Armen empfängt sie mich und ich lasse meinen trägen Körper hineinfallen. Zum Glück hat sie Spätschicht und ist da. Sie hält mich, streichelt mir minutenlang über den Rücken, bis ich bereit bin, ihr alles zu erzählen.

Das Gespräch mit Sonya tat gut. Weil ich nicht mehr in der Lage war, mir ein Ticket für den Zug zu buchen, hat sie das übernommen, mit mir meine Tasche gepackt und mich danach zum Bahnhof gebracht.

Geknickt sitze ich im Zug, habe die ollen Kopfhörer

drin, weil ich vergessen habe, mir neue zu besorgen, und höre Musik. Kann das Leben, kann die Liebe gerade beschissener laufen? Laut werden meine Ohren vom Save-the-last-Dance-Soundtrack umspielt, weil ich anscheinend wie eine Verrückte auf Selbstgeißelung stehe. Wie ein Rinnsal fließen die Tränen über die Wangen, und ich denke an die Clubabende mit TJ, an das kleine Geständnis, als er die Lieder hat spielen lassen. Ich vermisse ihn, während gleichzeitig die Enttäuschung in mir bebt und aus dem kleinen Fluss, der übers Gesicht fließt, Sturzbäche entstehen. Meine Lider sind schwer, und ich schließe sie, lasse die Tränen laufen und versuche das Atmen nicht zu vergessen.

Am Bahnhof erblicke ich meine Eltern auf dem Bahnsteig und wische mir schnell die Tränenreste aus den Augen, stürze hinaus und falle Papa in die Arme.

»Mein Schatz«, flüstert er an meine Haare, und ich bin so froh, zu Hause zu sein. Mama streichelt mir über den Rücken und so stehen wir da. Es ist wieder vier Monate her, dass wir uns live gesehen haben.

»Häschen, wollen wir nach Hause?«, fragt er Mama und nimmt mich stützend in den Arm, während wir gemeinsam zum Wagen gehen. Ich rutsche auf den Rücksitz, Mama fährt und Papa steht unsicher draußen. »Soll ich mit nach hinten kommen?«

»Nein, ist okay«, quetsche ich mühsam hervor.

Musik dudelt, und ich schließe die Augen, um mich kurz zu sortieren. Die beiden haben schon immer ihre gemeinsame Musik gehört. Das machen sie, seit ich denken kann, und ich finde es niedlich. Leise tönt *Sidney King* aus dem Lautsprecher mit *Hoffnung*. Dieses Lied ist ihr Hochzeitslied und begleitet meine Eltern seit ihrem Kennenlernen. Der Text hat etwas Trauriges an sich, aber ich weiß um ihre Liebe und genieße es. Sacht öffne ich die Augen und sehe Papa wild am Handy herumdrücken.

»Papa, lass es ruhig an. Es ist okay«, gebe ich als leise Anweisung vor. Auf der Zugfahrt habe ich den beiden eine Nachricht im Familienchat geschrieben und kurz die Fakten auf den Tisch gelegt. Sie wissen grob Bescheid und stellen keine Fragen, sondern sind da. Wir fahren nicht lange, und ich genieße es, hier zu sein. Meine Tasche nimmt Papa und ich krache mich in den Liegestuhl und lasse mir die Sonne ins Gesicht scheinen. Papa muss erst mal eine rauchen. Mit diesem Mist habe ich nie angefangen und bin froh, denn das Zeug stinkt ekelhaft.

Wir sitzen in der Abendsonne, ich erzähle von den letzten Wochen und werde von meinen Eltern aufgefangen. Wir haben ein gutes Verhältnis, und ich traue mich bei ihnen immer, offen zu sprechen. Sie sind keine Unschuldslämmer und darüber hinaus kann sie wenig schocken. Schon allein durch Mamas Job sind meine Probleme für sie im normalen Bereich. Gut, ich bin ihr Kind und sie meistern meine Miesepeterlaune mit Bravour.

»Schatz, wie stellst du dir das zukünftige Arbeiten vor und willst du noch mal alles mit ihm besprechen?«, fragt sie.

»Ich weiß es nicht und wollte die Zeit bei euch nutzen, um mich zu sammeln und mir über einiges klar zu werden.«

»Weißt du, dass Sarah diese Woche auch hier ist? Ich habe sie beim Einkaufen getroffen. Vielleicht lenkt sie dich ein bisschen ab und hilft dir, deine Gedanken zu sortieren«, berichtet Mama.

»Wirklich? Das ist ja toll.«

Sofort greife ich mir das Handy und schreibe ihr eine Nachricht.

Nora: *Du bist auch at Home?*
Sarah: *Auch? Du?*
Nora: *Ja, auch!*

Sarah: *Echt, du auch?*
Nora: *Geile Kommunikation ;)*
Sarah: *Haha, ja! Chillen wir heute und gehen morgen zusammen shoppen? Ich könnte in zwanzig Minuten da sein.*
Nora: *O ja, gern <3*
Sarah: *Supi, bis gleich, Sweety <3*

Schluchzend falle ich ihr wenig später in die Arme und freue mich, sie zu sehen.

»Was ist denn los? Harte Woche mit der Ghula gehabt?«, fragt sie besorgt.

»Wenn es nur die Ghula wäre.«

Wir setzen uns zusammen, genießen die letzten Strahlen der Abendsonne und ich erzähle ihr die grobe Story.

»Mädels, soll Mama Nudeln Bolo kochen?«, ruft Papa aus dem Haus.

»Gern«, brüllen wir unisono hinüber. Mama kocht die allerbeste Bolognesesoße auf der Welt. Wenn ich mich recht erinnere, haben sie mir als Teenie erzählt, dass Papa sie nach der ersten Bolo-Offenbarung seiner Familie vorgestellt hat. Sie hat sich in sein Herz gekocht, denn er isst zu gern, obwohl er bei seiner Fresserei nicht dick wird. Eine Eigenschaft, die ich von ihm geerbt habe. Danke, Papa, sende ich ein stilles Dankeschön an die Stoffwechsel-Vererbung aus.

»Eine Sache ist mir nicht klar. Habt ihr dann auch die Männerfresserin aus dem Unternehmen gejagt?«, fragt Sarah und schaut mich forschend an.

»Äh, ich denke nicht. Am Montag war sie mit ihren orange-braunen Haaren, dem gelben Haarband und den bunten Klamotten auf ihrem Platz und hat ghulamäßig den Praktikanten mit den Augen verspeist.«

»Das ist echt krass, dass nichts unternommen wird. Das würde bei uns auf Arbeit nicht ungestraft bleiben«, beschwert sie sich.

»Ich habe es versucht, aber wer weiß, wie es wird, wenn TJ die Leitung übernimmt«, flüstere ich.

Ach TJ! Ich vermisse dich. Warum hast du mich angelogen?

Gemeinsam essen wir draußen, trinken ein Glas Weinschorle und genießen zusammen den Abend.

»Morgen, Schatz. Frühstück ist fertig«, höre ich Mama vor meiner Zimmertür flüstern.

»Gut, ich komme gleich.«

Der Blick auf den Wecker verrät, dass es neun ist. Ich war total kaputt und hatte den Schlaf nötig. Mein Handy ist, seit dem kurzen Chatten mit Sarah, ausgestellt und ich erwecke es zum Leben. Es zeigt fünf verpasste Anrufe und zwei Chats.

Sonya: *Bist du gut angekommen? :)*

Zügig tippe ich eine Antwort.

Nora: *Ja, mein Wiesenblümchen <3 :* <3*
Sonya: *Prima. Marie war besorgt und ich soll dich lieb grüßen.*
Nora: *Danke. Drück sie von mir. Ich geh runter zum Frühstück. Hab dich lieb <3*
Sonya: *Grüß deine Eltern von mir und ich dich auch <3*

Die Anrufe sind allesamt von TJ. Sollte ich ihn zukünftig Theodor nennen oder Theo? Nein, das geht für mich nicht. Ich bleibe bei TJ. Meine Atmung ist entspannt, doch das Herz pocht wild in der Brust. Ein bisschen Bammel habe ich, den Chat zu öffnen, wage es aber und lese, was er mir zu sagen hat.

> ***TJ:*** *Nora, können wir heute Abend über alles reden? Ich habe deine E-Mail gelesen, dass du Urlaub eingereicht hast. Ich würde zu dir kommen und wir sprechen noch mal über alles, ja?*

Oje, mein Herz blutet. Seine Zeilen lese ich erneut und fliege zu den nächsten, die er ein paar Stunden später geschrieben hat.

> ***TJ:*** *Lass uns bitte reden, mein Palindrom.*

Die nächste Nachricht trennt zwei Stunden.

> ***TJ:*** *Schlaf gut, mein Liebling.*

So aufgewühlt kann ich nicht antworten. Mein Herz rumpelt wie das Stilzchen ums Feuer und eine Gänsehaut rauscht durch die Flammen, weil ich *Liebling* echt schön finde. Er hat ja sicher gesehen, dass ich es gelesen habe. Blöder Erkennungshaken in diesen Scheiß-Apps. Ich sollte mich kurz melden.

> ***Nora:*** *Ich bin nicht zu Hause und brauche ein paar Tage, um nachzudenken. Ich melde mich bei dir, wenn ich damit fertig bin.*

Er liest es augenblicklich, und ich sehe, dass er tippt.

***TJ:** Das verstehe ich und wünsche dir eine schöne Zeit bei deinen Eltern. Ich vermisse dich.*

Mensch, Marie. War klar, dass sich unser Kreis die nötigen Informationen zuspielt. Er vermisst mich? Gott, ich vermisse ihn auch schrecklich. Ich habe keine Ahnung, wie sich das in Zukunft alles fügt.

29

FRAGEN ÜBER FRAGEN

TJ

Was für eine Scheiße! Bereits heute fühle ich mich ausgelaugt, erschöpft und bin von der Rolle. Abgerollt wie eine von einer Schnur und um Noras Herz gewickelt, während ich hier Verantwortung zu übernehmen habe.

Michelle ist suspendiert, und ich habe mich beraten lassen, wie ich bestmöglich mit sexuellen Übergriffen am Arbeitsplatz umgehe. Eine Weiterbildung für alle Angestellten ist gebucht, selbstverständlich werde ich ebenso daran teilnehmen. Marie und Jonas kommen langsam zur Ruhe. Alle genießen das Arbeiten ohne Michelles Anwesenheit, vermute ich. Frau Gramig und Fritz gewöhnen sich schwer an den Gedanken, dass ich der neue Chef bin, sind aber freundlich und offen. Meine Entscheidung steht, ich werde erste Veränderungen in personeller Hinsicht treffen, und das umgehend. Zügig greife ich den Hörer und spreche mit meiner tollen persönlichen Assistentin. »Marie, schickst du mir bitte Jonas ins Büro«, frage ich höflich.

»Ja, ich sage Bescheid, *T-Boss*.« Das Wort betont sie auf eine witzig charmante Art, und ich grinse, weil mir sofort der Gedanke an ein saftiges T-Bone-Steak in den Kopf schießt. Marie scheint sich langsam zu beruhigen. Es wird!

Fünf Minuten später sitze ich in der Sofaecke und warte auf Jonas. Gegen den Schreibtisch habe ich mich bewusst entschieden, weil er etwas mehr als ein Kollege geworden ist und ich die Atmosphäre gemütlicher finde. Hoffentlich bekomme ich die ganzen Freundschaften mit meinem neuen Posten überein. Und das ist ja nicht das größte Problem, denn eine Liebesbeziehung innerhalb eines Arbeitskontextes beschäftigt mich noch mehr. Ach Nora! Ich schiebe die Gedanken zurück zum momentan Wesentlichen. Ändere ich vielleicht gänzlich die hierarchischen Strukturen? Ein offenes Konzept, in dem sich alle in Unterhosen und mit der Tasse Kaffee in der Hand einen Joint gönnen, bevor gemütlich kreativ gearbeitet wird? Nein, das geht zu weit. Dafür bedarf es Vertrauen und Mut, und ich muss erst mal am Thema *Vertrauen* arbeiten. Mein Gesprächspartner schlendert auf mich zu und setzt sich auf meine Bitte zu mir. Rumlabern ist nicht angebracht, also komme ich direkt zum Punkt.

»Jonas, ich habe mir Hilfe geholt und werde das Thema der sexuellen Übergriffe, was uns in den letzten Wochen beschäftigt hat, mit einem externen Berater aufgreifen. Über jeden Schritt wirst du informiert, und wir besprechen gemeinsam, wie vorgegangen wird. Ich werde für alle bei NM eine Weiterbildung anbieten. Das ist längst überfällig.«

»Okay, aber ich werde da nicht explizit als Fallbeispiel aufgeführt, oder?«, quietscht er mit etwas zu hoher Stimme.

»Wir besprechen alles mit der externen Fachkraft und du bist bei den Entscheidungen dabei. Ich veranlasse nichts, was dich beschämt oder dir unangenehm ist.«

»Danke, TJ«, gibt er fast flüsternd von sich. Meine Augen finden seine und ich nicke ihm wohlwollend zu. Ich mag diesen Kerl und seine Arbeit im Unternehmen ist erstklassig. Meine Entscheidung ist ein Impuls. »Jonas, ich biete dir an, nach deinem Praktikum in der Firma einzusteigen. Hast du daran Interesse?«

Er wird rot und nickt mir mit einem breiten Lächeln zu. »Das ist klasse. Du machst das nicht aus Mitleid, oder?«

Ich schaue ihn forschend an und vollziehe seine Gedankengänge nach. »Nein, ich stelle dich ein, weil du einen guten Job machst und ich dich an mein Unternehmen, unsere Firma binden möchte.«

Nun strahlt er noch ein bisschen breiter und stimmt dem Deal zu. Nachdem wir uns vom Sofa erhoben haben, bringe ich ihn zur Tür. Mit einem kräftigen Handschlag schlagen wir ein und sein Lächeln verrät seine freudige Stimmung. Zurück gehe ich nicht, denn ich werde bei Frau Gramig und Fritz vorbeischauen, um mein Wohlwollen zu signalisieren. Vielleicht trinken sie einen Kaffee mit mir.

Nach getaner Arbeit sitze ich im Büro und atme durch. Es ist 20:00 Uhr, meine Füße sind ohne Socken und liegen auf dem Sofa. Was für ein Tag. Diverse Entscheidungen sind getroffen, andere stehen aus. Paps ist zukünftig beratend tätig, und ich bin froh, in zwei Tagen einiges geklärt zu haben, was auf dem Arbeitsplan gebrannt hat. Noch stechender und brennender ist allerdings mein Herz, was sich wie ein zerschmetterter Trümmerhaufen anfühlt. Ob sie mir verzeihen kann? Ich bin so heftig in diese Frau verliebt, dass es schmerzt, wenn ich an sie denke. Mit meinen Lügen habe ich sie davongejagt. Sie ist fünf Stunden von mir entfernt bei ihrer Familie. Beruhigend ist, dass sie nicht in der Wohnung ist, sondern bei ihren Eltern zu Hause in Ruhe nachdenken kann und hoffentlich die nötigen Streicheleinheiten bekommt, die ich ihr gerade nicht geben kann, weil sie nicht bei mir ist. Wie gern würde ich jetzt meine Nase in ihren Haaren versenken. Mit dem Daumen streiche ich über meine Innenflächen der Finger, um mich zu beruhigen, doch es hilft nicht. Sie wollen Nora berühren, ihre seidige Haut fühlen und in ihren weichen Kurven versinken.

Das Handy ist zügig aus der Tasche befreit und ich spiele mir den Save-the-Last-Dance-Soundtrack ab, weil das zu unserem Ding geworden ist. Mühsam schließe ich die Augen und lausche der Musik, die mich traurig werden lässt. Wann war ich jemals verliebter?

30

SHOPPING

Nora

Sarah ist pünktlich nach dem Frühstück bei mir, um mich abzuholen. Sie hat ein Auto und wir können damit in Ruhe in die Stadt fahren. Falls der Shoppingtrip ausartet, gibt es einen großen Kofferraum und wir müssen die Beute nicht mit Bus und Bahn nach Hause befördern. Hier auf dem Land sind die Strecken länger und es wäre mühsamer.

In ihrem Wagen kuschele ich mich ein bisschen in den Sitz und genieße den Geruch des Pfirsich-Duftbaums, der durch den Innenraum wabert. Ihr Auto riecht nicht männlich und lecker wie das von TJ, aber der ist ja eh nicht bei mir. Sarah sucht einen Parkplatz direkt vor dem Einkaufscenter, und ich bewundere, wie gut sie einparken kann, denn das ist nicht meine Stärke, aber ich fahre eh zu selten mit dem Auto.

Wir steigen aus und schlendern die Straße entlang. Die Schaufenster sind mit den schönsten Kleidern ausgestellt, doch ich verspüre keine Lust, sie zu probieren. Am liebsten wäre ich nackt und eingekuschelt unter der Bettdecke, und das mit meinem TJ. Ich vermisse seine mitteltiefe Stimme, seinen mittelperfekten Penis, seine mittelbraunen Haare und seine mittelbunten Augen. Verdammt. Nichts an ihm ist mittelmäßig. Er ist gebildet, witzig und wunderschön für mich. Wie gern würde ich an ihm schnuppern, seinen einmaligen Geruch aufnehmen und ihm über die Haut lecken, meine Zunge mit seiner verflechten und ihn lieben. Ich liebe ihn wohl irgendwie.

Die Gedanken ruhen, als ich das große geschwungene D leuchten sehe. »Komm mit«, sage ich zu Sarah und ziehe sie an der Hand hinter mir ins Geschäft. Meine Schritte beschleunigen sich und bleiben abrupt vorm Männerregal stehen. Na ja, vor den Düften, die für Männer ausgelegt sind. Natürlich kann jeder Mensch zugreifen, dem es gefällt. Eine meiner Freundinnen trägt nur Herrendüfte, weil sie die sportliche Frische liebt und keine Düfte dieser Geruchsrichtung in der Damenabteilung findet.

Nach kurzem Suchen erblicke ich die orangefarbene Packung und greife zielsicher zu. Clinique Happy steht darauf und ich streiche über die glatte Oberfläche der Plastik. Ja, ich bin alles, außer *happy*. Um ihm nah zu sein, nehme ich das passende Parfum aus dem Fach und sprühe es mir auf die Handgelenke. So ist mein Lügenprinz am rauschenden Puls, und ich kann ihn riechen, wenn mein Herz ihn wieder vermisst. Umgehend überprüfe ich das Duschgel, ob es das richtige ist, und werde von der aufkommenden Gänsehaut bestätigt, während ich mir, ohne es zu wollen, das Zeug ins Gesicht spritze. Angewichst, bäh! Und das mitten in der Parfümerie. Die Verkäuferin schaut mich fragend an und reicht mir ein Tuch. Peinlich zu sein ist in meinem Universum normal.

»Danke schön«, gebe ich verlegen von mir, während Sarah sich das Lachen nicht verkneift. Oje! Ich schließe die Packung Duschgel und lege es, neben meinem Lieblingsparfüm für mich, auf den Tresen, um alles zu bezahlen. Innerlich denke ich darüber nach, wie ich wie eine irre

Süchtige den Nachmittag damit verbringen werde, an seinem Duft zu schnuppern. O Gott im geruchsintensiven Himmel. Es fällt mir wieder ein … mein Traum. Ich habe zum einen das Kondom vergessen und zum anderen mein Gesicht mit Duschgel bespritzt. Beide geträumten Warnungen wurden von mir latent ignoriert und danach wahr. Fuck, ob ich schwanger bin? Von dem Mann, den ich liebe und der mich belogen hat? Mit dem ich nicht zusammen bin? Oder bin ich verflucht? War das eine Warnung, dass ich nichts davon machen darf, um weiterhin halbwegs unbeschadet durch die Gegend zu irren? Kaum bin ich aus dem Laden raus, führe ich das Handgelenk zur Nase, um daran wie ein Junkie zu riechen und mir danach die Tränen zu verdrücken. Am Körper riecht es wie eine Erinnerung, eine Kopfnote, denn TJ selbst fehlt in dieser perfekten Geruchsexplosion als Basisnote. In dieser Kombination ist es eine schwache Reflexion auf meiner schmerzenden Herznote. Scheint, ich werde doch noch zur Parfumexpertin.

»Schätzchen, geht es?«, fragt Sarah vorsichtig und streichelt mir über den Arm. In meinem Selbstmitleid habe ich vergessen, dass sie da ist. Peinlich! Wenn ich mich selbst als Freundin hätte, würde ich kotzen.

»Sarah … Es tut mir leid. Ich bin durcheinander«, flüstere ich.

»Lass uns ein anderes Mal shoppen gehen und wir trinken lieber einen schönen Kaffee bei meinen Eltern?« Über ihr Angebot bin ich froh und nicke es ab.

Nach der Pause bei ihr und einem leckeren Latte macchiato bringt mich Sarah zu meinen Eltern.

Mama schaut wissend und drückt mich. »Schatz, ich habe Kartoffeln, Spinat und Ei zum Abendessen gemacht. Hast du Appetit?«

Hunger kann ich das nicht nennen, denn mein Liebeskummer drückt gehörig auf den Magen. Da er knurrt, ist es eine gute Idee, trotzdem eine Kleinigkeit zu essen.

»Meine Mama hat mir immer dieses Gericht gekocht, wenn ich traurig war. Heute koche ich es für dich.« Ihr Lächeln ist milde, beruhigend und in ihren schönen braunen Augen liegt die Liebe für mich, die ich mein ganzes Leben lang erfahren durfte. »Danke, Mama«, bringe ich mit zerknitterter Stimme hervor und falle ihr um den Hals, während die dummen Tränen sich erneut einen Weg in die Freiheit brennen.

Beruhigt und durchgekuschelt gehen wir in die Küche, Papa sitzt bereits am Tisch. »Schatz, wie riechst du denn? Warst du in einem Herrensalon und hast dort ein Bad in Parfumwasser genommen?«, fragt er und grinst.

»Ich war in der Parfümerie und habe mich mit TJs Duft eingesprüht«, flüstere ich peinlich berührt.

Er lächelt etwas mitleidig und tätschelt mir die Schulter.

Der Hunger scheint zurück zu sein, denn ich esse den ganzen Teller leer. Dieses Gericht ist wirklich das Soulfood meiner Familie, wenn es einem schlecht geht.

Kurz vor acht habe ich das Bedürfnis, mich ins Bett zu legen. Die beiden haben mein Zimmer zu einem Gästezimmer umfunktioniert. Da sie oft Besuch bekommen von Tante Miri und Onkel Sirko, ist es nicht zumutbar, die Poster aus meiner Jugend anzusehen. Es ist geschmackvoll gestaltet und ich finde das Zimmer perfekt. Erschöpft trete ich unter die Dusche und seife mich mit seinem Duschgel ab. Trauriger kann es heute nicht mehr werden, armseliger auch nicht. Zurück im Zimmer ist mir nicht nach fernsehen, also schnappe ich mir ein Buch aus der Bibliothek und lese. Der pinke Buchrücken spricht mich an und der Titel ist auch lustig. *Valerie im Dating-Sumpf – Bumskolben oder Käsebrot?* Ha, das klingt witzig und hebt vielleicht meine Stimmung.

Mit dem Buch schmeiße ich mich aufs Bett und bin froh, einen alten Liebesschinken zu lesen. Immer tiefer versumpfe ich in dem Roman, bin verwundert, warum die Protagonistin sich von ihrem Lover hat beißen lassen, obwohl sie ihn nicht wirklich kennt und auf dieses Liebesspiel eher semi zu stehen scheint. Dann schmunzele ich über die lustigen Chats der Leutchen vor mich hin. Herrlich, so einen Stadtficker kenne ich auch, den sie im Gruppenchat durch den Kakao ziehen. Aber warum heißen die alle wie meine Familie und deren Freunde? Warte! Nein! Das kann doch nicht wahr sein! Im Kopf rattert es. Okay, das ist seltsam. Etwas zügiger blättere ich weiter und lese die Kapitel an. Jetzt trifft sie Mr. Right. VALERIE trifft RAPHAEL, der sie Häschen nennt!? Und Miri und Sirko sind auch dabei!? O fucking Gott, ich sterbe! Sind das echt meine Eltern? Ist das Papa, der Mama die Vulvina als ihr erster Lecker leckt? Mit einem schnellen Griff schlage ich das Impressum auf und checke den Namen der Autorin. Maya Pinsel – das sagt mir nichts und bringt mich nicht weiter. Aber der Fakt bleibt bestehen. Das sind meine Eltern und ihre Freunde. Es muss so sein.

»Ich … o fremdschämende Oberscheiße!«, schreie ich, schmeiße das Buch einen halben Meter von mir weg und springe auf. Wie ein irres Huhn laufe ich durch den Raum und frage mich, wie diese Bilder je wieder meinen Kopf verlassen könnten. Das ist unendlich widerlich! Werde ich blind, wenn ich die Augen mit Seife auswasche? Das brennt sicher so schrecklich, dass ich über den Schmerz alles vergessen würde. Aber in den Gehirnwindungen sitzt es fest wie dickflüssiger Klebstoff. Warum ist mir das nicht eher aufgefallen? Und wer ist dieser Fabian? Gott! Mama war ja drauf, alter Hamster! Sie ist definitiv kein Kind von Traurigkeit gewesen. Krass, dass es ein Buch über ihr Leben gibt. Warum schreibt niemand eins von mir? *»Irre Medienschnalle stolpert in verlogenen Praktikantenboss«* wäre ein schöner Buchtitel, bis auf, dass ich ja nicht mit ihm zusammen bin, geschweige denn mich mit ihm glücklich bis ans Lebensende durch die Laken wälze. Es ist zum Heulen. Schade, durch die Geschichte konnte ich doch etwas abschalten, bis mir die Erkenntnis kam und der dazugehörige Schock fürs Leben. In tausend Jahren werde ich dieses Buch nicht mehr verfolgen und lesen, wie Mama von Papa beglückt wird und heftig stöhnt und kommt. Vor Scham schlage ich mir die Hände vors Gesicht und quieke, weil das zu skurril ist.

»Schatz, alles okay?«, grölt Papa von unten.

»Äh, ja, bestens«, rufe ich zurück und schwindele hier wie der Praktikantenboss. Die Bettdecke ziehe ich schnell über den Kopf, um darunter für immer und ewig zu verschwinden. Mit einem zusammengekniffenen Auge luchse ich unter der Decke hervor, schleiche zu dem Buch und flitze zurück ins Versteck. Ich muss wissen, wie es weitergeht, schlage es doch auf und kotze fast vors Bett. Die Sexszenen kann ich beim besten Willen nicht lesen und sie werden konsequent überblättert. Das Sumpf-Buch ist schnell gelesen, da ich Etliches ausspare und am Ende wie ein Schlosshund heule, weil dort schwarz auf weiß steht, dass mein kleines Selbst ein Kind der Liebe ist. Zwar nicht ganz geplant, aber immer gewollt. Mama und Papa, ich liebe euch.

Das Kopfkissen ist komplett durchgeweicht, es ist mitten in der Nacht und ich packe meine desolaten Kopfhörer in die Ohren und quäle mich weiter mit dem STLD-Soundtrack, der seine eigene Abkürzung bekommen hat, weil ich ihn immerzu höre und an TJ denke. Was für eine Nacht.

31

AB AUFS LAND

TJ

Die Woche ist überstanden. Meine erste als Chef von Naturometika, Hell! Die neue Herausforderung beschafft mir ein Hochgefühl und gleichzeitig vermisse ich Nora. Ich bin wieder der Letzte im Büro und liege auf dem Sofa. Die Cola rinnt meine Kehle hinab und der Daumen kreist über dem grünen Hörer. Was nun? Mutig drücke ich ihn und schlucke die Aufregung hinunter.

Piep, tut, piep, tut. Ob ich daraus einen Wartesong dichte und dazu mitsinge? Er könnte gerappt werden. Piep, tut, ah, ah, yeah, piep, tut, tut, tut, ah, ah, yeah, piep. Sie nimmt nicht ab und ich scheine geistig völlig Banane zu sein.

Mit einem Blick checke ich die Uhrzeit. Es ist erst 17:00 Uhr. Was mache ich jetzt mit meinem Freitag? In den Club fahre ich nicht, denn alles dort drinnen würde mich weiter runterziehen. Nicht mal aufs Klo könnte ich stiefeln, ohne einen Harten zu bekommen, wenn mir die dumme Flurwand ins Sichtfeld schießt. Die, an der sich meine Finger in ihre heiße Pussy, äh Vulvina, geschoben haben. Dieses Wort ist so merkwürdig. Ob ich es jemals nutzen werde? Vielleicht, wenn ich meiner zukünftigen Tochter sage: *Du musst deine Vulvina ordentlich waschen, Schätzchen.* O Hilfe, ich werde möglicherweise Vater. Das ist so verrückt.

Nein, bis Montag kann ich nicht warten, um sie zu sehen oder mit ihr zu sprechen. Fast eine Woche haben wir uns nicht mehr angeblickt und ich vermisse sie. Entschlossen springe ich vom Sofa auf und laufe zu meinem Wagen. Ein Zwischenstopp in der Wohnung wird ausreichen, um eine notdürftige Tasche zu packen.

Zwanzig Minuten später bin ich da und schmeiße frische Boxershorts, Shirt, Hose, Strümpfe und meine Zahnbürste in den Rucksack. Für mehr ist keine Zeit, denn ich werde im besten Fall noch über vier Stunden auf der Straße unterwegs sein. Fünf sagt das Navi, doch die Uschi kennt meinen Fahrstil nicht, wenn es wichtig ist. Am Steuer meines Wagens drücke ich auf den Hip-Hop-Ordner und lasse mich von *Blumentopf* berieseln. Schön chillig zum Mitsingen und Wachbleiben.

Nach drei Stunden Fahrt halte ich an der Tanke, um zu pinkeln und mir Energie zu kaufen. Normalerweise trinke ich so was nicht, aber heute brauche ich ein paar Flügel, um mit offenen Augen bei meinem Palindrom anzukommen und nicht vorher einzuschlafen. Die Getränkepreise an Tankstellen sind ja auch Investitionen wie in einem Club. Egal!

»Das macht drei Euro und fünfundneunzig Cent, mein Süßer«, flötet die Frau um die fünfzig über die Theke. Grinsend schiebe ich das Geld hinüber und verschwinde mit der Dose Aufputschzeug in der Hand Richtung Wagen. Ein bis zwei Stunden noch und ich kann sie hoffentlich in die Arme schließen. Was sage ich, wenn die Eltern die Tür öffnen? Hallo, von Weber mein Name und ich komme wegen einer beruflichen Angelegenheit? Das ist doch total bescheuert. Was ist, wenn ihr Vater mir eine reinhaut? Ob der so unterwegs ist? Über ihre Familie hätte ich sie eindeutig mehr ausfragen müssen. Meine Gedanken fliegen schnell über die Autobahn, sodass die Zeit parallel rast.

Halb elf stehe ich vor dem Haus und umfasse das Lenkrad. Zu dieser Uhrzeit kann ich nicht mehr klingeln, verdammt. Ihre Eltern sind sicher schon im Bett. Mein Plan ist nicht ausgereift. Anrufen möchte ich auch nicht. Wenn sie mich nicht sehen will, verderbe ich damit die Chance, sie zu Gesicht zu bekommen. Vorsichtig schließe ich die Autotür, um nicht zu laut zu sein, denn es sieht hier nach einer ruhigen Gegend aus. Die einzige Option ist es, ums Haus zu schleichen und mir einen Überblick zu verschaffen, vielleicht brennt in den Zimmern Licht und ich sehe sie darin. Notfalls werde ich ein kleines Steinchen an die Scheibe schmeißen wie in einem schmalzigen Liebesfilm. O Hell, das ist verrückt.

Das Grundstück ist eingezäunt, doch mit einem Sprung überwinde ich das kleine Gartentor. Wie ein Einbrecher schleiche ich über die Pflastersteine, um in den Garten zu gelangen. Alles ist dunkel, und ich erstarre, als meine Augen auf das rot glimmende Etwas starren. »Junge, was machst du auf meinem Grundstück? Hier gibt es nichts zu holen.«

Na großartig, Noras Papa sitzt im Schatten und raucht eine Zigarette. Was sage ich denn darauf? Nicht, dass er noch die Polizei ruft.

»Äh, hallo, Herr Aron! Ich bin TJ und kein Einbrecher. Ist Nora zu sprechen? Meine Fahrt hat etwas gedauert, darum bin ich so spät da und wollte nicht mehr klingeln.«

»Und dann kommst du in den Garten, um was genau zu tun?«

Ja, gute Frage. Die Tür öffnet sich und Noras Mama steckt den Kopf hindurch. Na prima. Die sind ja lange wach.

»Raphael, führst du Selbstgespräche? Komm lieber rein, Nora ist oben und ich habe Pläne mit dir.« Sie wackelt mit den Augenbrauen, und ihr Blick erstarrt, als sie mich sieht.

»Häschen, wir haben einen Gast für Nora«, entschärft Herr Aron die Situation.

»Oh! Sekunde, ich hole sie.«

»Danke, Frau Aron«, gebe ich kleinlaut von mir. Die beiden scheinen ja nett zu sein, auch wenn ich ihre *kleine Zusammenkunft* störe. Ich will gar nicht darüber nachdenken, dass mein Paps ebenso sexuell aktiv ist.

Der Herr des Hauses erhebt sich, tritt näher und klopft mir auf die Schulter. »Viel Glück, Junge«, kommt es mit witzelndem Unterton und einem kleinen Lacher von ihm. Ja, das werde ich brauchen.

»Äh, danke.«

Seelenruhig betritt er das Haus, lächelt mir zu, ich stehe im dunklen Garten und warte auf sie. Mein Palindrom verzeiht mir hoffentlich.

32

ÜBERRASCHUNG

Nora

Mit der Decke bis zum Kinn gezogen kuschele ich mich ein und höre Musik. Das ist entspannend, auch wenn ich an ihn denke. Böse bin ich nicht, aber enttäuscht. Mama öffnet vorsichtig die Tür und kommt aufs Bett zugestürmt. Oje, ist etwas passiert? Zackig ziehe ich die Kopfhörer aus den Ohren und schaue sie mit großen Augen an. »Ist alles okay, Mama?«

»Äh, weiß nicht. Was hast du an?«

Die Decke schlage ich umgehend zurück, erblicke Shorts und Shirt und frage mich, ob wir ins Krankenhaus fahren.

»Ist was mit Papa?«

»Nein, Schatz, ihm geht es gut. Unten wartet jemand auf dich.«

»Hä? Ist Sarah da?«

»Nein. Los, raus aus dem Bett und auf geht es.«

Verwundert blicke ich sie an und spüre die Falte in der Stirn. Meine Pflege-Routine hat diese Woche ordentlich gelitten, wenn die Haut dermaßen spannt. Wer ist denn hier? TJ wird doch nicht angereist sein? Ach, was denke ich, das würde er nicht bringen. In den letzten zwei Tagen habe ich nichts von ihm gehört. Das Palindrom-Kapitel hat er sicher unter *sexy Scheiß mit einer Kollegin* abgeheftet. Mein Nacken kribbelt trotzdem und eine restliche Hoffnung nagt an mir. Bin ich ihm wichtig genug, dass er zu mir eilt, wenn er mich vermisst?

»Papa und ich gehen ins Bett. Wir schlafen heute im Gästezimmer im Keller. Dein Besuch steht draußen. Falls du Bettwäsche brauchst, findest du welche in dem Schrank in deinem Zimmer.« Sie lächelt mich verschmitzt an und ich habe Fragezeichen in den Augen.

»Äh, okay, danke, Mama.«

In der Küche gieße ich mir schnell ein Glas Wasser ein und trinke es eilig, bevor ich in die Nacht hinaustrete. Meine Strickjacke hängt über dem Stuhl und ich ziehe sie an. Abends ist es frisch und meine Gedanken lassen mich frösteln. Vorsichtig öffne ich die Tür zum Garten und trete hinaus. Das Außenlicht ist kaputt, Papa repariert es morgen, wie er heute verkündet hat. Es ist stockdunkel, doch meine Augen gewöhnen sich langsam daran und ich blicke an der Hauswand entlang. Da steht er und lächelt verlegen. O Gott, er ist wahrhaftig hier! Er sieht CEO-mäßig heiß aus und ich kann meinen Blick nicht von ihm abwenden.

»TJ, was machst du hier?«, bringe ich hastig hervor und weiß nicht, was ich sonst sagen soll.

»Hi, Lieblingspalindrom. Ich habe dich vermisst und möchte mit dir reden. Hast du gerade Zeit?« Sein Lächeln ist so schön, dass ich Mühe habe, das Schmunzeln zu unterdrücken. Sein Kosewort kribbelt durch meinen Magen, dass mir ganz flau zumute wird.

»Ach TJ, was soll ich sagen? Du bist fünf Stunden zu mir gefahren, um mich zu fragen, ob ich Zeit habe?« Meine Augenbrauen sind mehr als erhoben und reichen fast bis zur Stirnfalte. Ich rubbele mir über die Haut und hoffe, einigermaßen wie ein Mensch auszusehen und nicht wie eine Vogelscheuche, die prompt aus dem Koma erwacht ist. Seelenruhig kommt er näher, bis wir dicht beieinanderstehen. Mein Herz klopft und die Aufregung macht sich in mir breit. Vorsichtig schiebt er mir eine Strähne hinters Ohr und seine Hand ruht sacht auf dieser Stelle. Er hat es geschickt gelöst, mich berühren zu können.

»Liebling, es tut mir leid. Es war dumm, dir meine Identität vorzuenthalten. Ich habe mit mir gekämpft, und je mehr Zeit wir zusammen verbracht haben, desto unangenehmer war die Lüge für mich. Den Tag in der Wohnung habe ich genossen wie lange nichts mehr und ich konnte es mir nicht zerstören. Das war selbstgefällig und egoistisch.«

Er schnauft die Luft heraus und ich atme sie ein, mit seinem unverkennbaren TJ-Duft.

»Und jetzt? Wie soll das weitergehen? Das ist eine richtige Scheißsituation. Das weißt du, oder?«

»Ich habe diese Woche die Richtlinien gewälzt. Es gibt kein Verbot, eine Liebesbeziehung innerhalb von Naturometika einzugehen. Ich möchte das.«

Wir schweigen uns an. O Wahnsinn, er will mein Freund sein? Steht der hier ernsthaft vor mir und sagt das, oder träume ich?

»Du auch?«, kommt kleinlaut hinterher.

»Äh, ich glaube schon.«

»Das hört sich schrecklich an, Nora.«

»Ich weiß, entschuldige. Ich möchte deine Freundin sein, bin aber enttäuscht. Kannst du zukünftig ehrlich zu mir sein?«

»Natürlich, mein Liebling.«

»Schläfst du heute hier? Meine Eltern reisen morgen früh ab. Wir könnten uns einen schönen Tag machen und haben das hier alles für uns. Was meinst du?«

»Kann ich dich dann bald wieder mit nach Hause nehmen?«

»Und wie du das kannst, TJ.«

Das ist nicht zu glauben. Wann hatte ich meinen letzten Freund? Und dann noch gleichzeitig als Boss? Scheiße!

Lange nachdenken kann ich nicht, um der aufkommenden Panik zu frönen, denn seine weichen Lippen landen auf meinen, um mich in die Realität zurückzuholen. Ja, das ist gut. Zärtlich schiebt sich seine Zunge zum Gegenstück, und wir umspielen einander mit dem Vermissen, was in uns gewütet hat. Ich habe ihn zu lange nicht schmecken können und diese alberne Duftnummer hat nicht geholfen.

»Nora«, flüstert er an meinen Mund.

»Ja«, raune ich zurück.

»Warum riechst du nach mir?«

»Äh … ja, ich … Ach scheiß drauf. Habe mir diese Woche dein Duschgel gekauft und dusche jetzt damit.«

»Ernsthaft?«

»Glaub nicht, dass ich wie der Stalker aus der Serie *You* bin. Ich habe dich einfach vermisst und wollte deinen Duft um mich haben.«

»Das ist niedlich, Liebling.«

Gott sei Dank. Das Wort ist eindeutig besser als *gestörte* oder *abgedrehte Freakfrau*. Er scheint sich nicht an meiner merkwürdigen Trauerbewältigung zu stören.

»Komm, wir gehen rein und beziehen ein Bett für dich.«

»Ich würde lieber mit unter deiner Decke schlafen.«

O Fuckscheiße, ich habe mir nicht die Beine rasiert, geschweige denn die anderen Körperteile. Ich stehe total auf meine Rasur und bin nicht entspannt, wenn ich stachele wie ein Igel.

»Ja, äh … willst du duschen? Wir haben heute die obere Etage für uns und dein Duschbad brauchst du nicht auszupacken. Ich habe den Doppelgänger im Metallkörbchen stehen.«

»Klar, gern. Ich bin nur kurz nach dem Büro zu Hause rein, um meinen Rucksack zu packen.«

»Komm mit, ich zeige dir alles.« An der Hand führe ich TJ die Treppe hinauf und überlege derweilen, wie ich die Haare loswerde. Wenn er duscht, habe ich genügend Zeit dafür. Förmlich schubse ich TJ ins Gästezimmer, fordere ihn auf, den Rucksack abzustellen, und verschwinde ins Bad. In den Schubladen suche ich gefühlte Jahrzehnte, bis eine Tüte billige Einwegrasierer zum Vorschein kommt. Wer kauft diesen Scheiß? Niemals würde ich im Normalfall solchen Schund an meine Haut lassen, doch heute ist leider Ausnahmezustand. Schnell stopfe ich das Teil in den Hosenbund am Rücken, um ihn vor dem sexy Mittelchen zu verstecken. Auf keinen Fall rechtfertige ich mich für eine Rasur, denn das ist oberpeinlich.

»TJ, hier ist das Bad. Fühl dich wie zu Hause.«

Grinsend kommt er auf mich zu und umfasst mich. Hoffentlich grabscht er mir nicht an den Arsch und lüftet mein scharfes Geheimnis am Rücken, doch ich habe Glück. Sein tiefer Kuss lässt mich schwindelig werden, und die Aufregung wird mehr, weil ich schon davon träume, wie er sich in mich schiebt, gefühlvoll und heiß. Meine fruchtbaren Tage sind vorbei, und es besteht gerade keine Gefahr, schwanger zu werden, falls ich es noch nicht bin. TJ schlendert ins Bad und ich nehme den Weg die Treppe hinab.

Im Erdgeschoss befindet sich ein zweites Badezimmer mit Minidusche, aber es wird für die Hauruckaktion ausreichen. Flink ziehe ich ein Handtuch aus dem Regal und entledige mich der Schlafkleidung. In diesem Bad steht kein Duschgel und das pisst mich an. Meine Eltern haben sicher bereits alles eingepackt, verdammt. Ich trete unter die Dusche, entferne die Schutzkappe des Rasierers, stelle das Wasser an und beginne, ihn mir über die Haut zu ziehen. Habe ich mich jemals im Leben schneller rasiert?

Abgehetzt trete ich aus der Dusche und rubbele den Körper flink trocken. Da ich die Kleidung vorhin frisch angezogen habe, schlüpfe ich wieder hinein und gehe die Treppe hoch. TJ tritt in diesem Moment aus dem Bad und seine Haare glänzen feucht. Kleine Wassertropfen fallen heraus und ich halte den Atem an. Er sieht unwahrscheinlich scharf aus und ich möchte ihm das Handtuch von den Hüften reißen. Mit zwei schnellen Schritten bin ich bei ihm und mache das, was mir meine Libido vorab zugeflüstert hat. Nackt und hart steht er vor mir und ich grinse.

»Guck nicht so! Er hat dich auch vermisst.«

»Ich sehe es.«

Angetörnt ziehe ich TJ an der Hand ins Schlafzimmer und schubse ihn aufs Bett. Er lässt über sich verfügen und grinst debil vor sich hin. Da war seine Entschuldigungsaktion ja wirklich ein voller Erfolg. Ein bisschen ärgere ich mich, dass ich es ihm so leicht gemacht habe. Aber ich provoziere keinen Stress, wo er unnötig ist. So bin ich. Einer von uns ist nackt, ich bin es nicht. Angeheizt ziehe ich mir das Shirt über den Kopf und schiebe die Hose über die Beine.

»Scheiße, aua!«, quieke ich und TJ erhebt sich aus seiner Liegeposition.

»Nora, alles okay?«, fragt er und starrt auf meine Beine. Warum guckt der total entsetzt? Mein Blick gleitet am Körper hinab und beim Anblick der unteren Hälfte quieke ich noch mal und hüpfe vor Schockieren auf der Stelle herum. Verdammt, was ist das? Meine Beine leuchten feuerrot und brennen wie die Hölle, als hätte dort der Kampf der Titanen stattgefunden und ein Schlachtfeld aus roter Glut hinterlassen. Bin ich *Michi Beck in Hell* und beim Teufel angekommen, um ihn ins Höllenfeuer zu rappen?

Fuck, das schmerzt höllisch! Was ist das, verdammt noch mal?

»Was hast du gemacht? Als ich ankam, hast du nicht wie ein Krebs geleuchtet. Hat dich das Duschwasser gekocht, Liebling?«

»Weiß nicht, ich war nur duschen und habe mich flink rasiert. TJ, das tut schrecklich weh.«

Er springt aus dem Bett und lässt sich auf den Knien vor mir nieder. Würde es nicht so schmerzen, könnte ich den Anblick genießen.

»Pass auf, das sieht wirklich nicht gut aus. Wir fahren ins Krankenhaus, ja?«

»Waaas? Nein, ich habe jetzt andere Pläne mit dir.«

Mit dem Finger pikst er auf eine Stelle meines Beines und ich schreie auf.

»Andere Pläne, aha!«, gibt er großkotzig von sich und er hat recht.

»Scheiße, was ziehe ich an. Über dieses Feuerinferno kann ich niemals eine Hose streifen.«

»Hast du eine kurze dabei?«

Ich kneife die Augen zusammen und versuche, mich an den Inhalt meines Koffers zu erinnern. Ja, im Schrank ist eine.

»TJ, ich rufe meine Freundin Sarah an. Ihre Mama ist Ärztin. Das nächste Krankenhaus ist dreißig Minuten entfernt.«

Er schaut mir besorgt ins Gesicht und ich habe Schiss. Hoffentlich habe ich keinen Killervirus aufgegabelt, der sich durch die Haut frisst, bis man sich von innen heraus auflöst. O zombiemäßiger Gott, auch dieser Gedanke ist schrecklich.

Mit zwei Schritten bin ich am Bett und schnappe mir das Handy. Sarah nimmt nach dem ersten Klingeln direkt ab.

»Hey, Nori, was gibt es?«

»Pass auf. Ist deine Mama zu Hause und wach?«

»Ja, sie ist da, aber schläft, wieso?«

»Meine Beine brennen wie Feuer und sind puterrot. Ich würde das gern ansehen lassen.«

»Ach Scheiße, komm her. Ich hole sie aus den Federn.«

»Sarah, kann ich TJ mitbringen? Er ist hier.«

Sie quiekt ins Telefon, und ich halte den Lautsprecher zu, damit er das Gejaule nicht mitbekommt.

»Bis gleich, Mäuschen.«

»Uuuh! Ich warte auf euch.«

Die Hose bekomme ich mit Müh und Not übergestreift und ein Shirt ist schnell aus dem Schrank befreit. TJ hat sich in Windeseile angezogen und steht mit dem Autoschlüssel in der Hand bereit.

»Bist du startklar, Liebling?«

»Wir können los. Danke, dass du mich fährst und mitkommst.«

»Ach Nora.«

Mein Puls hämmert, als er meine Hand ergreift und mit mir losgeht. Das ist nicht das heiße Abenteuer, das ich mir für heute vorgestellt habe, aber es brennt. Im Herzen, weil er meine Hand nimmt ... und auf den scheißfeuerroten Beinen.

Nach fünf Minuten Fahrt sind wir bei Sarah angekommen und sie steht bereits in der Tür und winkt. Bin ich froh, eine Freundin zu haben, die loyaler nicht sein könnte. »Hi, kommt rein. Hallo, ich bin Sarah«, stellt sie sich TJ vor, schiebt ihn ins Haus und zwinkert mir zu, während sie wie eine Irre mit dem Kopf nickt, als er es nicht sieht.

Mit dem Wort »Schätzchen« wird unsere Vorstellrunde von Elenore unterbrochen, die mich besorgt mustert.

»Komm, setz dich in die Küche, ich gucke mir deine Beine an«, weist sie an und ich folge.

Alle Lichter sind erleuchtet und ich blicke auf Elenores

wirren Dutt, den sie sich schnell zusammengebunden haben muss. Ein bisschen Grinsen ist dabei, weil sie sonst eine perfekt angezogene Person ist. Immer ein Kostüm, eine akkurate Frisur, Attitüde.

»Okay, Schätzchen. Jetzt erzählst du mir bitte, was du heute Abend gemacht hast, dass du so aussiehst.«

Meine Stirn legt sich in Falten, und ich überlege, was alles passiert ist, nachdem ich TJ empfangen habe.

»Ich war duschen und habe mir mit einem Einwegrasierer die Beine enthaart«, gebe ich kleinlaut von mir und bin froh, dass TJ mit Sarah im Wohnzimmer ist und wir allein in der Küche. Elenore mustert akribisch meine Haut und zieht dann ihre Augenbrauen in die Höhe. »Schätzchen, du hast dich skalpiert. Da hättest du dir auch mit einem dreckigen Fleischermesser die Haut von den Beinen schneiden können. Hast du den Rasierer auf der Straße in der Gosse gefunden?«

»Bitte? Der Rasierer war frisch«, quieke ich und mache große Augen.

»Nora, du hast nicht zufällig trocken rasiert ohne Gel oder andere Schmierstoffe?«

Hart schlucke ich den Kloß hinunter, der sich in meinem Hals bildet.

»Mit klarem Wasser und die Beine waren fast trocken«, antworte ich noch ein bisschen kleinlauter.

»Ach Schätzchen. Das kannst du doch nicht machen. Das ist eine ernsthafte Verletzung und du musst mit feuchten Tüchern und einer antibiotischen Salbe deine Haut behandeln. Wenn es schlimmer wird, werde ich dir zusätzlich Tabletten aufschreiben. Hast du Schmerzen?«

»Ja, es schmerzt höllisch.«

»Pass auf. Ich habe keine Salbe hier, aber desinfizierende Tücher. Die lege ich dir auf die Wunde und mache einen Verband darüber. Das Rezept für alles, was du zusätzlich benötigst, stelle ich dir aus und du kannst es morgen in der Apotheke abholen. Unsere im Ort hat bis Mittag auf.«

»Danke, Elenore, du bist ein Schatz. Muss ich etwas beachten?«

»Komm morgen noch mal zu mir, damit ich dir den Verband wechseln kann, und dann besprechen wir alles Weitere.«

»Okay, danke.«

Zwanzig Minuten später sitze ich mit verbundenen Beinen im Auto und starre aus dem Fenster. Was für eine peinliche und bescheuerte Aktion.

»Alles okay, Liebling. Sagst du mir jetzt genau, was passiert ist?«

»Ungern!«

»So schlimm?«

»Ja!«

Was soll ich denn erzählen? Am liebsten würde ich im Erdboden versinken, so unangenehm ist mir die ganze Aktion, also schweige ich, bis wir mein Elternhaus erreicht haben. TJ lehnt sich zu mir rüber und spitzt die Lippen. Ein Kuss klingt gut und ich gebe mich ihm mit geschlossenen Augen hin.

»Lass uns reingehen, Mittelchen. Ich brauche eine Mütze Schlaf.«

»Das klingt nach einem Plan.«

Gemeinsam betreten wir den Flur, streifen die Schuhe ab und schleichen ins Zimmer. Ich bin total erschlagen und meine Beine schmerzen immer mehr.

»Du erzählst mir nichts, richtig? Bist du ansteckend? Sehe ich morgen genauso aus und wir planen ein gemeinsames Krankenlager?«

»Nein, TJ. Ich bin nicht ansteckend. Meine Beine wollten für dich glatt sein und ich habe sie einen Hauch zu trocken rasiert und die Haut verletzt.«

»Okay! Hast du Schmerzen?«

»Ja … Scheiße.«

»Komm her«, bittet er und ich lasse mich in seine Arme aufs Bett fallen. Aber egal ob mit zerstörten Beinen oder völlig berührungsfrei – solange ich neben meinem Mittelchen zur Genesung einschlafe, ist die Welt in Ordnung.

Das war's dann heute wohl trotzdem mit Sex, großartig!

33

FREUNDIN MIT HANDICAP

TJ

Was für ein Start ins Beziehungsleben. Eine Autofahrt in die Provinz, ungeplantes Zusammentreffen mit den Eltern, eine medizinische Odyssee und eine Nacht voller Geräusche. Das war leider kein lustvolles Stöhnen, sondern schmerzverzerrtes Wimmern.

Es ist zehn Uhr und Nora schlägt neben mir die Augen auf.

»Hey, Liebling«, flüstere ich auf ihren Scheitel und ziehe sie ein Stückchen enger an mich heran.

»Morgen. Hast du Lust auf Frühstück?«

»Nach einem Kuss.« Ich möchte nicht, dass sie sich schlecht fühlt. Ihre Augen haben einen eigenartigen Blick, und ich bin nicht der Typ, der sich in die Hose scheißt, wenn es nicht nach Plan läuft. Zügig drücke ich meine Lippen auf ihre und knutsche sie ab. Wenigstens entlocke ich ihr damit ein kleines Kichern. Sie ist dermaßen niedlich, wenn sie so ist.

»Los, wir wühlen uns durch die Schränke und gucken, was wir hier zu essen abstauben können«, schlägt sie vor und ich nicke.

»Muss ich mich anziehen? Sind deine Eltern noch da?«

»Ich geh nachschauen, Moment.«

Nora rappelt sich aus dem Bett, verschwindet im Schneckentempo aus dem Raum und mein schlechtes Gewissen wächst mit jeder Sekunde an.

»Kannst kommen«, ruft sie die Treppe hinauf.

»Im Adamskostüm? Kommen kann ich bei dir immer«, rufe ich zurück.

»Ja!«

Gut, ich bin hier doch nicht so mutig und ziehe meine Boxershorts an, bevor ich die Treppe hinabsteige. Nora sitzt am Küchentisch und liest einen Zettel.

»Sie sind los und ich soll dich noch mal lieb grüßen. Papa schreibt, dass du beim nächsten Besuch klingeln kannst.« Sie grinst mich an und ich zwinkere ihr zu.

Nach dem Frühstück packen wir unsere Sachen, schauen, ob wir alles im Haus ausgemacht haben, und statten der Apotheke einen Besuch ab.

»Wenn wir bei Elenore fertig sind, fahren wir nach Hause, ja?«, frage ich sie und hoffe, das restliche Wochenende mit ihr zu verbringen.

»Das klingt gut.«

Der Ort ist klein, und wir erledigen alles in Windeseile, bevor wir bei Noras Freundin ankommen. Elenore ist nett, und ich bekomme einen zweiten Kaffee, während ich auf mein Palindrom warte.

»TJ, Nora hat mir diese Woche ein paar Dinge erzählt.«

»Ach ja?« Ich bin gespannt, was sie von mir wissen möchte. Ihr Fragen zu unserer Beziehung zu beantworten, fände ich unangenehm.

»Ist das Problem des sexuellen Übergriffs geklärt? Das war ja ein starkes Stück von dieser Frau.«

Diese Frage ist okay. »Sie wurde suspendiert und ich habe mir externe Hilfe geholt.«

»Schön, dann drücke ich dir die Daumen, dass sie sich nicht zurück ins Unternehmen klagt.«

»Danke. Hoffentlich klappt alles reibungslos. Einsichtig ist sie nicht.«

»Das hast du mir noch gar nicht erzählt und ich falle hier gleich vor Freude in Ohnmacht«, brüllt Nora aus der Küche zu uns herüber.

»Lauschst du?«, ruft Sarah zurück.

»Vielleicht ein bisschen«, kommt von ihr nicht mehr im Brüllmodus.

Wir plaudern noch über ihre Jugend, die sie zusammen mit Nora erlebt hat, und ich grinse mir in den nichtvorhandenen Bart. Mein Palindrom ist ein wilder Fang mit ordentlich Feuer im Arsch und irren Ideen im Kopf.

»Nicht dein Ernst? Und dann?«, frage ich und klopfe mir mit den Händen auf die Schenkel.

»Ich habe das Holzstück festgehalten und Nora hat die Schraube durch meinen Finger gejagt. Der Schrei war sicher bis ins Nachbardorf zu hören und dann stand ich da und war an der Tür festgeschraubt. Nora ist wie eine quiekende Irre über den Hof gerannt und hat ihren Vater geholt.«

Mit weit aufgerissenen Augen starre ich sie an und fühle den Schmerz nach, den sie ertragen hat.

»Notaufnahme mit einbegriffen. Und du?«

»Ich war immer … irgendwie reifer. Scheiße habe ich keine gebaut. Clubbesuche vor dem offiziellen Einlassalter, Alkohol bevor man trinken darf, aber sonst nichts Irres.«

»Dann wärst du früher mit uns wahnsinnig geworden«, fügt Sarah an.

»Wenn ich dir die Story vom Hühnerstall erzähle …«, fängt sie den Satz an und wird von Nora unterbrochen, weil ich schon beim Anfang und ihrer Betonung der einzelnen Worte ablache.

»Was ist so lustig?«, fragt Nora, nachdem sie das Wohnzimmer betritt.

»Ich habe TJ die Schraubengeschichte erzählt.«

Nora verdreht die Augen und ich grinse sie an.

»Wir können nach Hause fahren. Es ist alles erledigt«, berichtet mein verletztes Palindrom. Ich nicke ihr zu und erhebe mich mit einem Grinsen, welches Sarah trifft, und bekomme ein breites Lächeln zurück. Sie ist in Ordnung, und ich freue mich für Nora, dass sie ihre Jugendfreundin noch an ihrer Seite hat.

»Schätzchen, du bist die nächste Woche krankgeschrieben und alles Weitere habe ich dir ja in der Küche erklärt«, gibt Elenore als Abschlussworte mit auf den Weg.

»Ach Mensch, ich will nicht zu Hause bleiben«, antwortet Nora und verzieht das Gesicht wie eine vierjährige Gnatzkönigin.

»Keine Widerrede. Wenn sich das ernsthaft entzündet, siehst du aus wie ein glühendes Cerankochfeld und fühlst dich dabei konstant wundgepimpert. Willst du das?«

O Hell, diese Frau ist der Hammer, und das mit über fünfzig. Ich brülle laut los, weil sie mich mit ihrem Vergleich kalt erwischt. Nora sieht wütend und geschockt aus. »Okay. Danke für deine Hilfe, Elenore«, brummt sie mürrisch, lächelt aber, weil dieser Joke einfach zu gut war.

Die Frauen drücken sich zum Abschied und winken uns von der Haustür aus zu. Was für ein irres Wochenende.

Die Autofahrt verläuft ohne Stau, mit Tankstopp und ich berichte Nora ausführlich über meine letzte Woche als Chef, inklusive der Suspendierung von Michelle. Sie erfragt jedes Detail und ist in fünf Autostunden über alle Neuerungen informiert. Kurz vor dem Ankommen wird die Stimmung gedrückt und sie still. »Wie geht das mit uns weiter, TJ? Im Büro und Alltag?«

Mein Blick liegt auf der Straße, und ich überlege, was ich antworte. »Es ist alles wie gehabt. Du stehst morgens auf, ziehst dich an und gehst ins Büro, um zu arbeiten. Wenn wir vorsichtig sind, stecke ich dir heimlich irgendwo versteckt zwischen Kaffeeautomat und Schreibtisch meinen Finger in die Musch… Vulvina. Es heißt ja Vulvina.«

»Du bist total irre. Das wird nicht passieren. Im Büro ist intimfreie Zone.«

Mit einem Seitenblick sehe ich ihr Lächeln und freue mich, dass sie entspannt aussieht. Sie hatte sicher Angst, dass ich Probleme mit der Situation haben werde, wenn wir zukünftig zusammenarbeiten, aber diese Hürde ist übersprungen. Die Gefühle für sie sind klar. Schlimmer wäre es, wenn sie meine Assistentin wäre. Mit unserer räumlichen Trennung ist genug Abstand für mich, um professionell zu arbeiten und nicht permanent das Bedürfnis zu verspüren, sie bei jedem Abnehmen des Hörers ins Büro zu bitten, um sie auf dem Schreibtisch flachzulegen. Ja, dieser Gedanke ist geil. Vielleicht bitte ich Marie, sie ans Telefon zu holen, um diese Fantasie auszuleben. Wenn sie damit Probleme hat, spielen wir das Rollenspiel, wenn alle Feierabend gemacht haben.

»Warum grinst du wie ein debiler Trottel?«, fragt sie mit hochgezogenen Augenbrauen.

»Ich habe mir gerade heißen Bürosex mit dir vorgestellt«, antworte ich ehrlich.

»TJ! Das! Wird! Nicht! Passieren!«

Nicken und *jaja* denken, weil ich es hundertprozentig versuchen werde, sie im Büro zu erobern.

Die Zeit ist mit uns nach Hause geflogen und ich parke den Wagen vor ihrer Wohnung. Gentlemanlike trage ich ihre Tasche hinauf. Es ist Nachmittag und ich werde mich kurz verabschieden und nach Hause fahren. Im Flur bleibe ich stehen und gehe nicht mit rein.

»Na dann, danke fürs Fahren und alles andere«, flüstert sie und ich sehe die Enttäuschung in ihren Augen. Denkt sie, ich fahre zu mir und lasse sie daraufhin allein?

»Liebling, ich komme wieder. Ich fahre nur kurz nach Hause und packe meinen Rucksack neu. Also wenn du willst, dass ich zurückkomme.«

Ihr Gesichtsausdruck hellt sich auf, ich hatte wohl recht.

»Komm bitte zurück«, flüstert sie und tritt auf mich zu, um mir einen Kuss auf die Lippen zu schmettern und die Zunge hinterher zu schieben. Alter Lachs, das ist der Hammer. Ich bin gespannt, wie wir diesen Abend zusammen verbringen werden und ob sie in ihrem Zustand überhaupt an Sex denkt. Ich denke an nichts anderes, weil sie mich total anmacht, auch wenn sie, vom heißen Mittelzentrum hinab, wie eine Mumie aussieht. Sie bleibt mein schönes Palindrom.

»Bis gleich. Ich komme wieder.«

Mit klopfendem Herzen flitze ich die Treppe hinab und beeile mich, damit ich schnell zurück bin. Ob ich als Krankenpfleger tauge? Wir werden es sehen.

34

PRIVATKLINIK DE LUXE

Nora

Ich starre ihm hinterher und bin voller Vorfreude, dass er wieder zu mir zurückkommt und mich mit meinem blöden Handicap nicht allein lässt. Gesellschaft von ihm zu haben ist wunderbar, helfen möchte ich mir aber selbst. Vermutlich ist es ein unangenehmes Gefühl, wenn ich beim Wechseln des Verbandes von ihm Hilfe erbitte.

Mit zwei Schritten bin ich an der Tür gegenüber und hämmere darauf ein. Sie öffnet sich und ich werde angestrahlt. »Nora, du bist zurück! Wie geht es dir?«

Sonya habe ich über meinen aktuellen Stand der körperlichen Vollverwirrung informiert und zwischendrin Textnachrichten geschickt.

»TJ ist gerade los und kommt nachher zurück. Ich wollte dir ein kleines Update geben.«

Und das mache ich. Das komplette Wochenende wird in einem fünfminütigen Tür-und-Angel-Gespräch analysiert und weitere drei Minuten später bin ich in meiner Wohnung und atme durch. Holterdiepolter habe ich den Wohnraum verlassen, als ich zu meinen Eltern gestürmt bin. Dringend muss ich hier aufräumen und Grundordnung schaffen, bevor der Mann meiner Träume zurück ist und denkt, ich sei ein Spross der Familie Flodder. O messiehafter Gott, nein, ich bin alles, aber kein Kind von denen. Die Scheiße ist, dass ich mich nicht normal bewegen kann. Wie ein Pinguin, dem die Beine geschient wurden, watschele ich herum. Den Koffer stelle ich in die Ecke und beachte ihn nicht weiter. Das hat Zeit.

Nach gefühlten Stunden bin ich in der Küche angekommen und versuche die Teller in den Spüler zu stellen. Es gibt keinen Zweifel mehr, ich bin die Ausgeburt der Flodders, ein Spross der assligsten Fernsehfamilie der Welt. Die Teller leben und müssen vorab gespült werden, bevor sie ihrem Platz im Spüler zugeordnet werden. Das ist ekelhaft. Vielleicht bin ich auch ein Kind der Familie Ritter, obwohl, dafür habe ich zu viele multikulturelle Wurzeln und nur die ostdeutsche Sozialisation wäre passend. Hilfe! Der Tab befindet sich an seinem Platz und die beruhigenden Sounds des Wassers geben ihren Arbeitsrhythmus vor. Wenigstens jemand, der reibungslos läuft – der Geschirrspüler.

Im Bad sammele ich die Kleidung vom Boden und stopfe sie in den Wäschekorb. Mit drei putzenden Bewegungen entferne ich die Zahnpasta aus dem Waschbecken und schmeiße den Lappen in das Wäscheloch. Mühsam bewege ich mich ins Wohnzimmer, lege die Decken zusammen und bringe meine Gläser in die Küche. Das ist nicht aufgeräumt, aber ansatzweise eine vorzeigbare Wohnung. Mehr geht heute nicht.

Mein Körper fühlt sich erschöpft an, und ich hebe die Arme, um an mir zu riechen. Bevor er zurück ist, werde ich mich im Kurzprogramm kultivieren, denn ich dufte nach Stress und einer langen Autofahrt.

Mit Waschlappen, Wasser und Duschgel befördere ich mich zum Menschen, ziehe frische Kleidung an und lasse meinen Körper erschöpft aufs Sofa fallen.

Fünf Minuten später klingelt es an der Tür. Dachte ich jemals, dass ich zu den Flodders oder Ritters gehöre? Ich bin ein Organisationstalent par excellence!

Mein Kopf ruht auf seinem Schoß und seine Finger streichen zärtlich durch mein Haar. Seit TJ zurück ist, habe ich mich nicht mehr vom Sofa bewegt. Er geht in die Küche, er holt, was wir benötigen, und er hat uns Abendessen bestellt. Dürüm, versteht sich. Schmunzelnd schaue ich ihn an, wie er sein Essen betrachtet und dabei verschmitzt grinst.

»Ich habe recht, oder?«, frage ich ihn und er zieht die Augenbrauen zusammen und schaut mich forschend an. »Nein, Liebling. Dieses Essen hat nichts mit deiner heißen Vulvina gemein.«

»Das liegt im Auge des Betrachters«, kontere ich, lasse es aber gut sein, weil ich seine Aufmerksamkeit und Fürsorge genieße und nicht über Belangloses diskutieren möchte.

TJ ist mein persönlicher Krankenpfleger in einer de luxen Krankenstation für geistig umnachtete Mediendesignerinnen, die zu blöd sind, sich zu rasieren. Schön, sexy und mit legerer Kleidung sitzt er auf meinem Sofa und liest mir nach dem Essen alle Wünsche von den Augen ab. Ich bin in ihn verliebt und ich liebe es.

»Du bist ein heißer Pfleger, weißt du das? Krankenschwester sagt man nicht zu männlichen Pflegekräften, oder?«

»Ach ja? Ein heißer Pfleger? Das gefällt mir. Bin ich gern für dich.«

»Du würdest als scharfe Pflegerin aber auch geil aussehen«, gebe ich bekloppt von mir wie ein schmachtendes Groupie.

»Wenn ich eine Krankenschwester wäre, würde ich mich lange im Spiegel betrachten und mir unter den Kittel glotzen.«

»Das kann ich mir vorstellen. Wenn ich ein Pfleger wäre, würde ich mir auf den Penis starren und versuchen, ihn mental zum Stehen zu bringen.«

»Dabei will ich dann zusehen, wie du Paul Pullermann anstarrst und wartest, dass er sich erhebt.«

»Paul Pullermann ist so Panne. Ich liebe das.«

»Was würdest du heiß finden, wenn du ein Mann wärst, Liebling?«

Ui, jetzt wird die Unterhaltung interessant. Ja, was würde ich machen? Mir auf jeden Fall ordentlich am Penis rumspielen. Kann ich das laut sagen? Das ist peinlich und gleichzeitig extrem heiß.

»Galant würde ich meinen Schwanz in einen Apfelkuchen schieben. Das muss ein irres Gefühl sein.«

»Gott, Nora. Zu viele witzige Klassiker geschaut?«

»Ja, geil, ne? Ich würde mein Teil überall reinstecken. Das muss sich total abgefahren anfühlen.«

»Das machst du sicher nicht. Wenn, in weiche Dinge. Beim Gedanken, ihn *überall* reinzustecken, bekomme ich Beklemmungen und Angstzustände. Wenn ich eine Vulvina und Brüste hätte, würde ich den ganzen Tag an beidem rumspielen, die Titten kneten und dann immer zwischen meine Beine fassen. Und niemand würde sehen, wenn ich geil bin, weil nichts in der Hose absteht und für alle ersichtlich ist, dass ich scharf wie Nachbars Lumpi bin. Das muss ein wahr gewordener Traum sein, wenn keine Menschenseele mitbekommt, dass man heftig erregt ist.«

»Man denkt, dass die Leute es einem am Gesicht ansehen, an der Nasenspitze. Es ist zwar nicht so ersichtlich wie bei Männern, aber unwohl fühlt man sich in der Öffentlichkeit auch. Ein Penis ist ein tolles Teil. Ich würde gern wissen, wie es ist, abzuspritzen und alles einzusauen«, sage ich und spüre, wie aufregend es ist, diese Worte auszusprechen.

»Mich interessiert, wie intensiv ein weiblicher Orgasmus ist. Wie kommt man als Frau? Wie fühlt es sich an? Das ist unendlich spannend.«

»Ja, das Gefühl beim Kommen als Mann reizt mich auch.«

Mein Blick fliegt über TJs Hose und ich sehe eine Erektion dagegen drücken. Er ist angetörnt von unserem Gedankenspiel.

»Bist du erregt, mein heißer Pfleger?«

»Spitz, geil und scharf. Kann ich dich anfassen?«

»Immer«, gebe ich keuchend von mir, weil mich diese Unterhaltung ebenso angeheizt hat.

TJ setzt sich gerade hin und fährt behutsam mit seinen Fingern über meinen Bauch. Ich spüre seine Hitze durch den Stoff, was sicher durch meine eigene Erregung gepusht wird. Er schiebt sich unter das Shirt, in das Körbchen des BHs und streicht über meine harten Nippel. Ja, das will ich. Ob ich mit meinen komischen Krebsbeinen Sex haben kann?

»Liebling, entspann dich. Ich passe auf.«

Er hat meinen Blick gelesen, und ich vergöttere ihn noch ein bisschen mehr, dass er aufmerksam ist und in mir liest.

»Du kannst zwar nicht nachfühlen, wie ein weiblicher Orgasmus ist, aber du kannst spüren, wie ich mich um deine Finger zusammenziehe, wenn du sie in mich hineingeschoben hast.«

Frech grinse ich über meine Schulter und sehe in angeheizte mittelbunte Augen, die mich lustvoll mustern. TJ schnappt sich ein Kissen, legt es unter meinen Kopf und begibt sich auf Höhe meiner Mitte.

»Und du kannst fühlen, wie meine Zunge sich über deine Perle schiebt und ich dich genüsslich lecke,

Palindrom.«

Ja, leck mich und schick den verdammten Schmerz in die abgefuckte Hölle zurück, aus der er kam. Zeig mir, wie zutiefst du mich verehrst, und führe meinen brennenden Körper in den verfickten Lusthimmel.

Im nächsten Leben werde ich Gangster-Poetin.

»Mach es!«, höre ich mich sagen und bin ein bisschen albern, weil ich nichts von den Gedanken mit ihm teile.

Behutsam streift er mir die Hose ab und platziert die Beine gespreizt vor sich, um sein Gesicht dazwischen zu schieben.

»Ob die Krankenpfleger in Privatkliniken der Stars solche Leistungen anbieten?«, fragt er und grinst dreckig.

»Das werden wir nie erfahren, weil wir popelige Normalos sind.«

»Stimmt. Die Typen lecken mit Sicherheit nur halb so geil wie ich«, stellt er erhaben fest und senkt seinen Mund auf meine Mitte, um mich zu küssen. Das findet er wohl genüsslich, Vulvalippen erst einmal sacht zu liebkosen. Das Gefühl ist intim und ich genieße seine Hingabe für meine Vulvina. Er ist ein waschechter Muschi-Sklave, betet mich an und ich bewundere ihn für seine Fähigkeiten. Kurz kichere ich und er knurrt. Fest kralle ich die Finger in die Couch, weil seine Zunge nicht zimperlich über meine Perle leckt, er an mir saugt und mich mit den Zähnen reizt. Er weiß, was er mit mir anstellt, und funkelt mich zwischen seinen Berührungen mit heißen Blicken an. Ich halte ihm nicht stand, schließe die Augen, genieße und atme.

»Gefällt es dir?«, fragt er wissend und grinst.

»Gott, mach … nicht aufhören.«

Sein Atem trifft meine Mitte, er pustet und küsst mich, leckt und saugt weiter an mir, bis ich nervös das Becken hebe, um ihn intensiver zu spüren. Mein ganzer Körper zittert von seinen heißen Quälereien.

»Ich will endlich kommen«, raune ich.

»Dann gibt dich mir hin, meine krebsrote Göttin«, flüstert er mir zu, lächelt lusttrunken, und ich gebe auf, lasse mich fallen und komme unter seiner Zunge. O leckender Gott. Er ist so großartig und ich bin glücklich.

35

TUCHFÜHLUNG

TJ

Angeheizt vom Lecken liege ich auf dem Rücken und starre an die Decke. Mein Ständer ist aufgerichtet, und ich habe keine Ahnung, ob ich ihn schnell im Bad beseitige oder ob Nora sich in der Lage fühlt, dem *Problem* Abhilfe zu verschaffen.

»Mittelchen, dein schöner Schwanz ist ganz doll hart, oder?«

»Härter als hart, Liebling.«

»Dann muss Schwester Nora dem Patienten helfen, seine Sorgen loszuwerden.«

Ja! Tu es sofort! Blas mich, leck daran rum und lass mich kommen.

»Ich bin schrecklich hilflos ohne dich. Die Kavalierschmerzen sind richtig schlimm und der Penis muss sich dringend ausweinen. Wie willst du das hinbekommen? Bist du denn heute im Dienst?«

»Scheiße, ich weiß es nicht«, sagt sie und lacht.

»Ja, ich habe keine Ahnung, wie das funktionieren kann, Schwester Nora. Hocken? Sitzen? Liegen?«

Sie nickt und wird es versuchen, o geil. Wenn ich merke, dass sie Schmerzen hat, breche ich ab.

»Sitzen klingt machbar.«

Vorsichtig setzt sich Nora auf und spreizt die Beine. Langsam und ohne sie anzustupsen, stelle ich mich dazwischen, die ausgelassene Stimmung ist vorbeigezogen, wechselt zu lustvollem Verzehren, zu tiefem Blickkontakt und ich werde noch härter. Nicht nur mein Schwanz, auch meine Stimmlage zeigt es ihr. »Nimm ihn in den Mund und fang an«, weise ich sie mit scharfem Ton zurecht.

Ihr Blick ist lüstern, das Grinsen derartig dreckig und meine Augen wollen nie wieder anderes sehen als diese Frau in dieser Pose mit dieser Mimik und Gestik.

»Du bist bossy, was? Steht dir.«

Grinsend beobachte ich, wie ihre Zunge sacht über meine Eichel fährt, schaue ihr bei jeder Regung zu. Behalte sie im Auge, studiere ihre Bewegungen. Mit der Hand gleitet sie meine Länge entlang und mit der anderen zieht sie sacht an den Hoden. Dieses Gefühl ist perfekt.

»Das gefällt mir, mach weiter!«, raune ich.

Ihre Lippen schließen sich um meinen Schwanz und geschickte Finger spielen progressiv an den Hoden. Immer schneller lässt sie ihren Mund an mir auf und ab rauschen, und das mit dem perfekten Maß an Druck und Finesse. Das! Ist! Derartig! Geil!

»Weiter … Tempo … schluck«, weise ich an und komme wenig später in ihren Mund, wie ich lange nicht gekommen bin.

Und sie schluckt jeden Tropfen, leckt sich über die Lippen und lächelt. Meine Beine werden zitterig, und ich kann mich nach diesem Hammerorgasmus kaum aufrecht halten, lasse mich aufs Sofa fallen, liege da und atme durch.

»Liebling, bist du wach?«, flüstere ich, während meine Hände sanft über ihren Körper streichen.

»Aua!«, flüstert sie und zuckt zusammen.

»Ist alles okay?«

Zügig richte ich mich auf, um sie mir genauer anzusehen.

»Meine Beine schmerzen, TJ«, gibt sie gequält und leise von sich.

»Okay, dann gucken wir uns das zusammen an und ich verarzte dich.«

Energisch schnappt sich Nora das Kissen, um es sich über den Kopf zu ziehen. Leise und fiepsende Geräusche nehme ich darunter zur Kenntnis, verstehe aber kein einziges Wort. »Liebling, ich höre dich nicht. Was hast du gesagt?«

Pieps, pieps, pieps? Ihr Murmeln ist nicht zu identifizieren. Sacht schiebe ich meine Hand unter das Kissen, um es anzuheben, lege mich auf den Bauch, den Kopf auf die Matratze und flüstere in einen Spalt zwischen Kopfkissen und Liegefläche hinein. »Was hast du gesagt?«

Ihr Kopf dreht sich in meine Richtung und sie krächzt: »Das ist mir peinlich, TJ. Ich bin eine Krebsfrau und leuchte Neon.«

Ach je. Das macht sie fertig, ich verstehe.

»Ich finde Krebse und Hummer ziemlich lecker und Rot ist die Farbe der Liebe. Das geht für mich in Ordnung. Außerdem habe ich gelesen, dass Sperma gegen alles hilft. Halsschmerzen, Bauchschmerzen und ich könnte dir einfach etwas auf die Beine spritzen und dich damit einschmieren.«

»O Mann, du bist so ein schräger Idiot«, gibt sie von sich und zieht das Kissen wieder fest auf ihren Kopf.

»Nicht schräger als du, Dürüm-Vulvina-Girl.«

Sie kichert unter ihrem Kissen und ich grinse.

»Gut, dann kümmern wir uns jetzt ernsthaft um deine

schmerzenden Beine und danach bereite ich uns Frühstück zu«, biete ich an und lächele über das ganze Gesicht, um ihr ein bisschen das Schamgefühl zu nehmen.

»Okay … und danke«, kommt es flüsterleise von ihr.

Nackt springe ich aus dem Bett und gehe in die Küche, um alles zu sichten, was ich für meine Rolle als nudistischer Krankenpfleger benötige.

»Nora, da gehört die Creme drauf, die auf der Küchenzeile liegt, richtig?«, rufe ich zu ihr hinüber.

»Ja, genau!«

Mit Seife wasche ich gründlich meine Hände, greife die Creme und nehme Verband und Pflaster mit ins Schlafzimmer.

»Okay, dein persönlicher Pflegeassistent schaut sich den Fall jetzt an«, witzele ich und sehe die Unsicherheit in ihren Augen.

»Ist in Ordnung, Liebling. Ich habe mir die Hände gewaschen und werde dich zärtlich verarzten.«

Behutsam löse ich das Pflaster, wickele den Verband ab und lege ihre Beine frei. Das sieht besser aus, als ich dachte. Vermutlich waren wir schlau genug, gleich in der Nacht zu Elenore zu fahren, bevor ihre Haut die Chance hatte, sich heftig zu entzünden.

»Und, was denkst du?«, fragt sie und kneift ein Auge zu. Ihren Kopf hat sie nicht angehoben, um an sich hinunterzusehen.

»Ich denke, dass du bald wieder gesund bist und es sich nicht entzündet hat. Es ist nicht mehr krebsrot, sondern sieht wie ein leichter Sonnenbrand aus.«

»Das ist schön. Ich kann das selbst verarzten, TJ.«

Mit einer schnellen Handbewegung schüttele ich ihre Aussage ab. Sie gehört zu mir, und ich habe kein Problem, ihre Beine einzucremen und neu zu verbinden. Wenn sie es allein machen würde, ist es unnötig kompliziert und anstrengend. Mein Blick fliegt auf die Verpackung, und ich schaue, welche Menge ich davon aufzutragen habe, drücke die Creme in meine Hand, verteile es auf den Fingerspitzen und fahre vorsichtig über ihre Beine. Die Bewegungen sind zaghaft und ich blicke ihr dabei in die Augen. Nora verzieht keine Miene und schaut mich an mit einem Ausdruck in ihrem Grün, der mein Herz in der Brust klopfen lässt. So schnell und heftig, dass ich kurz in den Bewegungen stocke. Das ist sehr intim und ich liebe es. Alles an ihr. Mehr, als ich je für eine Frau empfunden habe.

Sorgfältig verstreiche ich den Rest der Creme und wickele den Verband um ihre Beine. Mit dem Pflaster fixiere ich mein Werk und zwinkere ihr abschließend zu.

»Geh das Zeug von deinen Händen waschen und komm danach bitte zu mir«, flüstert sie.

Mit ein paar schnellen Schritten bin ich im Bad, reinige mit Seife die Cremefinger und schlüpfe zurück zu ihr ins Bett.

»Danke, TJ. Mir fehlen die Worte. Mein Bauch ist ganz warm, und ich bin froh, dass du dieses Wochenende bei mir warst, mich geholt hast und jetzt da bist.«

»Wo soll ich denn sonst sein außer bei dir?«

Eine Antwort bekomme ich nicht, dafür einen unendlich zärtlichen Kuss. Ihre Lippen liegen wie Seide auf meinen, und ich genieße dieses Gefühl, uns träge zu küssen, und wir schlafen noch mal ineinander verschlungen ein.

Ein grummelnder Magen lässt mich die Augen öffnen. Es ist meiner, Nora schläft neben mir. Meine Nase drücke ich in ihre Haare, um den Geruch einzusaugen. Sie riecht nach meiner Freundin und das ist sie auch für mich. Leise erhebe ich den verschlafenen Körper aus dem Bett, um Frühstück zuzubereiten. Nach dem Öffnen von gefühlten zwanzig Schubladen und Kästen finde ich alles, was ich für ein improvisiertes Essen benötige. Spontan entscheide ich mich für einen Brunch. Die Eier brutzeln in der Pfanne, das Weißbrot ist im Toaster und die Äpfel, die hier herumlagen, sind geschnitten. Sonst ist im Kühlschrank tote Hose. Bei einem zweiten Blick finde ich in der Ecke noch einen mickrigen Kohlrabi, den ich klein schneide und auf den Teller zu den Äpfeln packe. Läuft! Mit beladenen Händen schleiche ich zurück ins Schlafzimmer und stelle das Essen auf der Bettdecke ab.

»Liebling, Frühstück ist fertig«, flüstere ich.

Nora blinzelt ein paarmal und öffnet verschlafen die Augen.

»Das sieht gut aus, komm her zu mir.«

Und das mache ich. Wir kuscheln uns unter die Decke und frühstücken in Ruhe.

»Erzählst du mir von deiner Kindheit und deinen Eltern? Ein wenig neugierig bin ich, da ich jetzt weiß, wer du wirklich bist. Muhahaha!«

»Muhahaha? Dein Ernst, Nora?«

Diese Frau ist total irre, ich lache auf und gleichzeitig legt sich ein dünnes Band um den Hals, das sich langsam zuzieht. Wenn ich anfange, werde ich ihr von meiner Mama erzählen, und das schmerzt.

»Meine Kindheit war nicht spektakulär, sondern klassisch. Es gab keine riesigen Krisen, keine Ehestreitigkeiten meiner Eltern und ein behütetes Aufwachsen für mich.«

»So war es bei mir auch, bis auf, dass Mama gern heftig und laut flucht und eine ordentliche Portion Feuer im Arsch hat. Meine Eltern sind liebe Menschen. Du hast sie ja gesehen.«

»Ja, ich finde sie sympathisch, auch wenn die Zeit zum echten Kennenlernen zu kurz war.« Tief atme ich durch, bevor ich weiterspreche. »Meine Mama war eine ruhige und ausgeglichene Person«, erkläre ich leise.

»Oh!«, flüstert Nora zurück und fährt mit der Hand behutsam über meinen Arm.

»Sie ist an Darmkrebs gestorben, als ich Abi gemacht

habe«, erzähle ich ihr und bin erstaunt, wie leicht es mir über die Lippen kommt.

»Das stelle ich mir hart vor.«

»Ja, es hat mich ordentlich aus der Bahn geworfen, aber ich habe mich auch schnell wieder gefangen.«

Sacht zieht mich Nora auf ihre Brust und küsst meine Stirn. Diese Geste ist angenehmer als tausend Worte oder irgendwelche Beileidsbekundungen. Nora ist richtig und berührt mein Herz.

36

MIT DEM FREUND IM BÜRO

Nora

Gott, neue Haut sieht scheiße aus. Ein wenig wie nach einem Sonnenbrand und ein bisschen, als würde sich eine Schlange häuten. Zukünftig werde ich Hosen tragen. Hoffentlich nicht für längere Zeit, denn mein Schrank beinhaltet zu viele schöne Kleider. Mit den Fingerspitzen creme ich die Beine ein, laufe nackig durch die Wohnung, damit die Emulsion in Ruhe einziehen kann, bevor ich mich anziehe. Was für Umstände.

Fertig zurechtgemacht stehe ich allein vor der Wohnungstür, um mich zur Arbeit zu begeben. Unter der Woche schläft TJ nicht bei mir, sondern in seiner Wohnung. Besucht hat er mich jeden Tag und mir Blumen mitgebracht oder war mein persönlicher Lieferjunge von fettigen Fast-Food-Träumen. Ihn als Dessert zu vernaschen war besonders lecker.

Ein wenig nervös bin ich, heute meine Rolle als geheime Geliebte des Chefs zu spielen. Hoffentlich lässt er seine Finger im Büro bei sich. Zu Hause klappt das nie, und er ist wie ein hormongesteuertes Fick-Frettchen, das immer will und oft kann.

Stürmisch ziehe ich die Wohnungstür zu, straffe die Schultern, eile in den Tag und fahre mit der Bahn ins Büro. Zwei Wochen war ich nicht hier, und ich sehe, wie Marie mir entgegenläuft. »Nora, meine Sonne. Schön, dass du da bist. Wie geht es dir?«

»Hey, Liebes. Ich bin wieder heil.« Mein Kopf schiebt sich an ihr Ohr, um Geheimbotschaften im Flüstermodus zu tauschen. »Marie, bitte zu niemandem ein Wort über TJ und mich, ja?«

Sie tut es mir gleich und schiebt sich an mein Ohr. »Ich habe es bereits mit TJ besprochen und euer *Geheimnis* ...« Marie fügt Gänsefüßchen mit den Fingern in der Luft an »... ist bei mir sicher, Nora.«

Erleichtert atme ich auf und gebe ihr einen dicken Kuss auf die Wange.

»Los, Noralein, wir trinken Kaffee«, schlägt sie vor und zieht mich mit in die Küche. Die Tasche stelle ich dann später an ihren Platz.

O krass, ich werde das Büro für mich haben. Michelle ist suspendiert und nicht mehr an ihrem Schreibtisch, um meine Augen mit schrecklichen Haaren zu schänden. Wie ein Hafenarbeiter werde ich schaffen, wenn dieser Raum mir gehört. Das wird der Knaller und ich freue mich total auf die kommende Arbeitszeit.

»Dein Chef sieht übrigens wie ein verliebter und debiler Traumprinz-Trottel aus, wenn er morgens zur Arbeit kommt.«

»Ist das so?«, frage ich und grinse über das ganze Gesicht.

»Glotzt der dich zu Hause auch so an?«

»Glotzt dich Sonya zu Hause so an?«, kontere ich und wir beide schmunzeln um die Wette. Verliebt zu sein ist ein tolles Gefühl, auch wenn es bei mir mit einer schwierigen beruflichen Situation verknüpft wird.

»Morgen, die Damen«, werden wir aus unserem Flüstergespräch gerissen.

»Guten Morgen, Frau Gramig«, begrüße ich sie.

»Nora, es ist Zeit, zum Du zu wechseln. Ich brauche immer ewig dazu, aber ich habe dich in den zwei Wochen vermisst. Nenn mich bitte Gisela.«

Scheiße, sie heißt wirklich Gisela Gramig. Das ist ein einprägsamer Name, um es freundlich auszudrücken.

»Danke, ich freue mich.«

Wir drei trinken in Ruhe Kaffee, reden über die neue Zyklus-Linie und verabschieden uns an die Arbeitsplätze.

Wie habe ich die Arbeit vermisst. Ein Gefühl von Tatendrang und Kreativität rauscht mir durch die Adern, und ich spüre die Fingerspitzen kribbeln, weil sie Tätigkeit verlangen. Ich schaue erst hoch, als TJ mit einem anderen Mann an der Tür vorbeiläuft. Ihre Unterhaltung scheint anregend zu sein, denn die beiden sind laut und lachen. Sein Blick fliegt mir zu und sein Zwinkern, gepaart mit dem schiefen Lächeln, lassen mein Herz höher schlagen. Das ist scheiße aufregend und ich bin ein ordentliches Stück von der Rolle bei diesen Schwingungen zwischen uns. Heimlich verliebt zu sein ist ja heftig, aber Gefühle erwidert zu bekommen und sie verstecken zu müssen, ist noch mal eine andere Nummer. Die beiden sind schneller verschwunden, als mir lieb ist, denn ich konnte TJ, für meinen Geschmack, zu wenig bewundern. Zu gern würde ich wissen, wer das neben ihm war. Mit drei Atemzügen fokussiere ich den Blick zurück auf den Rechner und erledige meine Arbeit.

»Klopf, klopf.«

Hach, Jonas. Der ist zu niedlich. Lächelnd hebe ich den Blick und schaue in schöne blaue Jonas-Augen. »Hey.«

»Hey. Ich hab dich vermisst. Schön, dass du wieder da bist.«

Sein Blick fliegt zum verwaisten Schreibtisch und ein Lächeln zieht sich über sein Gesicht.

»Weißt du, dass sie gekündigt hat?«

Jetzt starre ich auch auf den leeren Platz.

»Letzte Woche schon«, fügt er an.

»Nicht dein Ernst!«

»Gut, was?«

»Riiiichtig gut!«, flüstere ich, weil es fast nicht zu glauben ist. Innerlich habe ich mich auf einen Rechtsstreit eingestellt, der sich über Monate und Jahre hinzieht.

Gott, wir grinsen wie zwei dümmliche Verschwörungstheoretiker, die gerade eine neue Verschwörungstheorie *theoriert* haben und dabei ihre Aluhüte basteln. Und ich brauche einen Kaffee oder eine Pause, obwohl ich erst angefangen habe und bereits koffeinhaltiges Leben durch die Adern fließt. Jonas betritt das Büro und steht nicht mehr blöde in der Tür herum, fläzt sich auf den freien Stuhl von der Frau, deren Name nicht mehr genannt werden darf. Voldemichelle ist weggezaubert und kommt hoffentlich nie wieder.

»Geiles Gefühl, oder?«, frage ich ihn.

»Geiiiiler!«

Und wir grinsen weiter.

»Kommst du mich jetzt öfter mal im Büro besuchen?«

»Aber gern, Mylady«, witzelt er und zieht seinen imaginären Hut. Es fühlt sich wunderbar gelöst an, und ich sehe das Glitzern in seinen Augen wie eine Art Befreiungsschlag aufkommen. Für unser zwischenmenschliches Miteinander ist die Kündigung der Oberknaller, aber ich frage mich, warum TJ letzte Woche nichts davon erzählt hat. Vielleicht will er einfach erst mal in seiner Rolle als Chef ankommen und Privates nicht zu sehr mit dem Job verknüpfen. Das ist okay für mich. Ich habe es ja erfahren und freue mich auch so.

»Wie alt bist du eigentlich, Jonas?«

»Vierundzwanzig, wieso?«

O jungfräuliche Mutter Gottes, der ist ja noch jünger als TJ. Seine ruhige Art hat ihn für mich viel älter wirken lassen.

»Weil ich das nicht wusste.«

»Und du?«

Ach scheiß was drauf. Lügen bringt nichts.

»Vierunddreißig … noch.«

»Wow, ich dachte neunundzwanzig. Du siehst jünger aus.«

Ich liebe ihn, und das für immer und ewig bis ans Ende der Zeit!

»Naturometika macht's möglich«, füge ich an, wackele mit dem Hals und spiele die Vorzeigetussi.

Prustend fallen wir miteinander ins Gelächter ein, und es fühlt sich an, als würde der alte graue Büronebel in diesem Moment von unseren Schultern rieseln, sich auf den Fußboden legen und vom stinkigen Reinigungszeug zerfressen werden. Es fühlt sich nach einem Neuanfang an.

Aus Prusten wird herzhaftes Lachen.

»Na, ihr habt ja Spaß«, tönt es von der Tür und meine Härchen auf den Armen stellen sich auf. Die erste verbale Begegnung mit TJ in der Firma. O heilige Scheiße. Wie ein Gott betritt er das Büro, erhaben und bossy. Gern würde ich aufspringen, mich an seinen Hals schmeißen und ihm zuflüstern, wie scheiße sexy er wirkt. Stattdessen fokussiere ich mich auf meinen neuen besten Lieblingsfreund Jonas, der perfekte Komplimente setzt und immer hübsch aussieht. Der wird augenblicklich rot. Was ist denn jetzt mit ihm? Vorsichtig schaue ich von Jonas zur Tür und sehe dem fremden Mann in die Augen. O heiliger Himmel. Meine Spucke schlucke ich mühsam hinunter, weil hier im Raum drei Granaten auf *explosiv* gestellt sind und eine schärfer als die andere ist. Das sexy Mittelchen mit seiner verdammten Schönheit, der hübsche Sommerjunge mit den blauen Augen und die dunkelbraun-bärtige Perfektion mit extrovertiertem Look.

Hallo, Nora Aron. Ich bin die Managerin der Modelagentur Naturometika-Boys. Kommen Sie alle in mein Büro, um ausgiebig Männer anzuglotzen. Schnittchen gefällig? Ach ja, die stehen ja bereits im Raum verteilt.

In diesem Moment könnte man eine Stecknadel fallen hören. Alle starren sich an und TJ guckt irritiert.

Der flippige Beautymann zieht einen Mundwinkel nach oben und sieht dadurch noch heißer aus. Jonas schaut überallhin, nur nicht zu ihm oder mir.

»Nora, Jonas, das ist Konstantin Dassler. Er wird den freien Arbeitsplatz übernehmen.«

Uff, na Hilfe. Wie soll man da arbeiten, wenn einem solch ein Typ vor der Nase sitzt? Wo sind die orangen Haare mit dem gelben Stirnband, wenn man sie braucht? Nein, die Ghula braucht hier wirklich niemand mehr. Okay, jetzt muss ich was sagen.

»Hi, ich bin Nora, willkommen im Team.«

»Hi, Nora. Freut mich«, antwortet er freundlich und mit tiefer Stimme. Ich bin in meinen TJ verliebt, aber liebe auch klangvolle Männerstimmen, und diese schallt in mir nach. Hammer!

»Jonas, kannst du Konstantin bitte die Etage zeigen? Das haben wir noch nicht geschafft.«

Er nickt und pustet die Luft aus. Hat er sie angehalten? Was ist denn heute mit ihm los? Egal.

Die beiden Männer verschwinden und TJ schließt hinter sich die Tür.

»Na, Liebling. Wie geht es dir?«

»Puh! Ganz schön viel Testosteron für einen Vormittag«, scherze ich.

»Ach ja?«, fragt er mit rauer Stimme und tritt näher an den Schreibtisch heran.

»Bist du heiß bei so vielen süßen Boys im Raum, Liebling?«

»Hm, ich bin heiß, wenn du so heiß quatschst.«

Grazil tritt er um den Tisch und streicht mir vorsichtig die Haare nach hinten, um sich ein Stückchen zu mir herunterzubeugen. »Keine Sorge, Palindrom. Ich setze dir niemals einen sexy Heteromann vor die Nase, aber pssst.«

Mit großen Augen starre ich ihn an und kassiere ein schelmisches Zwinkern.

»Lust auf Sex?«

»TJ, spinnst du?«

»Kommst du mit in mein Büro? Wir lassen Marie Wachhund spielen.«

»Nie im Leben. Du kennst meine Einstellung dazu.«

Sacht fährt er mit dem Finger über die kleine Kuhle zwischen Schlüsselbein und Halsansatz, mir wird heiß und es zieht höllisch in meinem Unterleib. Es zieht wirklich heftig, dass ich kurz die Augen zusammenkneife. »Geh vor und ich komme gleich für einen heißen Zungenkuss in dein Büro. Mehr nicht. Verstehst du das?«

Schnaufend wiederhole ich die Frage, weil er nicht reagiert. »Versteeeeehst du das, TJ?«

»Ja, mein Liebling. Ich versteeeehe es.«

Arschwackelnd verlässt er das Büro und ich liebe seine gute Spinner-Laune. Mein Ziehen im Unterleib ist höllisch und ich flitze lieber doch schnell auf die Toilette, bewaffnet mit der Tasche. Entweder bekomme ich meine Periode oder es sind Einnistungsschmerzen, wie mir das Internet laut Recherche der letzten Tage verraten hat. Ist ja auch ein schräges Wort, als wäre man eine Vogelmutter, die ihr Nest aus Gestrüpp baut, in dem sich der Zellhaufen platzieren darf.

Schnellen Schrittes steuere ich die Kabine an und ziehe die Hose samt Slip herunter und sehe bereits das Blut in der Vorlage. Tada. Nicht schwanger. Aus der Tasche befreie ich die Menstruationstasse und führe sie ein. Der Rest wird im Mülleimer entsorgt und der Slip mit einer frischen Einlage verklebt. Seit ich diese praktischen Silikontassen benutze, habe ich weniger Regelschmerzen, weil das Blut sich nicht mehr staut und abfließen kann. Für die Praktik der freien Menstruation bin ich eindeutig nicht mutig genug oder zu wenig Ökolady. Und ich bin froh. Froh darüber, noch nicht gleich Mutter zu werden. Froh, erst mal im Unternehmen ankommen zu können, und froh, meine Beziehung mit TJ wachsen zu sehen, bevor uns die Verantwortung gegenüber eines Kindes komplett einnimmt. Irgendwann, nicht jetzt. Nach dem Händewaschen schleiche ich zu TJ. Unauffällig geht anders, aber ich nehme wieder die Rolle der Geheimagentin ein.

»Marie, er wartet auf mich«, flüstere ich ihr ins Ohr.

»Alles klar«, flüstert sie zurück und ich betrete sein Büro.

»Wo warst du denn, Palindrom? Ich habe bereits Konstantin verabschiedet und warte seit fünf Minuten sehnsüchtig auf dich.«

»Ich habe meine Periode bekommen.«

»Oh … schade!«

»Ernsthaft?«

»Äh, ja. Hab ich dir doch bereits nach dem Sex gesagt.«

»Ich dachte, das war so ein Notfall-Statement, weil es eh zu spät war.«

»Liebling, du bist kein Notfall-Statement. Nichts, was mit dir zu tun hat, denn du bist alles für mich.«

Wie süß ist dieser Mann bitte? Ich vergöttere ihn. Meine Lippen fliegen auf seine, während meine Hände sich in seinen Haaren vergraben. Er ist der perfekte Mann für mich und alles andere bekommen wir hin.

EPILOG

Nora

Du hast kein Zeitzaubergerät, das dich unterstützt und dir wohltuende Extrazeit herbeihext? Wenn du deine Periode hast, braucht deine Haut besondere Pflege? Du hast keine Muße, dir ein Sortiment zusammenzustellen? Dann bist du bei Naturometika richtig, denn wir stellen deine Traumserie zusammen, die zu dir passt und deine Haut glücklich macht.

Blöder TJ! Am Slogan darf ich basteln, aber Scheiße und scheißen dabei nicht verwenden, dabei liebe ich gedanklich den Zeitscheißer uneingeschränkt. Er ist ein gnadenloses verstocktes Chefchen. Gut, der Text ist der erste Entwurf und wird sicherlich noch tausendmal von mir umgeschrieben. Jeder Lektorin und Texterin würden die Haare zu Berge stehen, wenn sie zweimal hintereinander *zusammen* und tausend Mal *dein* lesen würden. Es ist ein Anfang und definitiv ausbaufähig.

»Morgen, Schönheit«, werde ich aus meinen Gedanken manövriert.

»Hey, Konsti, morgen. Hast du gut geschlafen und von mir geträumt?«

Verschmitzt zwinkere ich ihm zu und werfe ein Handküsschen hinterher.

»Von nichts anderem, Prinzessin. Du hast mich im Schlaf mit meinem Traummann zusammengebracht, den ich irgendwann heiraten werde«, brummt er und grinst.

»Ich vergöttere dich auch. Was hören wir heute? Nein, lass mich, ich suche was Passendes zum Traum aus.«

Die ersten Töne erklingen und ich liebe es. *Beyoncé* mit *Single Ladys* röhrt etwas zu laut, und ich halte mir den Mund zu, um das Lachen zu unterdrücken.

»Nora, du bist sooooo eine Tunte«, neckt mich Konsti und wackelt dabei blöde mit den Augenbrauen.

Prompt erhebe ich mich und bewege zum Song den Arsch. Konsti erhebt sich ebenfalls, schiebt die Schultern abwechselnd vor und zurück und tanzt auf mich zu. Ich liebe ihn. Solche kleinen Zwischenpausen machen wir täglich und entspannen unsere Schädel vom Arbeitsprozess oder starten in diesem Stil in den Tag. Es ist locker zwischen uns und wir kommen zusammen ganz herrlich zu tollen Ergebnissen. Ich weiß nicht, wann ich mich jemals derartig frei auf der Arbeit gefühlt habe. Doch, noch nie zuvor.

»Okay, Baby, jetzt suche ich aus.« Er schnappt sich das Handy und will seine Wunschmusik anstellen, aber ich bin schneller und klicke *Faith* von *George Michael* an. Die Orgel erklingt und danach setzen die beflügelnden Beats ein.

»Okay, du bist nicht nur eine Tunte, liebste Nora, sondern ein richtig klassisches und schwules Klischee.«

Wir wackeln mit dem Arsch um die Wette und springen durchs Büro. Glücklicherweise sind wir im Flur an letzter Stelle und zwischen uns und den anderen Räumen befindet sich ein Abstellraum, in dem das Putzzeug und Gedöns lagern. Wir stören niemanden, wenn wir ein bisschen lauter sind. Rücken an Rücken tanzen wir ab.

»Äh, Morgen«, ertönt es leise, nachdem die Tür aufgegangen ist.

»Jonas, morgen«, rufe ich ihm zu, während wir unsere Tanzeinlage stoppen, er gewohnt rot wird und Konsti sich peinlich berührt durch die Haare fährt. Schnell stelle ich die Musik leiser und setze mich zurück auf meinen Stuhl.

»Ich wollte euch zum Kaffee abholen. Habt ihr Lust oder braucht ihr noch einen tanzenden Moment?«

Wir lächeln uns an, nicken ihm zu und gehen gemeinsam in die Küche.

»Sagt, sitzt ihr beiden schon an den Produktbildern für den Rasierer, mit dem man sich angeblich nicht schneiden kann?«, fragt Jonas und ich halte ihm bestätigend den Daumen in die Höhe.

»Momentan flutscht es wie ein scharfes Schneidewerkzeug, das sich über eine Rasiergelspur bewegt«, witzelt Konsti und ich grinse wegen seines Spruches.

Von zwei wunderschönen Männern werde ich zum Kaffeeautomaten des Glücks begleitet, um Latte macchiato fließen zu lassen. Danach geht es zurück zum kreativen Arbeiten mit dem besten Bro-Kollegen der Welt. Der perfekte Morgen in meinem Leben, welches momentan nicht besser sein könnte.

TJ

Die haben ehrlich Spaß bei der Arbeit, schön. Konstantin war eine gute Wahl für mein Unternehmen. Er ist fleißig und weitaus kreativer und moderner als Michelle. Langsam schlendere ich über den Flur und höre das neue Dreier-Dreamteam lachend in der Küche. Solange sie ihre Leistung bringen, ist mir egal, wie viel sie zwischendrin herumalbern oder tanzen. Sie glauben, ich weiß es nicht, doch ich bekomme alles mit.

»Morgen, Freaks!«, begrüße ich die drei von der Tankstelle.

»Freaks?«, fragt Nora mit quietschendem Unterton.

»Morgen, Lieblingspalindrom, ich habe dich vermisst und möchte einen Gutenmorgenkuss«, füge ich an und gehe einen Schritt auf sie zu.

Alle starren, Nora sieht entsetzt aus. »Sag mal …«, fängt sie an, bricht den Satz ab und reißt die Augen weiter auf, schaut zu Jonas und Konstantin und blickt zurück zu mir. Bei ihrem Entsetzen grinse ich nur noch breiter.

»Okay, Männer …«, beginne ich die längst überfällige Aufklärungsrunde.

»… ich bin seit sechs Monaten mit Nora zusammen, und ich habe keine Lust mehr, so zu tun, als wäre es nicht so. Irgendjemand Fragen?«

Nora schiebt ihren Kopf an mein Ohr, während ich die schüttelnden Köpfe der beiden Männer beobachte. »Warum sprichst du nie etwas mit mir ab?«, flüstert sie mir zu. An ihren Schultern ziehe ich sie näher zu mir und schlinge die Arme um ihren Körper.

»Habt ihr euren Kaffee?«, frage ich und blicke auf zwei gefüllte Tassen in den Männerhänden.

»Dann könnt ihr zurück an eure Schreibtische.«

Okay, sie sind geschockt, denn ich habe keine Antworten erhalten. Sie schließen sogar die Küchentür, löblich.

»Na, alles gut?«, frage ich meine Freundin und grinse sie an.

»Was ist mit dir? Warum hast du das verraten?«

»Ich habe keine Lust mehr, uns zu verstecken. Hab ich doch gesagt.«

Sie atmet durch, und ich nutze die Chance, ihr einen federleichten Kuss auf die Lippen zu legen.

»Lieb dich, Palindrom«, flüstere ich zwischen den Küssen an ihren Mund.

»Und ich dich, mein Mittelchen«, gibt sie zurück und schiebt ihre heiße Zunge in meinen.

»Ich liebe dich, Nora Aron.«

»Ich liebe dich, Theodor Jonathan von Weber und werde für immer und ewig TJ zu dir sagen.«

»Alles, was du willst, Liebling.«

NACHWORT

Auch mein zweiter Roman beinhaltet ein gesellschaftliches Thema, auf das ich einen Fokus legen wollte. Sexualisierte Gewalt an Männern, ausgeübt am Arbeitsplatz.

Sexualisierte Gewalt am Arbeitsplatz ist ein Themengebiet, das alle Personen betrifft, die in einem beruflichen Kontext unterwegs sind. Es ist kein *Frauenthema,* wie es oft in den Köpfen der Menschen verankert ist. Gewalt fängt nicht beim ungewollten Anfassen an, sondern bereits bei anzüglichen Bemerkungen, Mobbing und Diskriminierung.

Beratende Stellen helfen, sich genauer ins Themenfeld einzufinden oder um sich Hilfe zu suchen. Haltet die Augen offen und setzt euch ein, wie es Nora im Buch vorgelebt hat.

Offizielle Hilfsstellen mit weiterführenden Links.

*Bundesministerium für Familien, Senioren, Frauen und Jugend: Stärker-als-Gewalt.de

*Antidiskriminierungsstelle des Bundes:

Antidiskriminierungsstelle.de

DANKSAGUNG

Der zweite Roman ist geschrieben, ich fasse es nicht. Danke, dass ihr mein Buch gelesen habt. Ich hoffe sehr, dass es euch gefallen hat und ich eure Mundwinkel zum Grinsen bringen konnte. Über eine Rezension bei Instagram, Facebook oder Amazon würde ich mich natürlich unendlich freuen.

Danke, mein Herr Pinsel, dass du da bist, mich ernst nimmst und mir Freiräume zum Schreiben gibst, obwohl du manchmal dabei die Zähne zusammenbeißen musst. Danke, dass du mich liebst und begleitest.

Danke an meine tollen Testleser:innen/ Blogger:innen für eure Unterstützung. Ihr seid Sterne am Himmel, nehmt den Text akribisch unter die Lupe und meldet die Schwachstellen. Es ist schön, dass es euch so wichtig ist, meine Zeilen zu verbessern. Besonders, wenn ich es selbst nicht mehr sehe! Andrea, Bibi, Desi, Patricia, Sarah, Sascha, Steffi, Susanne, Yvonne, Vanessa, Victoria … Danke, ihr seid super.

Ich habe solch ein Glück, euch als Unterstützung an der Seite zu wissen. Ihr seid nicht zu ersetzen. Sarah, du weißt, wofür ich dir im Besonderen danke und ich hier nicht *laut ausschreiben* kann. Ich habe beim Schreiben so gelacht, an deine Worte gedacht und jede Szene davon persönlich meinen Kopf fi…, meinen Kopf inspirieren lassen.

Schaut unbedingt bei Instagram bei den Mädels vorbei und lasst Liebe und Herzen da.

Yvonne @lara_leseherz
Patricia @pathome.85
Sarah @sarahleseherz
Bibi und Steffi @the.book.luhv.ers
Desi @feder_magie

Meine liebreizende Lektorin Julia war beim zweiten Projekt wieder mit dabei und hat mich im Kosmetik-Sumpf-Prozess begleitet. Ich bin dermaßen froh, dass es dich gibt. Du bist mein Topfdeckel. Wäre es nicht derartig schmalzig, würde ich … *ich liebe dich* … schreiben. Was solls! Ich liebe dich, Julia. Schaut unbedingt bei Instagram auf ihrem Profil vorbei: @milenabauer91

Das Korrektorat gibt es wieder von der wundervollen Sybille Weingrill von SW-Korrekturen und ich bin unendlich glücklich. Ich tanze wieder durchs Büro, weil du mir zugesagt hast.

Danke, Annette, dass du dieses Mal die sexy Beine mit den unendlich scharfen Schuhen gemalt hast. Ich liebe deinen Stil und könnte mir stundenlang deine prickelnden Zeichnungen ansehen. Du bist toll.

Auch dieses Buch habe ich wieder mit meiner Autorenwegbegleiterin Anna Rush jongliert und besprochen. Du liest meine Klappentexte gegen und ich füge deinen scharfen Senf ein. Wenn ich jetzt noch schreibe, dass ich das Würstchen bin, wird's komisch. Ohne dich, unseren Austausch, würde mir im Leben eine ganze Menge fehlen. Ich bin so froh, dass wir uns haben und einander zur Seite stehen.

ÜBER DIE AUTORIN

Tagsüber:

Maya ist Familienmensch und Sozialarbeiterin. Ihre Haare steckt sie täglich mit einem Pinsel zusammen, der zum Markenzeichen und Teil ihres Autorenlogos wurde.

Maya hat immer ein offenes Ohr, lacht gern, liebt Musik und trinkt ihren Kaffee mit Hafermilch.

Nachts:

Abends schleicht sich Frau M. Pinsel unter dem Deckmantel ihres frisch gefundenen Pseudonyms an den Schreibtisch, um verschiedenste Charaktere zum Leben zu erwecken! Dabei entstehen ungewöhnliche Buchtitel und lustige bis prickelnde Geschichten mit Happy End.

BÜCHER VON MAYA PINSEL

Valerie im Dating-Sumpf

Wir schreiben für euch - Liebe

Glitzer ohne Grenzen

Frettchen verloren - Liebe gefunden

1. Auflage

Autorin: Maya Pinsel

Lektorat: Julia Hellie

Korrektorat: SW Korrekturen

Covergestaltung: Anna Rush, Annette Gundlach, Maya Pinsel

Coverbild: DAZ Gundlach Art – Annette Gundlach,
Depositphotos/Aleksandr Filimonov, Depositphotos/Alena Statsevich,
Depositphotos/Vitalik Radko

Buchsatz: Anna Rush

Impressum-Service:

c/o Julia Hellie

Athensleben 46

39418 Staßfurt

Deutschland

Meine Homepage mit weiteren Einblicken:

www.maya-pinsel.de

Willst du mir schreiben?

maya-pinsel@web.de

Begleite meinen Prozess gern auf:

Instagram: Maya.Pinsel https://www.instagram.com/maya.pinsel/

Facebook: Maya Pinsel https://m.facebook.com/Maya-Pinsel-103042398542695/

Geschichten mit Tiefgang, Liebe und Humor von meiner Autorenmentorin Anna Rush findest du hier:

https://annarush.de/

TRIGGERWARNUNG

- sexuelle Belästigung am Arbeitsplatz
- Besuch eines Friedhofs/ verstorbenes Elternteil
- explizite Sexszenen
- Krebserkrankung eines Elternteils

Fehlt etwas in der Liste? Dann lass es mich wissen, damit ich es ergänzen kann.

Printed in Poland
by Amazon Fulfillment
Poland Sp. z o.o., Wrocław

87424049R00168